AF282116

Karl Emil Franzos

Der Bart des Abraham Weinkäfer

und andere Novellen aus Osteuropa

Karl Emil Franzos: Der Bart des Abraham Weinkäfer und andere
Novellen aus Osteuropa

Neuausgabe mit einer Biographie des Autors
Herausgegeben von Karl-Maria Guth
Berlin 2017

Umschlaggestaltung von Thomas Schultz-Overhage unter Verwendung
des Bildes: Vasily Polenov, Portrait eines alten Juden, 1882

Gesetzt aus der Minion Pro, 11 pt

Verlag: Henricus - Edition Deutsche Klassik GmbH
Mörchinger Str. 33, 14169 Berlin, info@henricus-verlag.de
Druck: Libri Plureos GmbH, Friedensallee 273, 22763 Hamburg

ISBN 978-3-86199-914-0

Bibliografische Information der Deutschen Nationalbibliothek

Die Deutsche Nationalbibliothek verzeichnet diese Publikation in der
Deutschen Nationalbibliografie; detaillierte bibliografische Daten sind
im Internet über www.dnb.de abrufbar.

Inhalt

Der Bart des Abraham Weinkäfer

Im südrussischen Gouvernement Podolien, an dem Schienenstrang, der Kiew mit dem Schwarzen Meer verbindet, liegt das Städtchen Winniza. Dort lebte ein jüdischer Mann, Abraham Weinkäfer mit Namen, seines Zeichens ein Glasermeister. Still und friedlich lebte er dahin; ein guter Gatte und Vater, ein fleißiger Handwerker. Die öffentliche Aufmerksamkeit zog er durch nichts auf sich. Wohl hatte er vor seinen Mitbürgern einen Vorzug, doch kam dieser in Winniza, wo das Schönheitsgefühl wenig ausgebildet ist, nicht zur Geltung: Er hatte den stattlichsten Bart im Städtchen, einen Riesenbart, der besonders schön und ehrfurchtgebietend aussah, nachdem er ergraut war.

Es war im Jahre 1871, und Abraham stand damals in der Mitte der Fünfzig, als eines Tages der Generalgouverneur von Podolien nach Winniza kam. Eine neue Schule, für deren Begründung er sich lebhaft interessiert hatte, sollte eröffnet werden, und er wollte bei der Feier nicht fehlen. Der Mann war von altem Adel, hatte nicht nur eine vornehme Erziehung genossen, sondern auch wirklich etwas gelernt, schwärmte für alles Schöne und dilettierte in den Künsten; er machte niedliche Verse und malte recht nette Aquarelle. Aber er war nicht nur ein vollendeter Kavalier, sondern auch eine wahrhaft liebenswürdige, wohlwollende Natur und strebte auch als Beamter stets nur das Gute an. Nur, daß er etwas zerstreut war und überaus vergeßlich; man erzählte sich die lustigsten Anekdoten darüber, u. a. wie er einmal an der Hoftafel zu Petersburg – er gehörte zu den bevorzugten Lieblingen Alexanders II. und des ganzen kaiserlichen Hauses – seinen Teller zurückgeschoben, den Bleistift hervorgezogen und zum Entsetzen seiner Nachbarn auf der weißen Damastdecke zu zeichnen begonnen habe. Er selbst war sich dieser Schwäche bewußt und wählte, um sie auszugleichen, einen Adjutanten von ausgezeichnetem Gedächtnis.

Alle Bewohner des Städtchens hatten sich zu Ehren des hohen Besuchs im Festgewand vor der neuen Schule versammelt, auch unser Held war darunter. Er nahm sich in seinem schwarzen Seidenkaftan, im Schmuck des Riesenbartes, ganz prächtig aus und mußte ein Malerauge sofort fesseln. Daher blieb denn auch der Gouverneur, als er nach beendeter Feier, von dem Adjutanten und dem Polizeimeister der Stadt gefolgt, durch die Reihen schritt, vor ihm stehen, musterte ihn mit wohlgefälligem Lächeln und fragte freundlich nach seinem Stand und Namen. Der schlichte Mann war über diese unverhoffte Ehre so fassungslos, daß er die Antwort nur stammelnd zu geben vermochte.

»Das ist brav«, sagte der Gouverneur und klopfte ihm herablassend auf die Schulter. »Glasermeister – das höre ich gerne; Handwerk hat einen goldenen Boden ... Aber sage doch«, er sagte »Du« zu dem alten Manne, weil es nur eben ein Jude war, aber er meinte es gewiß nicht böse, »wie bist du zu diesem Bart gekommen?«

Darüber ward der gute Abraham noch viel verblüffter. »Wie soll ich zu meinem Bart gekommen sein?« fragte er endlich demütig. »Er ist mir eben gewachsen! ...«

»Ein herrlicher Bart!« rief die Exzellenz enthusiastisch. »Und was die Hauptsache ist, er stimmt zu deinem Gesicht, deiner ganzen Erscheinung. Du scheinst gar nicht zu wissen, guter Abraham, welche Merkwürdigkeit du bist ... Möchtest du mir Modell sitzen? Ich möchte dich zeichnen. Nur eine Bleistiftskizze, eine Stunde genügt.«

»Zeichnen?« rief Abraham und hob abwehrend die Hand. »Was ist an einem alten Juden zu zeichnen?«

»Also ebenso bescheiden wie schön!« lachte der Gouverneur. Aber der Polizeimeister verstand den weinerlichen Ton Abrahams besser. »Damit hat es seine besondere Bewandtnis!« erklärte er seinem Vorgesetzten. »Der Mann gehört wohl nicht selbst zu den streng Orthodoxen, fürchtet aber ihren Zorn. Diese nämlich halten es für sündhaft, wenn sich ein Jude porträtieren läßt ... Du wirst tun, was Seine Exzellenz befiehlt«, schloß er barsch, zu Abraham gewendet.

»Nicht diesen Ton!« wehrte der Gouverneur ab. »Der Mann ist ja nicht dazu verpflichtet, mir zu sitzen ... Aber wenn ich dich nochmals darum bitte«, sagte er zu dem Juden, »so tust du es vielleicht doch? Wie gesagt, nur eine Stunde, etwa morgen früh, da ich schon um die Mittagsstunde abreise ...«

Natürlich weigerte sich der Jude nun nicht länger, und am nächsten Morgen fand die »Sitzung« statt. Der Gouverneur unterhielt sich auf das leutseligste mit dem Juden und schenkte ihm beim Abschied eine wertvolle Bernsteinspitze. Diese Spitze und der Bericht Abrahams über seine Gespräche mit dem Gouverneur beschäftigten die Leute von Winniza noch durch Wochen. Der Glasermeister konnte die Herablassung seines hohen Gönners nicht genug rühmen; nur über die Skizze äußerte er sich ziemlich geringschätzig; er selbst, obwohl er doch sein eigenes Gesicht gut genug kenne, habe sich in diesem Krixkrax von Bleistiftstrichen nicht auszukennen vermocht. Doch tat er durch dies Urteil dem Talent des Gouverneurs schweres Unrecht; es war eine recht hübsche und charakteristisch durchgeführte Skizze.

Dieser Ansicht war denn auch einige Monate später eine sehr hohe Dame am Petersburger Hof, als ihr der Gouverneur das Blatt vorwies. Es war die dem Kaiserhause verwandte, durch feinen Kunstsinn ausgezeichnete Herzogin von L., die sich auch nicht ohne Glück als Malerin im historischen Genre versuchte. »Vortrefflich!« rief sie, und ihre Augen leuchteten auf. »Welch schöner Patriarchenkopf! Was wäre dies für ein Modell zum Erzvater Abraham in der biblischen Szene, die ich seit langem malen will! Immer wieder habe ich die Ausführung verzögert, weil sich eben kein ganz passendes Modell finden wollte ... Bitte, lassen Sie mir das Blatt hier!«

»Mit Vergnügen, Hoheit!« versicherte der General. »Aber ich könnte Ihnen ja auch den Mann selbst schaffen ...«

»Oh«, rief die Herzogin, »glauben Sie, daß dies möglich wäre ... Das wäre ja entzückend!«

»Es ist nichts unmöglich, wenn Hoheit befehlen!« erwiderte der Kavalier galant. »Übrigens dürfte es nicht einmal so schwierig sein; der Mann wird es gegen Geld und gute Worte sehr gerne tun. Er wohnt in Winniza; sein Name ist mir freilich entfallen, doch wird mein Adjutant ihn sicherlich noch wissen. Ich will ihm noch heute Auftrag geben; er wird die Sache gewiß rasch und bestens ordnen. In spätestens einer Woche haben Sie Ihr Modell hier.«

Der Adjutant wußte wirklich noch den Namen, ja alle sonstigen Einzelheiten, sogar daß Abraham einen Augenblick aus Furcht vor dem Fanatismus seiner Glaubensgenossen gezögert. Aber auch sonst wäre ihm die amtliche Requirierung als die einzig sichere erschienen. Die Herzogin von L. durfte man jedenfalls nicht warten lassen. Und so telegraphierte er denn an die Gouvernementskanzlei in Kaminnetz-Podolsk, daß der Jude Abraham Weinkäfer in Winniza sofort zur Reise nach Petersburg zu verhalten sei, wo er sich nach seinem Eintreffen ungesäumt bei dem Gouverneur zu melden habe, der auch die Kosten der Reise trage. Ein verläßlicher Mann sei dem Juden als Begleiter beizugeben.

Das Telegramm gelangte in die Hände des Vizegouverneurs, und dieser Beamte hätte sich vielleicht darüber gewundert, wenn er gerade mehr Zeit gehabt hätte. So aber trug er nur einem seiner Kanzleiräte rasch auf, den Juden nach Petersburg zu schaffen, auf kürzestem Wege und unter Bedeckung. Und der Kanzleirat hatte just auch keine Zeit und gab daher den Auftrag an seinen Sekretär weiter, nur daß er bereits das Wort »verhaften« gebrauchte. »Was kann denn dieser Winnizer Glasermeister angestellt haben«, fragte der junge Beamte neugierig, »daß man ihn direkt nach Petersburg schicken muß?« – »Offenbar ein politisches Verbrechen!« sagte der Kanzleirat. Das leuchtete dem Sekretär ein, und es mußte wohl ein schweres Verbrechen sein, da sonst nicht solche Raschheit befohlen worden wäre. Und so telegraphierte er denn an den Polizeimeister von Winniza, der Glasermeister Abraham Weinkäfer sei sofort, als schweren politischen Verbrechens angeklagt, unter Eskorte mit möglichster Beschleunigung nach Petersburg zu schaffen.

Der Polizeimeister las den Auftrag mit grenzenlosem Erstaunen; was immer er hinter dem schönen Bart gesucht hätte, politische Umtriebe sicherlich nicht. Auch kam ihm der Gedanke, daß hier ein Mißverständnis obwalte, aber das half ja nichts; der Auftrag lautete klar genug und mußte erfüllt werden. Er ließ den Juden vorladen, der in einiger Aufregung erschien; die Polizei hatte sich sein Leben lang nicht um ihn gekümmert. Von Entsetzen gelähmt, vernahm er den Befehl und konnte lange keinen Laut hervorbringen. »Erbarmen!« flehte er endlich und warf sich dem Polizeimeister zu Füßen. »Es kann nicht wahr sein, was habe ich mit ›Politik‹ zu tun. Wenn Sie es mir nicht eben erklärt hätten, ich verstünde das Wort nicht!«

Der Beamte war Menschenkenner genug, um zu wissen, daß dieser Ton echt sei. Von Mitleid für den Unglücklichen ergriffen, beschloß er, das einzige für ihn zu tun, was in seiner Macht stand: Er fragte telegraphisch beim Gouvernement an, ob hier nicht eine Namensverwechselung vorliege; inzwischen mußte er ihn freilich als Gefangenen verwahren. Weib und Kinder durften ihn natürlich besuchen. Nachdem der erste furchtbare Schrecken verwunden war, begannen auch sie, gleich ihm selbst, wieder zu hoffen: Die Sache mußte sich ja aufklären. Auch alle Bewohner von Winniza waren der festen Überzeugung, daß ihr braver, friedlicher Mitbürger, der sich bisher nie um die trüben Händel der Welt, sondern nur um seine klaren Fensterscheiben gekümmert, unmöglich ein gefährlicher Verschwörer sein könne.

Erst drei Tage später traf die Antwort des Gouvernements ein, von jenem Sekretär gezeichnet; sie enthielt einen Verweis für den Polizeimeister, weil er durch überflüssige Fragen den Gang der Justiz aufhalte; ein Mißverständnis liege nicht vor. Vielleicht hätte sich ein Beamter des Westens vorher nochmals genau instruiert, jeder hätte es wohl auch nicht getan, da ja der Befehl ganz bestimmt lautete. Jedenfalls handelte auch jener Sekretär nicht böswillig – und dieses ist eben das bezeichnende Moment dieser Geschichte.

Am nächsten Morgen wurde Abraham auf einem Wägelchen schwer gefesselt zur Bahnstation geführt. Ihm gegenüber saßen zwei Soldaten mit geladenem Gewehr; sein Weib und seine Kinder liefen jammernd neben dem Gefährt einher, und viele der Gemeinde folgten hinterdrein, aus Neugier oder aus Mitleid. Den unglücklichen Mann verließ die Fassung nicht; wohl rannen ihm die Tränen unablässig über das bleiche Antlitz, aber er fuhr fort, Weib und Kinder zu trösten. »Vertrauet auf den Allmächtigen, wie ich auf ihn vertraue«, rief er ihnen zu, »er wird mich Unschuldigen nicht zugrunde gehen lassen. Mir sagt's mein Herz: Ich sehe euch bald und in Freuden wieder.«

Drei Wochen währte es, bis Abraham nach Petersburg eingeliefert wurde, an das Festungsgefängnis, die Abteilung für politische Verbrecher. In der Aufnahmekanzlei wurde ein kurzes Verhör mit ihm aufgenommen; er beteuerte natürlich seine Unschuld, und ebenso natürlich wurde ihm nicht geglaubt. Wohl lag nur ein einziges Dokument über ihn vor: der Begleitbericht des Polizeimeisters von Winniza, worin dieser meldete, daß er den Abraham Weinkäfer, als politischen Verbrechens bezichtigt, dem Befehl eines hohen Gouvernements gemäß, anbei abliefere – aber dies genügte ja, um den Mann in Haft zu behalten. Die Akten, dachten die Herren, würden wohl bald nachfolgen. Der Gefangene wurde in Inquisitenkleider gesteckt, und da der lange Bart gegen die Gefängnisordnung ging, so wurde er ihm abrasiert. Der herrliche, der Patriarchenbart! Dem unglücklichen Mann tat dies weiter nicht weh; er hatte schwereren Kummer. Aber wie hätten die beiden kunstliebenden Seelen, der Generalgouverneur und die Herzogin, geklagt, wenn sie diesen unersetzlichen Verlust für die Kunst erfahren hätten. Das trefflichste Modell für einen Erzvater, das sich im Reiche fand, war freventlich verstümmelt worden.

Aber sie erfuhren es nicht. Wohl erkundigte sich die Herzogin, als vierzehn Tage seit ihrer Unterredung mit dem Generalgouverneur verstrichen waren, gelegentlich bei diesem, wie es um ihr Modell stehe, und er fragte sofort seinen Adjutanten, der seinerseits telegraphisch beim Gouvernement anfragte. Aber die Antwort: die Angelegenheit habe sich durch die Saumseligkeit des Polizeimeisters von Winniza verzögert, sei aber jetzt in bester Ordnung, und der Jude würde jedenfalls in den nächsten Tagen in Petersburg sein, beruhigte alle Beteiligten wieder.

Bald darauf verließ der Gouverneur die Hauptstadt, um eine Erholungsreise ins Ausland anzutreten. Von seinem Adjutanten nahm er nun für immer Abschied; er selbst hatte den trefflichen Mann für einen höheren Posten in einem nördlichen Gouvernement empfohlen.

Als der Gouverneur einige Monate später nach seinem Amtssitz zurückkehrte, war von dem Juden nicht weiter die Rede. Er hatte ihn gänzlich vergessen, ebenso seine Beamten. Um so inniger gedachte die arme, verlassene Frau ihres unglücklichen Gatten. Als ein Jahr vergeblichen Harrens verstrichen war, entschloß sie sich zur Reise nach Kaminnetz-Podolsk. Sie wollte den Gouverneur um Erbarmen anflehen; das Beweisstück seines einstigen Wohlwollens, die Bernsteinspitze, nahm sie mit; sie hatte sie nicht veräußert, obwohl allmählich die Not in das Haus, das seines Ernährers beraubt war, ihren Einzug gehalten. Ein schlimmer Zufall wollte es, daß der Gouverneur damals eben wieder in Petersburg war. Aber sein Stellvertreter empfing sie, und auch er war kein gewissenloser Mann; er hörte ihre Klagen geduldig an und gab ihr dann jene Antwort, die er ihr geben mußte: daß für politische Verbrechen einzig das Gericht maßgebend sei; weder er noch sein Chef könnten in dieser Sache etwas anordnen. Wenn aber ihr Mann wirklich unschuldig sei, so werde er ohne Zweifel bald heimkehren. Mit diesem kargen Trost kehrte sie zurück und harrte wieder geduldig. Als aber auch ein zweites Jahr verstrichen war, wollte sie die Reise zum Gouverneur wiederholen, obwohl sie nun die Bernsteinspitze nicht mehr vorweisen konnte. Aber da sagten ihr die Leute, daß ihr Gönner seit einigen Monaten versetzt sei; er habe einen hohen Verwaltungsposten in Moskau erhalten.

Inzwischen saß Abraham im Gefängnis zu Petersburg. Man hatte ihm gesagt, daß er bald zum Verhör werde vorgeführt werden, aber Tag um Tag, Monat um Monat und ein Jahr verging, ohne daß sich jemand um ihn bekümmerte. Seine Bitten um ein Verhör blieben vergeblich, sie gelangten nicht einmal zu dem Untersuchungsrichter.

»Du wirst vorgeführt, sobald die Reihe an dich kommt«, sagte ihm der Gefangenenwärter. Endlich, bei einer Inspektion der Gefängnisse, lenkte sich die Aufmerksamkeit auf ihn. Ein Jahr Haft ohne Verhör – das schien dem Inspektor doch auffallend, und er fragte beim Untersuchungsrichter an. Aber dieser konnte sich darauf berufen, daß die Schuld ja nicht an ihm liege – die Akten seien eben noch nicht da, und diesen Grund mußte auch der Inspektor gelten lassen.

Ein zweites Jahr verstrich. Der alte Mann verfiel immer mehr; er hätte nun höchstens noch zu einem Hiob Modell sitzen können. Lange hatte ihn sein Gottvertrauen aufrechterhalten, endlich übermannte ihn die Wut der Verzweiflung. Er begann in seiner Zelle zu toben, so daß ihm eine schwere Disziplinarstrafe auferlegt wurde. Aber der Vorfall hatte doch das Gute, wieder an ihn zu erinnern. Das Untersuchungsgericht requirierte vom Gouvernement die Akten. Die Antwort lief erst nach Monaten ein; sie lautete natürlich, daß dort von der Sache nichts bekannt sei; die Verhaftung sei im Auftrage des einstigen Generalgouverneurs erfolgt, der jetzt in Moskau lebe. Nun richtete das Gericht eine Anfrage an diesen. Von seinem Stellvertreter kam die Antwort, Seine Exzellenz seien im Bade; die Sache werde ihm nach seiner Rückkunft vorgelegt werden.

Und wieder verstrich ein Jahr, da kam ein neuer Inspektor. Der Anblick des Greises erschütterte ihn, noch mehr dessen Erzählung. Er beschloß der Sache auf den Grund zu kommen und fing es ganz regelrecht an. Zunächst interpellierte er den Polizeimeister von Winniza. »Auftrag des Gouvernements«, war die Antwort, aber damit begnügte sich der brave Mann nicht; er wiederholte seine Vermutung, daß hier ein Mißverständnis vorliege. Wenn dem so sei, dann habe es bereits furchtbare Folgen gehabt: Das Weib des Gefangenen sei vor Gram gestorben, seine Kinder im größten Elend zurückgeblieben. Nun wandte sich der Inspektor an das Gouvernement: Es berief sich auf seine Antwort vom vorigen Jahre. Jetzt endlich wurde die Anfrage wieder an den einstigen Gouverneur gerichtet, und diesmal kam auch sofort die Antwort: Er habe niemals einen politischen Verbrecher direkt nach Petersburg schaffen lassen. In der Tat durfte der hohe Herr, so unverläßlich auch sonst sein Gedächtnis war, diesen Bescheid mit größter Sicherheit geben; er hatte politische Untersuchungen stets den Gerichten überlassen.

Jetzt wurde dem Inspektor die Sache vollends unheimlich: Er beantragte Freilassung des Gefangenen, denn ein Verbrecher sei wohl da, jedoch kein Verbrechen. Aber das Gericht verlangte zuerst völlige Klarstellung und stellte neue Recherchen an. Doch noch ehe diese zum Abschluß gelangten waren, kam Licht in die Sache. Der Gouverneur kam nach Petersburg, wohin inzwischen auch sein einstiger Adjutant versetzt worden war. Dieser suchte ihn auf und bat um seine Fürsprache zur Erlangung eines hohen Postens. Der Gouverneur versprach es gern; mit Hilfe der sehr einflußreichen Herzogin von L. werde es gewiß leicht gehen. Er begab sich zu der hohen Dame und empfahl ihr seinen Schützling. Sie versprach ihre Vermittlung in liebenswürdigster Weise, weil aber ihr Gedächtnis ebenso trefflich war als jenes des Gouverneurs schwach, so fragte sie mit etwas boshaftem Lächeln: »Es ist doch derselbe Herr, der mir das Modell so pünktlich besorgt hat?«

»Derselbe!« rief der Gouverneur eifrig. »Das hatte ich ganz vergessen. Haben Sie den Juden gemalt? Nicht wahr, ein prächtiger Kopf?«

»Gewiß – aber ich habe ihn nie gesehen!«

Der Gouverneur teilte es bestürzt seinem Schützling mit. Dieser leitete seine Recherchen kräftig ein; er wollte die hohe Gönnerin überzeugen, daß er das Seine getan. Schon am nächsten Tage konnte er dem Gouverneur entsetzt mitteilen, wo sich das arme Modell befinde. Beide Herren begaben sich sofort nach den Gefängnissen. Kein Zweifel, da stand ja der Name in der Liste. Der Kerkermeister wurde geholt. »Lassen Sie den Abraham Weinkäfer sofort herbeibringen!« ward ihm befohlen.

Der Beamte stand verlegen da. »Verzeihen, Exzellenz … der Mann ist vor zwei Monaten gestorben. Es ist ein wahres Wunder, daß er es so lange ausgehalten hat. Aber er hoffte noch immer …«

Die beiden Herren haben für die verwaisten Kinder gesorgt. Den Toten konnten auch sie nicht mehr lebendig machen.

Das ist die Geschichte vom Bart des Abraham Weinkäfer, und ich finde kein Wort, das ich ihr hinzufügen könnte.

Kossowiczs Rache

Es war am 7. Juli 1866 – das Schicksal hat dafür gesorgt, daß ich das Datum nie vergesse – morgens halb neun im Lehrsaal der Septima zu Czernowitz in der Bukowina; Unterprima würde man die Klasse in Deutschland nennen. Auf dem Katheder stand der Professor Wilhelm Lang, der ehrgeizige Mann, der mit uns den Horaz schon in Septima las, die schlanke, elegante Gestalt leicht vorgeneigt, sein Prüfungsbüchlein in der weißen, weichen, beringten Hand. »Kossowicz!« hatte er eben gerufen und dazu gelächelt, wie er immer zu lächeln pflegte, wenn er den großen, plumpen, dicken Menschen aufrief. Und der einfältige rumänische Popensohn hatte sich erhoben und die asklepiadische Strophe schlecht skandiert und stotterte nun bei der Übersetzung – alles wie immer. Wir Schüler aber grinsten fröhlich, nie machte Professor Lang bessere Witze, als wenn er den Kossowicz Eusebius prüfte, unsern armen, vielgehänselten »ultimus ultimorum«.

Diesmal sollte es nun vollends so lustig werden wie nie vorher. »Nil pictis timidus navita puppibus fidit«, hatte der Rumäne gelesen und sollte es nun übersetzen. »Der furchtsame Schiffer vertrauet nicht ...«, begann er, »vertrauet nicht ...«

»Seinem natürlichen Genie«, fiel der Professor ein, »sondern präpariert sich!«

Die Klasse wieherte. »Kossowicz! Was heißt pingere?«

»Malen«, flüsterte ein barmherziger Nachbar dem Prüfling ein.

»Malen«, wiederholte Kossowicz.

»Und puppis?«

»Hinterteil des Schiffs«, flüsterte derselbe Nachbar wieder. Aber Kossowicz verstand nur das erste Wort. Über das stumpfe Gesicht flog es wie ein Leuchten.

»Ich weiß schon!« sagte er freudig in seinem seltsamen Deutsch. Und dann mit Donnerstimme, jede Silbe wuchtig betonend: »Der furchtsame Schiffer vertrauet nicht auf sein bemaltes Hinterteil!«

Wir brüllten los, daß die Wände widerhallten. Auch Lang lachte und lachte, daß die Tränen über die Backen liefen. Dann aber rief er:

»Kossowicz Eusebius, setzen Sie sich auf Ihre puppis. Schade, daß Sie schon zu alt sind, um sie Ihnen blau und rot zu streichen: Es würde nichts mehr nützen!«

Seltsam, darauf blieb es still. Wir waren übermütige Bengels zwischen fünfzehn und siebzehn, Kossowicz unser Prügelknabe, Lang unser Abgott, jeder Witz von ihm wurde belacht, diesmal schwiegen wir. Denn wir fühlten: Das geht zu weit! So darf man einen dreiundzwanzigjährigen Mann nicht behandeln. Der arme, tölpelhafte Mensch, der spät aufs Gymnasium gekommen und jede Klasse zweimal durchmachte, war vielleicht nur zwei Jahre jünger als unser eleganter Lehrer.

Auch Kossowicz empfand es so. Zuerst stand er regungslos, das dumpfe, stumpfe Antlitz vorgeneigt, offenbar verstand er den »Witz« noch nicht. Dann ging ein Zucken durch den wuchtigen Körper, er wurde totenbleich.

»Herr Professor!« lallte er fast drohend. »Ich –« Weiter kam er nicht. In demselben Augenblick tat sich die Tür auf, der Direktor trat ein. Wir schnellten von den Sitzen empor, nicht bloß, weil es die Vorschrift gebot, auch aus Überraschung und Erwartung. Der Direktor kam während des Unterrichts – das war unerhört und mußte die gewichtigsten Gründe haben.

Keine angenehmen, das sah man dem würdigen Manne vom Antlitz ab. Stefan Wolf hieß er, wir nannten ihn Gorgias, weil er diesen Dialog des Plato in jeder Rede zitierte. Sein Antlitz war bleich, und der mächtige Schnurrbart zitterte.

Er trat aufs Katheder neben den Professor, der ihn nicht minder erstaunt anblickte als wir.

»Also«, begann er – nie hat ein sterbliches Ohr eine Rede des Wackeren vernommen, die mit einem anderen Wort begönnen hätte – »also, Sie können gehen. Also, der Unterricht für das Schuljahr ist zu Ende. Die Zeugnisse können Sie nach einer Woche bei mir abholen ...«

Ein Laut der Überraschung aus fünfzig Kehlen, dann ein Summen und Surren. »Warum?« riefen einige.

»Unfug!« donnerte Gorgias. »Schweigen Sie! Also, der Herr Landeschef hat es eben verfügt. Also – der Krieg, der entsetzliche Krieg. Also« – der Schnurrbart zitterte konvulsivisch – »die Schlacht von Königgrätz ... aber damit nicht genug. Also« – und bei diesen Worten hüpfte der Schnurrbart vollends wie ein selbständiges Wesen auf und nieder – »die Cholera ...«

Wieder ein Rufen und Flüstern.

»Unfug! Schweigen Sie! In solchen Zeiten ärgert man seinen Direktor nicht. Auch Obst dürfen Sie nicht essen. Also, wer Gurken ißt – Unfug, der streng bestraft werden muß! Also, heute Nacht sind in der Wassergasse drei Menschen gestorben! Gehen Sie nach Hause!« Wir begannen die Bücher zusammenzupacken.

»Ruhe! Unfug!« donnerte er wieder. »Im Gorgias sagt Plato ...« Er hielt inne. »Nein, das sage ich Ihnen morgen – wollte sagen nächstens. Also – die Cholera, Galle – Gallenruhr. Jede andere Ableitung ist falsch.« Und er wiederholte mit furchtbarer Entschiedenheit: »Ganz falsch, hört Ihr!« Dann aber brach sich die Stimme des Mannes – ich bin im Leben selten einem warmherzigeren begegnet. »Adieu Jungens! Schwere Zeiten! Haltet Euch vernünftig und fürchtet Euch nicht. Wir stehen in Gottes Hand. Auf Wiedersehen – im Herbst. Alle, hoffentlich wir alle.«

Und er rannte hinaus, damit wir die Tränen in seinen Augen nicht sehen sollten, und wir alle hinterdrein, er, die nächste Klasse aufzulösen, wir über die Korridore auf die Gasse.

Sie lag im Glanz der Julisonne. Die Kinder spielten auf den Trottoirs, die Leute gingen ihren Geschäften nach. Nirgendwo eine erregte Miene, ein ängstliches Wort. Wir lachten, riefen, pufften uns. Hätten uns nicht die letzten Worte des guten Alten, den wir alle, trotz seiner eigentümlichen rednerischen Leistungen wie einen Vater liebten und ehrten, im Ohr nachgeklungen, unsere Freude über die unverhofft frühen Ferien wäre eine ungetrübte gewesen.

Erst auf dem Marktplatz klang uns wieder jener Name entgegen, dessen richtige Ableitung er uns so energisch eingeschärft, aber auch nicht eben in furchterregender Art. Zwei Polizisten gingen von einer Hökerfrau zur anderen und konfiszierten die unreifen Kirschen und Stachelbeeren. Die Weiber jammerten, die Umstehenden lachten, auch die Polizisten nahmen ihr Geschäft nicht ernst. »Dumme Sache! Aber der Herr Bürgermeister hat's befohlen! Die Cholera! Platz, Ihr Leute!«

In der Siebenbürger Gasse holte ich meinen Coetanen Kossowicz ein. Er ging gesenkten Hauptes dahin und wich niemand aus, daß ihn die Leute zornig oder lachend aus dem Wege schoben. Ich holte ihn ein und sprach ihn an. »Nimm's dir nicht zu Herzen«, suchte ich ihn zu beruhigen. »Er hat's nicht so böse gemeint.«

Er schüttelte den großen, unförmigen Kopf. »Is mir bitter«, sagte er dumpf. »Is mir sehr bitter! Lang is Hund!« schrie er dann gellend auf.

»Das ist er nicht!« sagte ich. »Freilich hätte er den Witz nicht machen sollen!«

»Is Hund!« wiederholte er. »Bin ich schlecht? Nein! Bin ich faul? Nein! Bin ich Bub? Nein! Schlechten, faulen Bub droht man mit Prügel, aber mir? Ich bin ein alter Mensch mit Bart, unglücklicher Mensch! Warum? Kein Kopf zum Studieren! Muß doch studieren! Will Bauer werden, soll Pope werden. Guter Mensch hätte Mitleid mit mir – also Kossowicz kann nichts, bekommt dritte, aber man läßt ihn in Ruh! Schlechter Mensch tut mir das an! Aber ich werd' ich es ihm zeigen – ruf mich Hund, wenn ich's nicht tu'!«

Auf dem stumpfen Antlitz lag der Ausdruck eines ehernen Entschlusses. »Kossowicz«, sagte ich erschreckt und legte ihm die Hand auf die Schulter, »du wirst dich an Lang nicht rächen! Du wirst dich nicht unglücklich machen!«

»Mir ist alles eins«, erwiderte er. »Unglücklich bin ich auch so! Aber er soll lernen besser sein und vor Gott Furcht haben!«

»Was willst du tun?« fragte ich und hielt ihn fest.

»Wirst hören«, erwiderte er, riß sich los und trat in das kleine ebenerdige Haus, wo er mit vielen anderen Schülern bei einer Pfarrerswitwe zur Miete wohnte.

Das nahm ich viel schwerer als die Cholera und setzte meinen Weg ernster fort als bisher. Erst daheim kam mir eine Ahnung von dem Entsetzlichen, das der Name in sich barg. Als ich mit der Kunde ins Zimmer trat, ward das Antlitz meiner Mutter bleich wie das Linnen, an dem sie nähte. »Das ist furchtbar ...«, murmelte sie mit entfärbten Lippen. »Wenn es so kommt wie vor fünfunddreißig Jahren ...« Und sie erzählte mir von der Choleraepidemie von 1831, die sie als junges Mädchen in Brody durchgemacht, wie jeder zehnte Mensch gestorben und es nicht mehr Hände genug gegeben, die Toten zu bestatten.

Ich hörte zu, und weil sie selbst erregt war, machte es auch mir Eindruck, aber tief war er nicht. Dann nahm ich wieder die Mütze vom Nagel und wollte gehen.

»Wohin?«

»Zum Kossowicz. Der arme Kerl soll keine Dummheiten machen!« Ich erzählte ihr, um was es sich handelte.

Sie nickte. »Aber bis zwölf bist du zurück. Wir gehen zu deinem Vormund, der heute seinen Geburtstag hat, um ihm zu gratulieren. Auch speisen wir dort.«

Der Rumäne war nicht zu Hause. Was sei ihm denn widerfahren? empfing mich seine Wirtin. Er sei lange brütend dagesessen und dann plötzlich fortgerannt. Und ob es wahr sei, daß die Leute in der Wassergasse dahinstürben wie die Fliegen?!

Ich beschloß, hinzugehen, obwohl die Zeit knapp war, wenn ich mittags wieder daheim sein wollte. Czernowitz liegt auf einem Hügel, die Wassergasse umgibt, dem Lauf des Pruth folgend, den Fuß des Hügels. Damals wohnten nur arme Leute dort, namentlich Juden und Ruthenen. Den Hochsommer abgerechnet, wo man die Pruthbäder aufsuchte, kamen die Städter nie in die armselige, entlegene Vorstadt.

Wieder kam ich über den Marktplatz, er war nun etwas belebter als vorher, namentlich standen die Leute in dichten Gruppen um große, gelbe Plakate, die eben angeschlagen wurden. Der Bürgermeister teilte mit, daß sich seit gestern in der Pruthvorstadt drei Fälle von Brechdurchfall mit tödlichem Ausgang ereignet. Ob es sich um asiatische Cholera handle, sei noch nicht festgestellt, doch habe er ungesäumt alles Nötige veranlaßt. Eine Cholerabaracke sei im Bau, die Pruthvorstadt abgesperrt. Die Bekanntmachung schloß mit einigen hygienischen Ratschlägen.

Die Umstehenden beurteilten dies Schriftstück sehr verschieden. Die einen lobten den Bürgermeister seiner Energie wegen, die anderen fanden den Eifer höchst überflüssig. »Weil in der Pruthvorstadt drei Arbeiter sterben, die sich den Magen mit unreifem Obst vollgestopft haben, bringt er die ganze Stadt in Aufruhr!« Am schärfsten verurteilte Herr Gregor Lupul diese »Dummheiten«. Es war dies der Besitzer des schönsten Hauses, des mächtigsten Bauchs, der rötesten Nase und des lautesten Organs in ganz Czernowitz. »Wer ist denn 1831 hier oben gestorben? Kein Mensch, der zu essen hatte. Hab' ich nicht recht, Mayer, Sie müssen's ja auch noch wissen!«

»Gewiß weiß ich es, Herr von Lupul«, erwiderte der kleine, schmächtige Salomon Mayer geschmeichelt. »Die Cholera ist eine Art Hungertyphus, für die armen Leut.« – »Und deshalb soll ich keinen Salat essen?« rief Lupul entrüstet. »Justament eß' ich heut sogar einen Italienischen! Kommen Sie mit, Mayer, zum Anatowicz in die Weinstube!«

Mayer ging mit, ich aber der Wassergasse zu. Je tiefer ich den Berg hinabkam, desto mehr Leute standen da, desto lauter sprachen, desto heftiger gestikulierten sie. Überall dasselbe Thema und dieselben Urteile.

Die einen priesen, die andern höhnten den Bürgermeister. Die einen mahnten zur Vorsicht, die anderen prahlten, was sie sich alles zu essen getrauten, die einen erzählten zitternd, alle Stunde stürben da unten einige Menschen, und alle Ärzte seien dort beschäftigt, die anderen schworen, die Leute in der Wasserstadt seien so vergnügt wie nur je. Sicheres wußte niemand.

Da kamen zwei Wagen die Straße herabgepoltert, große, unförmige Karren, mit schwarzem Tuch überdeckt. Auf dem Bock saßen zwei städtische Diener.

»Wohin? Wozu?« rief man sie an.

»Die Toten abholen!« erwiderte einer der Diener.

»Wieviel?«

»So ein Dutzend. Jetzt können's leicht mehr sein!«

Ein wildes Schreien und Lärmen, dazwischen ein gelles Lachen – und im nächsten Augenblick war die Straße wie reingefegt. Heulend, jammernd, fluchend stürzten die Leute den Berg empor, ihren Wohnungen zu, und gaben die Schreckenskunde verzehnfacht weiter.

Als ich den Eingang zur Pruthgasse erreichte, stand da ein großer Haufe Menschen und lachte und schrie: Lehrjungen, Strolche und Dirnen. Sie unterhielten sich damit, die städtischen Polizisten zu verhöhnen, die den Eingang zur Straße bewachten, damit niemand den verseuchten Stadtteil verlasse. Sonst war auch nichts zu sehen. Die wenigen Häuschen, die man überblicken konnte, boten denselben Anblick wie sonst. Vor den Türen spielten die schmutzigen Kinder in der Gosse, an den Fenstern flatterte zerlumpte Wäsche zum Trocknen, ein Schuster hockte auf seinem Dreibein vor der Werkstätte und flickte ein Paar Stiefel, ein Trunkener saß auf einer Bank und schlug mit einem Stecken um sich, eine Verlorene lehnte sich halbbekleidet aus ihrem Dachfenster weit vor und lachte uns frech an. Alles wie gewöhnlich an dieser Stätte des Elends und der Verworfenheit …

Schon wandte ich mich zum Gehen, da klang ein Laut in mein Ohr, der mich anhalten ließ – ich glaube, ich höre ihn noch, während ich das schreibe. »Boze!« (»Gott«) rief eine Stimme schrill, verzweiflungsvoll. Selbst das rohe Gesindel um mich her wurde plötzlich still. Noch einmal »Boze!« und »Ratujcie!« (»Rettet!«) Und aus dem Hause, vor dem der Schuster saß, kam ein Mensch hervorgestürzt, ein junger todblasser, fast nackter Mensch, der eben aus dem Bett gesprungen sein mußte, und warf sich wie ein Kreisel in der Luft herum und stürzte in Krämpfen hin. Das war der erste Cholerakranke, den ich damals gesehen habe.

Als ich heimkam, war es längst zwölf vorbei. Meine Mutter schalt heftig auf mich ein, als sie erfuhr, wo ich gewesen, besprengte mich mit einer Essenz, die sie inzwischen besorgt, und ließ mich die Kleider wechseln. Dann gingen wir zum Hause meines gestrengen Vormunds. Die anderen Glückwünschenden waren schon dagewesen, man hatte mit dem Speisen auf uns gewartet, der alte Herr war sehr ungnädig.

»Das blödsinnige Gerede von der Cholera verdirbt einem die Laune!« rief er. »Und nun kommt man auch nicht rechtzeitig zu Tisch.«

»Aber der Doktor Atlas und der Lupul sind auch noch nicht da«, suchte ihn seine Frau zu begütigen.

»Der Doktor steht in städtischen Diensten«, rief er, »und muß tun, was der Bürgermeister will. Wahrscheinlich muß er gerade die Betrunkenen in der Wassergasse nüchtern machen! Aber der Lupul – richtig, der Lupul ist ja auch noch nicht da! Wo steckt denn der Alte? Schick doch zu ihm hinüber!«

Es währte lange, bis der Bote wiederkam. Wir setzten uns inzwischen zu Tische. Mein Vormund war sichtlich noch immer unwirsch, und seine Laune besserte sich nicht, als der Bote endlich meldete, die Haushälterin wisse nicht, wo der Herr von Lupul geblieben, er sei seit dem Morgen fort. »Der Kerl wird doch nicht vergessen haben!« rief der alte Herr in hellem Zorn. Das war verzeihlich, denn Lupul war sein bester Freund, auch pflegte dieser Demosthenes von Czernowitz seit fünfundzwanzig Jahren bei dem Diner am 7. Juli den Toast auf das Geburtstagskind zu sprechen. Weil aber das Essen gut war, der Wein noch besser, so erheiterte sich allmählich die Laune des Gastgebers, besonders, da ein anderer Freund des Hauses das Hoch beinahe ebenso gut ausbrachte wie sonst Lupul. Und so saßen wir da und aßen und tranken, und weil die beiden leeren Stühle an der Tafel ungemütlich waren, so schoben wir sie weg. Bei meinem Vormund geschah alles gründlich und ausgiebig, nach eins waren wir zu Tische gegangen, kurz vor sechs wurde der Kaffee serviert. Da erst erinnerte er sich des ausgebliebenen Freundes und schickte nochmals hinüber. Diesmal kehrte der Diener sehr bald zurück.

»Nun?« rief ihn der alte Herr an. »Ist er zu Hause?«

»Ja, seit zwei Uhr!«

»Warum kommt er nicht?«

»Er kann nicht!«

»Ist er krank?«

»Tot ist er!« stieß der Diener hervor. »An der Cholera gestorben, der Doktor Atlas war bei ihm.« Einige Minuten später war der Saal leer, die Gesellschaft zerstoben, als ob der Tote selbst in ihrer Mitte erschienen wäre. Auch meine Mutter und ich gingen heim.

Als wir an dem Häuschen jener Pfarrerswitwe vorübergingen, stand die alte Frau vor der Tür und spähte besorgt die Straße auf und nieder. »Ist der Kossowicz zu Hause?« fragte ich.

»Nein!« rief sie. »Ich sterbe vor Angst! Zum Essen nicht heimgekommen! In den neun Jahren, wo er bei mir wohnt, habe ich das nicht erlebt. Er und vom Essen wegbleiben! Es ist ihm etwas passiert. Die Cholera! Wenn ich nur wüßte, wo ich ihn suchen soll.«

Da wußte auch ich keinen Rat. Ich suchte sie zu beruhigen und bat, mich wissen zu lassen, wenn er wieder zurück sei.

Eine Stunde später kam das Kind der Witwe, Kossowicz sei eben heimgekommen und lasse mich bitten, ihn zu besuchen, er sei nicht ganz wohl.

Meine Mutter schärfte mir Vorsicht ein, ließ mich aber hingehen.

Ich traf ihn auf der Bank im Gärtchen vor dem Haus. Er war bleich und trug trotz der Schwüle seine »Bunda« (rumänischer Bauernmantel) umgeschlagen, als fröstelte es ihn. »Halt!« rief er mir entgegen, als ich das Gärtchen betrat. »Halt!« rief er noch einmal, als ich einige Schritte vorwärts tat. »Komm mir nicht zu nahe, ich war ich eben bei einem Cholerakranken!«

»Bei wem?«

»Bei Lang!«

Ich traute meinen Ohren nicht, er aber erzählte:

»Ich geh' ich um elf Uhr zu ihm! Wozu? Um ihn zu ohrfeigen. Dann soll man mich meinetwegen aufhängen, aber der schlechte Mensch soll seine Lehre haben. Komm ich hin. Sagt sein Mädchen: ›Herr Professor nicht zu Haus.‹ Frag ich: ›Wann kommt?‹ Sagt sie: ›Um zwei, nach dem Essen.‹ Ich lauf' ich bis halb zwei im Volksgarten herum, ganz wütend, und ich wiederhol' ich immer, was ich ihm sagen will. Dann stell' ich mich vor sein Haus. Umsonst. Kommt nicht. Endlich kommt, aber im Wagen. Ganz blaß, ganz elend. Denk ich: ›Schlecht! Kranken kann man nicht hauen!‹ Will gehen. Da seh' ich, er kann nicht mehr selbst vom Wagen. Tret' ich zu, helf' ich ihm. Sagt er: ›Vorsicht! Mir scheint – die Cholera.‹

Sag ich zornig: ›Oh, nein! Unkraut verdirbt nicht!‹ Und weil er nicht kann, ich helf ich ihm in sein Zimmer. Das Mädchen hat Furcht, traut sich nicht herein. Also was tun? Ich muß ich ihn ins Bett legen. Sagt er: ›Kossowicz, das hab' ich nicht um Sie verdient!‹ – Sag' ich: ›Nein, ganz was anderes, und das kommt auch noch, wenn Sie gesund sind!‹ – Sagt er: ›Was?‹ – Sag' ich: ›Das erfahren Sie früh genug.‹ Ihm wird aber immer übler, und ich seh': wirklich die Cholera. Was tun? Hund is er, aber jetzt is er doch krank, ich kann ich ihn doch nicht allein lassen. Also ich schick' ich das Mädchen um Krankenwagen ins Spital, und inzwischen pfleg' ich ihn! Eine Stunde und zwei und drei, und ihm wird immer schlechter. Und Wagen kommt nicht. Gott im Himmel, bet' ich, was soll ich da anfangen, der Kerl stirbt mir so unter den Händen, und er soll ja gesund werden, damit ich ihn hauen kann. Gott im Himmel, bet' ich, wenn du nicht willst, daß ich ihn hauen soll, so will ich es nicht tun, aber laß gesund werden. Dann bin ich schon mit der Rache zufrieden, daß er sieht: ›Dieser Kossowicz, immer bin ich auf ihm herumgeritten und hab ihn sekkiert und gemartert, und jetzt hält er bei mir aus und pflegt mich!‹ Nicht wahr«, unterbrach er sich, »du, sag, das ist doch auch schon gute Rache? Ganz gute?!«

Ich konnte nur stumm bejahen. »Aber wo ist Lang jetzt?« fragte ich dann.

»Im Spital. Um sechs is endlich Wagen gekommen. Is aber schon halb tot. Ich fürcht' ich, wird sterben! Und mir is auch so. Bleib weg, du, zehn Schritt vom Leib! Was machst für Gesicht, dummer Kerl? Also meinst: Rache hab' ich schon, auch wenn Lang stirbt?!«

Einige Minuten später mußte ich zum Spital, den Krankenwagen für meinen Kollegen zu holen. Am Morgen des 8. Juli ist er dort gestorben, er hat den Lehrer, der ihn gekränkt und bei dessen Pflege er sich die Krankheit geholt, nur um zwei Stunden überlebt.

Der Aufstand von Wolowce

Über die sonnige Heide ging ein Summen, leise und unablässig, als schliefe sie und das wäre ihres Atems Ton. Ich lauschte darauf, wie ich so langsam im Sonnenbrande dahinschritt, und lauschte und konnte nicht ergründen, woher das leise Tönen rühre. Ähnlich hört sich's, wenn urplötzlich – wer weiß, wovon? – ein Windhauch wach wird auf der Heide und im Wacholder wühlt. Aber diesmal standen die Lüfte still über der erhitzten Erde, und droben am Himmel waren die weißen Wölkchen wie angenagelt, und dennoch schwamm jenes seltsame Summen in den lauen Wellen des Äthers. Gezirpe von Grillen konnte es auch nicht sein; das klingt schrill und aus nächster Nähe; jenes Tönen aber zitterte sanft, halb verweht in mein Ohr. Einmal erlosch es ganz, und es war unsägliche Einsamkeit um mich; kein Ton und keine Bewegung, so weit die ungeheure Glocke des Himmels auf der Ebene stand. Dann wachte es wieder auf; zuerst von einer Richtung her, bis sich mählich wieder das Netz der Töne über die ganze Heide spann. War das Musik, eine Fiedel oder Flöte, aber fern, sehr fern? War's vielleicht Jacek der Spielmann? Der irre Greis hat sich ein Plätzlein gesucht, wo das Gesträuch dicht zusammensteht, und seine flickige Jacke darüber gebreitet, und nun spielt er im Schatten leise auf seiner Fiedel, wild, süß, wirr, wie der Vogel sein Lied pfeift. Heut wär's ja nicht zum ersten Male; wie oft hab' ich ihn so getroffen, wenn ich aus der Klosterschule fort und in die Heide lief, immer tiefer hinein, den Faltern nach oder den Wolkenschatten. Ja, der Alte wird es sein, vielleicht wieder drüben beim »schwarzen Kreuz«, da hab' ich ihn an jenem Sonntag zuletzt getroffen …

Und rascher begann ich zu gehen, und immer rascher und – blieb jählings stehen. Ein lautes Lachen kam mich an, und dennoch brannten leise meine Lider. Ich Tor, ich träumender Tor! Fünfzehn Jahre waren's seit jenem Sonntag, und der alte Jacek war längst tot und ich kein wilder Knabe mehr, sondern ein Mann, der sich in aller Herren Ländern müde gewandert hatte und wieder einmal gekommen war, die Heimat zu grüßen. Fünfzehn Jahre! Es ist eine lange Frist, und vieles kann da sterben, um uns und im eigenen Herzen. Und vieles wandelt sich, selbst in dem entlegensten Winkel der Erde, selbst in einem podolischen Heidestädtlein. Vielleicht waren auch die Leute von Barnow dieselben geblieben und nur ich ein anderer geworden, ich weiß nicht! Nur eines weiß ich: Während ich so durch die Gäßchen ging, vorüber an den dumpfigen Hütten und den verwahrlosten Menschen, da habe ich alle jene beneidet, die ihrer Heimat als einer lichten, freundlichen Stätte gedenken können, ich habe sie sehr beneidet. Und zu jener Stunde war's mir unfaßbar, warum ich doch so sehr an dieser Heimat hänge.

Aber als ich auf die Heide kam, da verstand ich es. Die Zauber der Ebene kamen wieder über mich und machten mein einsames Herz traurig, ergeben und weit. Die alten Träume kamen über mich, und ich ging, ein Lächeln auf den Lippen und doch sonderbar bewegt, auf das »schwarze Kreuz« zu, als müßt' ich dort den greisen Spielmann treffen. Aber er war nicht zu gewahren, obwohl von dorther jenes Summen über die Heide klang. Je näher ich kam, desto deutlicher wurde es, desto schriller. Es waren zwei Hirtenpfeifen gewesen, die in der Ferne so zauberisch getönt hatten.

Das Kreuz ist mächtig und plump gefügt aus schwarzbemalten Tannenbalken. Kein Christus hängt daran, nur der Umriß einer Hacke ist am Fuße derb und roh eingeschnitten. An einem großen Tage ward dies Zeichen aufgerichtet: da die Hörigkeit von den Leibern dieser armen Menschen fiel. Darum haben sie die Hacke eingeritzt, das Merkzeichen des freien Mannes. Auch einige Birken sind ringsum gepflanzt, der einzige Schatten, soweit das Auge blickt. Darum rastet unter diesen Bäumen gern das fahrende Volk, das im Sonnenbrand über die Heide zieht: die Zigeunerschar, die rastlos stehlend umherwandert und daneben wahrsagt, fiedelt und die Pferde kuriert; der slowakische Drahtbinder; der ukrainische Tagelöhner; der jüdische »Dorfgeher«, der von Sonntag bis Freitag von Gehöft zu Gehöft zieht und Waren und Schmeichelworte vertauscht gegen Geld und Schläge; der fremde Gaukler; der russische »Sänger«, sehr ehrwürdig und sehr eigentumsgefährlich, der unserem zahmen Bauer von den Großtaten seiner Ahnen und Stammesgenossen, der Kosaken, berichtet und sich dabei demütig durchbettelt und frech durchstiehlt; endlich Bettler ohne poetische Beschönigung, Bettler schlechtweg, jeglicher Nation, jeglichen Glaubens, darunter der »Schnorrer«, der daneben auch Talmudist ist und die lebendige Zeitung für seine Glaubensgenossen. Sie alle rasten hier unter den Birken und trinken aus der Quelle, die hervorsprudelt; der Platz liegt selten verödet, und selbst wenn von dem fahrenden Volk niemand zur Stelle ist, so freuen sich doch einige Hirten der Kühle. Denn der Hügel, auf dem sich das Kreuz erhebt, bildet zugleich die Markung zwischen den Triften des Städtchens Barnow und des Dorfes Wolowce.

Auch heute saßen nur zwei Hirten da und bliesen auf ihren Schalmeien wirr durcheinander, daß es schrill und häßlich klang. Aber als ich ganz nahe herankam, da verstummten sie und erhoben sich. Es waren Knaben, dreizehn-, vierzehnjährig, Flachsköpfe mit stumpfen Gesichtern und jenen sonderbar traurigen Augen, die man bei allen Menschen findet, die einsam heranwachsen in der großen Ebene. Sie waren sehr einfach bekleidet, der eine nur mit Hemd und Hose aus gröbstem grauem Linnen, der andere hatte einen braunen Serdak an, aber dafür kein Hemd darunter. Überhaupt war er der Elegantere, denn er trug einen Strohhut, während sich sein Gefährte mit einem verschossenen blauen Soldatenkäppi behalf. Sie entblößten ihr Haupt vor mir, hielten aber die Kopfbedeckung dicht am Ohr, um sich mit derselben Hand hinter dem Ohr krauen zu können.

Ich mehrte ihre Verlegenheit nicht, ich nickte den Hirten zu, aber ich sprach sie nicht an; was hatte ich auch von ihnen zu erfragen? Ob der oder jener noch lebe, der mir hier einst eine Pfeife geschnitzt oder eine Geschichte erzählt hatte?! Tot! Wie oft hatte ich diese Antwort drinnen im Städtchen gehört; ich hatte genug daran, übergenug. Ich warf mich unter die letzte Birke hin, weitab von den Hirten, und dachte an die alte Zeit und jenen Sonntag vor fünfzehn Jahren.

Das war ein schöner, fast lenzheller Septembertag gewesen, und ich war auf die Heide hinausgegangen, Abschied von ihr zu nehmen; denn morgen sollte ich wieder auf die lateinische Schule. Und wie ich also, recht müde gewandert, hier unter den Birken saß und ringsum war große Stille – nur zuweilen ging ein Windstoß wie ein jäher Seufzer über die Heide –, da wurden mir die Lider schwer, und ich schlief ein. Aber ein schrilles Tönen schnitt meinen Traum entzwei; und als ich jählings emporfuhr, da glaubte ich erst recht fortzuträumen. Vor mir stand der alte Spielmann, noch zerlumpter als sonst, aber einen großen Blumenstrauß an der Brust, und in den sonst so traurigen, glanzlosen Augen glühte es wildfeurig. Bald küßte er seine Fiedel und drückte sie an die Brust, bald strich er wie toll über die Saiten; es klang so ungefähr wie der Radetzkymarsch. »Grüß Gott, Paniczu![1] Ich habe dich geweckt,

1   Jungherr.

ich muß dir etwas erzählen. Aus dem Kreisgericht komme ich, und meine Fiedel habe ich wieder, weil die Muhme Kasia sie mir aufbewahrt hat, und jetzt übe ich mir den Marsch da ein. Den spiele ich, wenn man den Herrn Wincenty doch endlich zum Galgen führt.« Und wieder klangen lustig die Takte. »Aber wo sind die anderen?« fragte ich. – »Noch im Kerker, wegen des Aufstandes. Mich haben die Schreiber freigelassen: ›Du kannst gehen, du bist verrückt.‹ Nun, Paniczu, verrückt bin ich, das ist wahr, der Starost hat mich verrückt gemacht, als ich noch jung war. Aber das weiß ich doch: Noch lebt der Kaiser, und er wird erfahren, was geschehen ist, und was dann?! Hei, dann legt er den Mund an den Draht[2] und sagt den Schreibern beim Kreisgericht: ›Lasset die Leute von Wolowce heim, es sind brave Leute, auch wenn sie in der Verzweiflung Dummheiten gemacht haben, und was den toten Husaren betrifft, so laufen ja noch genug Zigeuner herum, die man einfangen kann und blau anziehen und auf ein Pferd setzen.‹ Und dem kleinen boshaften Schreiber in Barnow sagt er: ›Laß den Herrn Wincenty henken, die Bauern haben recht gehabt, als sie es tun wollten; er hat es redlich um den Fedko verdient und um die anderen auch.‹ Und dann muß der Dicke dran, ob er will, ob nicht, und nimmt sich wieder die Husaren mit, und sie ziehen den Pallasch und blasen und reiten nach Wolowce; aber diesmal gilt's nicht uns, sondern dem Herrn und seinen Knechten! Und der Dicke sagt betrübt zum Wincenty: ›Herr Bruder, es tut mir leid, aber hängen mußt du!‹ Und sie führen

---

2   Der Bauer in Ostgalizien erweist der Telegraphenleitung große Verehrung, denn durch diesen Draht, meint er, spricht der Kaiser mit seinen Beamten (*Pisary*, »Schreiber«). Er legt den Mund an das vergoldete Ende des Drahtes, das in Wien in seinem Zimmer hängt, in dem übrigens alles von Gold ist, und spricht den Befehl hinein, und der klingt dann fort von Stange zu Stange … Mehr als einmal habe ich auf meinen Wanderungen einen Bauer getroffen, der, das Haupt ehrfurchtsvoll entblößt und das Ohr fest an die Stange gedrückt, dastand und lauschte. »Er spricht, aber so still, man kann es nicht verstehen.« Nur einmal, in einer Schenke bei Tluste, hat mir ein Bauer hoch und heilig geschworen, er habe ganz deutlich die Worte verstanden: »Ihr Lumpe, nächstens komme ich mit dem ›Kantschu‹ (Peitsche) über euch.« Ich war der einzige ungläubige Zuhörer, sonst glaubten es alle Leute in der Stube. Warum? Hatten sie Ursache dazu? …

ihn zum Galgen. Ich aber gehe neben dem Karren und spiele diesen Marsch, hörst du, Paniczu, diesen Marsch!«

Es klang mir noch im Ohr, wie er damals gespielt an jenem schönen Septembernachmittag. Aber auf Erden hat der alte Spielmann nicht mehr lange gefiedelt, im nächsten Frühling war er tot. Und der Kaiser hat es nicht erfahren, die Leute von Wolowce sind noch lange im Kerker gelegen, und der Herr Wincenty ist nicht gehenkt worden, »obwohl er es redlich um den Fedko verdient hat«. Immer tiefer lockte mich die Erinnerung in jene verschollenen Geschichten, und ich dachte an den unseligen Kampf, der hier gestritten worden ist, an den sonderbaren »Aufstand von Wolowce« …

Ich grübelte lange darüber. Es ist nicht gut, mußte ich mir schließlich sagen, daß solche Geschichten geschehen. Es ist nicht gut für die Polen, nicht für die Ruthenen, nicht für die österreichische Regierung. Und in allerallerletzter Linie ist es auch nicht gut für den lieben Gott. Je höher ein Herr steht, desto mehr muß er auf seine Reputation sehen. Und der liebe Gott steht am höchsten. Er ist allgütig, allgerecht, und da läßt er in Podolien eine solche Geschichte zu; weiß Gott, es ist auch für Gott nicht gut, daß sie geschah. Aber – sie geschah. Recht alltäglich begann, recht seltsam endete sie. Und in ihre erschütternde Tragik mischt sich ein grell komischer Zug.

Das Dorf Wolowce bei Barnow ist ein großes, schönes Gut. Es gestattet seinem Besitzer ein stattliches Leben. Sogar nach Paris kann er von Zeit zu Zeit gehen und dort den Schneidern, Kokotten und Professionsspielern vergnügte Tage machen. Zu vergnügten Jahren freilich reicht das Einkommen nicht hin. Und wenn sich der Mann gar zehn Jahre nicht um seine Wirtschaft kümmert, sondern fortwährend nur die Pariser Menschheit vergnügt macht, dann muß er freilich im elften Jahre notgedrungen heimkehren, und über sein Haupt kommt Trübsal. Und die Juden dazu.

Damit ist das Geschick des Herrn Wincenty von Barwulski genügend berichtet. Da saß er nun in dem düstern, verfallenen Edelhofe und kämpfte gegen die Trübsal und kämpfte gegen die Juden. Mit verschiedenem Erfolg. Denn was die Juden betrifft, so warf er sie freilich anfangs kurzweg hinaus, aber schon in den nächsten Jahren mußte er sie zuerst um Erneuerung der Wechsel bitten, ehe sie hinausflogen, und schließlich beschränkte er sich aus guten Gründen gar nur auf das Bitten und gewöhnte sich das Hinauswerfen ganz ab. Die Juden also besiegten den Herrn Wincenty, hingegen besiegte er die Trübsal. »Denn«, sagt Pestalozzi schön und richtig, »ein guter Mensch ist auch glücklich; ihm fließt aus dem reinen Herzen ein unerschöpflicher Quell harmloser Freuden.« Wort für Wort paßt das auf den Besitzer von Wolowce, der ein guter Mensch war, ein Normalmensch, ein Mustermensch. Den Müßiggang haßte er glühend; ein vergähnter Nachmittag, ein verschnarchter Abend dünkte ihm mit Recht etwas Gräßliches. Darum hazardierte er am Nachmittag und am Abend bis in die Nacht hinein. Wer Makao spielt, der geht nicht müßig, er sitzt und tut etwas; er verliert sein Geld. Übrigens gewann auch später der Normalmensch zuweilen, sogar auffällig, und stand daher allmählich im ganzen Kreise im Rufe eines fleißigen, fingerfertigen Menschen. Aber ärger noch als den Müßiggang haßte er alle geistigen Getränke, und sein ceterum censeo war: »Der Schnaps ist des Menschen Fluch!« Darum vertilgte er ihn, wo er ihn traf, in unglaublichen Mengen, nicht minder den Wein oder den Met. Allnächtlich schlug er die Schlacht gegen den Dämon Alkohol, allnächtlich ward er besiegt und sank im Morgengrauen unter den Tisch; aber gegen die Mittagsstunde erhob er sich wieder und begann düster und entschlossen die Schlacht von neuem. Er gab seinem Erbfeind keinen Pardon, er forderte keinen; es lag Größe in diesem guten Menschen, sittliche Größe. Aber diese Heldenseele war auch weich und zartester Empfindung fähig: Herr Wincenty konnte kein Weib weinen sehen, am wenigsten sein eigenes Weib. Denn er hatte bald nach seiner Heimkehr aus Paris geheiratet, teils der Trübsal, teils der Juden wegen. Eine reiche adelige Erbtochter hatte er freilich nicht gefunden, nur eine Schullehrerstochter. Aber keine gewöhnliche. War da nämlich irgendwo in einem podolischen Städtchen ein Schullehrer, der eine schöne Frau hatte, und ein Dominikanerkloster, das einen stattlichen Prior hatte. Die Schullehrerin gebar dem Schullehrer ein Mädchen, und als die kleine Aniela heranblühte, erwies es sich, daß sie dem Prior ähnlich sah; darum liebte sie der Hochwürdige und bestimmte ihr eine große Mitgift. Aber es fand sich kein Freier trotz der Mitgift und trotz der rührenden Schönheit des armen Kindes, das aus seinen braunen Augen so scheu und traurig in die Welt blickte, als müßte es die Menschen um Vergebung bitten für das Schandmal, das ihm unverschuldet auf dem holden Antlitz brannte. Aber ein Mustermensch kehrt sich an keine Vorurteile; Herr Wincenty heiratete die Aniela, und solange die Mitgift vorhielt und der Prior lebte, hatte die Ärmste keine Launen. Aber als der Hochwürdige starb, da kam Frau Aniela auf sonderbare Einfälle: Nur in einem eiskalten Zimmer wollte sie schlafen, nur schimmeliges Brot essen, und dazu geißelte sie sich täglich so heftig, daß der arme junge Leib über und über bedeckt war von blutigen Striemen. Ja, sie tat sich das alles selbst an; so versicherte wenigstens Herr Wincenty seine Spießgesellen, wenn selbst diese rohen Herzen etwas wie Mitleid verspürten und ihm sagten: »Bruder, fürchte dich vor Gott, nimm eine Hacke und mach's auf einmal ab, aber quäle deine Tränenweide nicht so stückweise zu Tode!« Die »Tränenweide«; denn die Frau weinte beständig. Und der gute Wincenty konnte kein Weib weinen sehen; darum jagte er sie einmal in eisiger Winternacht zum Tor hinaus. Am nächsten Morgen fand man sie erfroren auf der Schwelle.

Solch ein Mustermensch war Herr Wincenty Barwulski. Weitere Proben wären überflüssig; auch schreibt es sich schlecht, wenn sich die Hand unwillkürlich zur Faust ballt. Aber ein Zug muß noch notwendig hervorgehoben werden, weil sich auf ihm diese Geschichte aufbaut. Herr Wincenty war nicht schön, nein. Auf dem schwammigen Körper, den zitterige Beinchen mühsam vorwärts schleppten, saß ein Kopf, ganz kahl, sogar ohne Brauen, einem runden, gelblichgrünen Kürbis überaus ähnlich. Nur allnächtlich zu später Stunde, wenn sich die Schlacht wieder einmal ihrem Ende und Herr Wincenty der Diele zuneigte, da flammte der Kürbis violett. Schön also war er nicht; aber warm schlug sein Herz für das Schöne. Darum war keine Frau und kein Mädchen in Wolowce vor ihm sicher; folgte sie nicht willig, so brauchte er Gewalt; wozu hat ein Edelmann Knechte und Stricke im Hause?! Anfangs liefen die armen Bauern nach Barnow und klagten dort dem »Schreiber« ihr Leid, dem k. k. Bezirksvorsteher Herrn Teofil von Strus, was zu deutsch »Hausknecht« bedeutet. Manchmal nahm er die Klage zu Protokoll, manchmal auch nicht; der Effekt blieb derselbe. In der Tat war es lächerlich, einem adeligen Polen zuzumuten, daß er eines armseligen ruthenischen Mädchens wegen einen anderen adeligen Polen ins Zuchthaus bringe; es war höchst lächerlich. Das erkannten allmählich selbst die dummen Bauern und sparten sich den Gang in die Stadt. Auch wußten sie, daß Herr Wincenty ihnen schließlich ihre Weiber und Töchter wiedergab, in drei, vier, höchstens acht Tagen; der Gute konnte ja kein Weib weinen sehen! Aber eine furchtbare Erbitterung sammelte sich allmählich in diesen sonst so stumpfen, geduldigen Menschen, ein unsäglicher Haß.

Jählings sollte er zum Ausbruch kommen. Es ist eine Art Dorfgeschichte, freilich nicht in dem beliebten und lieblichen Idyllengenre. Da lebte nämlich zu Wolowce ein junger, stattlicher Bauer, Fedko Hawliuk. Ein prächtiger Mensch, dieser Fedko, ein riesenstarker, schöner, ernster Bursche; wer ihn ansah, mußte an die alten Heldenlieder dieses geknechteten Volkes denken; das war noch eines jener »Falkenangesichter«, vor denen einst Polen und Tataren sich zitternd verkrochen. Er hielt auch etwas auf sich und blickte sehr stolz in die Welt, erstens als der Erbsohn des reichsten Bauernguts im Dorfe, das nach dem Tode seiner Mutter an ihn fallen mußte, ferner als verabschiedeter k. k. Korporal von Nassau-Infanterie. Er war Soldat gewesen, hatte das Lesen und Schreiben erlernt und war in den westlichen Provinzen auf die Entdeckung gekommen, daß auch der Bauer ein Mensch ist. So hätte sich dieser Mann auch ohne besondere Ursache als Untertan des Herrn Wincenty nicht glücklich fühlen können. Es war aber auch noch eine besondere Ursache da. Natürlich eine Liebesgeschichte; Xenia hieß das Mädchen und war ein hübsches, blondes Ding, dabei sehr arm. Trotzdem machte sie der Fedko zu seiner Braut und nicht, wie er wohl gekonnt hätte, zu seiner Geliebten. Er hatte sie eben so recht mit dem Herzen lieb; zuweilen kommt das auch bei podolischen Bauern vor. Ja, so sehr liebte er sie, daß er, zum großen Staunen der ganzen Gemeinde, sein wildes Blut im Zaume hielt, wenn er auf Urlaub zu Hause war. »Meine Xenia muß mit dem Kränzlein im Haar vor den Altar treten«, pflegte er stolz zu sagen.

Aber als er nun endlich mit dem Abschied heimkam, da war es nichts damit, nichts mit dem Kränzlein, nichts mit der Hochzeit. Das hatte Herr Wincenty verschuldet mit seinen Knechten und Stricken.

Als der Fedko das hörte, wurde er totenblaß, doch sagte er nichts. Nur ging er sogleich nach dem Schlosse und suchte den Herrn. Aber Wincenty war damals gerade im Bade Iwonicz. Dann ging der Bauer zu seiner Braut. Sie sah entsetzlich aus, um zwanzig Jahre gealtert, aber sie wurde nicht ohnmächtig, als er kam; sie konnte ihm ruhig ins Auge blicken und erzählte ausführlich, wie die Untat geschehen war. »Du mußt ihn töten!« schloß sie. – »Natürlich muß ich das«, erwiderte der Fedko. »Leider ist er nicht da, wir müssen warten. Wenn er kommt, dann erschieße ich ihn und lasse mich sogleich mit dir trauen. Und dann gehe ich nach Barnow und übergebe mich des Kaisers Schreibern.«

Das stand fest in ihm, ganz fest. Aber es kam doch anders. Da war ja außer der Xenia auch noch seine Mutter, die ihn in Todesangst anflehte, sich nicht zugrunde zu richten; da war der Pope, der ihm mit dem ewigen Feuer und den Höllenstrafen kam; da war sein Kamerad, der Exgefreite Hritzko Barila, der ihm sagte: »Herr Korporal, was wird das Regiment sagen, wenn es hört, daß du als Mörder am Galgen gestorben bist?« Das wirkte auf den Fedko, vielleicht das letzte am meisten. Vierzehn Tage ging er einsam umher und grübelte, dann kam er heim: »Ich will's versuchen, zu leben.« Und der Xenia sagte er: »Verachte mich, aber ich kann's nicht tun.« – »Dann kann ich auch nicht dein Weib werden«, erwiderte sie. Und sie ging aus dem Dorfe fort und verschwand spurlos. Sie ist nie wiedergekommen. Es gibt tiefe, stille Weiher auf unseren Heiden.

Darauf vergingen drei, vier Jahre. Und während dieser Jahre verging keine Woche, in der nicht der Fedko einem Heiratsvermittler die Tür gewiesen hätte. Denn durch Zwischenhändler schließen alle Leute in Podolien die Ehe: die Juden in den Städten, die Adeligen auf den Höfen, die Bauern in den Dörfern. Man sieht darauf, daß das Geld und die Familien einander ebenbürtig sind; die Herzen haben ja dann nach der Hochzeit Zeit, sich zu finden. Vielleicht wundert das manchen, und er denkt: Im rohen Osten, wo doch elementare Leidenschaft häufiger ist unter den Menschen, sollte auch die Liebe oder mindestens das sinnliche Begehren bei der Eheschließung ein größerer Faktor sein, als dies, scheußlich genug, im Westen der Fall ist. Aber der vergißt, daß auch der Trieb nach Besitz ein elementarer Trieb ist, gerade bei rohen Naturen am stärksten, ein ganz verwünscht elementarer Trieb. Darum ist es ein blühendes Geschäft, dieser Menschenhandel, bei uns und in Podolien. Auch zum Fedko kam endlich einer, der nicht hinausgeworfen wurde. Aus verschiedenen Gründen nicht. Erstens hatte der junge Bauer schon häufig über das Sprüchlein nachdenken müssen, das in allen Zungen des Ostens klingt: »Eine Wirtschaft ohne Frau ist wie eine Schenke ohne Schnaps.« Zweitens handelte es sich da um eine sehr hübsche, sehr brave und sehr reiche Dirne. Und drittens wußte der Fedko, daß diese schwarze Hanusia aus Okulince ganz rasend in ihn verliebt sei. Vielleicht entschied dies. Denn dieser Bauer hatte ein Herz, ein schwärmerisches Herz sogar; er hat es auch später oft bewiesen bis zu jener Stunde, da die Kugel aus dem Rohre des krummen Michalko geflogen kam und das stolze, unglückliche Herz durchbohrte.

Also: der glückliche Zwischenhändler kam und ging zwischen Wolowce und Okulince, und bald kam und ging auch der Fedko, und einige Wochen darauf war die Hochzeit. In Wolowce wurde sie gefeiert, an einem Sonntag so um die Pfingstzeit herum, wenn der Frühling in Podolien anhebt. Denn in diesem Lande ist er ein später Gast, aber wenn er gekommen ist, dann ist er hold und wundertätig, wie allüberall. Die öde Heide blühte, der Himmel lachte, und die Lerchen sangen, und auf der Erde lachten und sangen die Menschen, daß der Frühlingstag zitterte. Am Vormittag war die Trauung gewesen, und weil das junge Paar sehr reich war, so hatte der Pope eine ungeheuer lange Predigt gehalten. Und während er bei Minderbemittelten zu schließen pflegte: »So möget ihr denn mit Gottes Hilfe recht glücklich sein!«, schloß er diesmal: »Ich weiß bestimmt, es ist Gottes Wille, daß ihr sehr glücklich werdet.« Das war unvorsichtig von dem Manne, denn entweder wußte er es doch nicht bestimmt oder änderte sich Gottes Wille binnen wenigen Stunden; über beider Haupt ist unsägliches Unglück gekommen.

Nach der Trauung zog alles zur Schenke, auch der Pope, und alles trank und tanzte, auch der Pope, und sehr viele betranken sich, auch der Pope. Es war eine Hochzeit, wie sie das Dorf noch nie gesehen hatte; drei Kapellen spielten auf, Juden, Tschechen und Zigeuner, und außerdem noch der alte Jacek. Und als die Dämmerung einbrach, da konnte der kleine Moschko noch dreister betrügen als bisher und den Schnaps zur Hälfte mit Wasser mischen; es merkte doch kaum mehr jemand, was er trank. Zu dieser Stunde also, da bereits draußen dichte Schatten lagen und nicht minder in den Köpfen, kam ein unerwarteter Gast zu dem Feste. Von draußen hörte man, wie die Zigeuner einen Tusch losließen, aber jählings stockten, dann wie die Bauern wirr durcheinanderriefen. Und durch die Reihen, die sich ihm zögernd öffneten, schritt, von den Nüchternen scheu begrüßt, von den Trunkenen grimmig angeglotzt, Herr Wincenty daher und in die Schenkstube, an den Tisch des Brautpaars. Er grinste freundlich, und als er bemerkte, wie alle jählings verstummten und der Fedko sehr bleich wurde, grinste er noch freundlicher. »Guten Abend, ihr Leute! Ich komme, dir meinen Glückwunsch zu bringen, du glücklicher Bräutigam, von Herzen, von ganzem Herzen!« Der Vater der Braut erhob sich verlegen, aber Fedko blieb sitzen und starrte seinen Todfeind finster an. »Also das ist die Braut!« fuhr der Gute herzlich fort und kniff die Hanusia in die Wange. »Wetter! Ist das ein Prachtmädel! Das ist doch ein anderer Bau als bei der Xenia. An der war nicht viel dran, mein lieber Fedko, glaube mir.« Der junge Bauer sprang auf, alles Blut schoß ihm in den Kopf, jählings tastete seine Hand nach der Stelle, wo er sonst den Gürtel trug und das breite Messer drin. Herr Wincenty bemerkte es, und der gelbe Kürbis wurde noch gelber, sofern das überhaupt möglich war. »Also gute Unterhaltung, ihr Leute, gute Nacht.« Und rasch machte er sich aus dem Staube. Es ist ungewiß, was er mit diesem Besuch vorgehabt hat. Vielleicht wollte er sein Opfer noch einmal öffentlich höhnen, ehe er es in der Stille ganz vernichtete. Vielleicht wollte er sich auch vorher die Hanusia ansehen, ob sie des neuen, ungeheuren Frevels wert sei. Tatsache ist, daß dieser Frevel geschah.

Das frohe Lärmen war bald wieder losgebrochen, nachdem Barwulski gegangen war. Nur Fedko saß still und finster da, die übrigen tanzten und tranken weiter. Und als die zehnte Stunde schlug, formierte sich alles, was noch die Beine bewegen konnte, zu einem fröhlichen Zuge. Die Musikanten vorauf, mit Fackeln und Laternen geleitete man die Neuvermählten in das Haus des Fedko; dort blieb das Paar allein zurück, alle anderen zogen wieder in die Schenke. Und weiter ging das Tanzen, Trinken und Johlen, aber schwächer und schwächer; immer weniger Füße tanzten, immer mehr Kehlen schnarchten; drinnen im dumpfigen Raum und draußen auf dem Anger lagen die Schläfer dicht umher. Auch die Musikanten waren eingenickt, und der kleine Moschko wankte vor Müdigkeit und vergaß sogar das Mischen. Als der Morgen grau und zögernd herankam, saß nur noch ein Haufe unverwüstlicher Zecher, darunter Hritzko Barila, um den Tisch vor der Schenke, und der alte Jacek spielte ihnen unermüdlich auf, was ihm in die Finger kam.

Da brach er schrill ab und starrte auf die Dorfgasse, als sähe er dort ein Gespenst. Im fahlen Scheine der Dämmerung kam da langsam, sehr langsam eine Gestalt herangewankt, auf die Schenke zu. »Jadwiga!« schrie der Greis wild auf; wer weiß, welche Erinnerung dem armen Wahnsinnigen im Herzen erwachte. »Jadwiga! Meines Starosten Tochter!« Aber der Hritzko erkannte es besser. Mit einem Angstschrei führ er empor und auf jenes Weib zu, das sich mühsam heranschleppte. »Hanusia! Was ist geschehen? Wo ist der Fedko?«

Sie starrte ihn an, als verstünde sie ihn nicht. Ihre Züge waren gräßlich verzerrt; Grauen und Schmerz lagen ihr auf dem Antlitz wie eingemeißelt. Sie war halb entkleidet; an Nacken und Armen die Spuren von Geißelhieben; die wenigen Kleider hingen ihr zerfetzt, blutgetränkt um den mißhandelten Leib. »Euer Herr!« stöhnte sie. »Der Fedko liegt gebunden … mich haben sie ins Schloß geschleppt … und jetzt hinausgestoßen …« Sie brach ohnmächtig zusammen. »Tragt sie in die Schenke!« befahl der Hritzko und stürzte mit einigen Gefährten ins Haus des Fedko. Schwaches Stöhnen klang ihnen entgegen. In der Kammer lag auf der Diele der unglückliche Mann, einen Knebel im Munde, Hände und Füße mit Ketten und Stricken in einen Knäuel zusammengekoppelt. Sein Gewand war zerrissen, alles Gerät in der Kammer zerschlagen, Blutspuren und Haarbüschel ringsumher; der Mann mußte sich furchtbar gewehrt haben. Die Leute banden ihn los. Als sie ihm ins Gesicht blickten, erschraken sie sehr; sie glaubten, er sei wahnsinnig geworden. Er aber fragte vor allem: »Sind die Leute noch alle in der Schenke?« – »Ja, auch die Hanusia.« – »Dann kommt!« Aber sie mußten ihn im Gehen stützen. Sie vermieden es, ihm dabei ins Antlitz zu schauen; es ward ihnen zu unheimlich dabei. Denn dies Antlitz war aschgrau und ganz starr, nur die Augen zeigten einen seltsam wechselnden Ausdruck: Bald lohte es wild in ihnen auf, bald wurden sie starr, fast glasig, wie die eines Toten.

Um die Schenke war alles wach. Drinnen mühten sich die Weiber wehklagend um die Hanusia. Vor der Schenke standen die Männer, keiner sprach laut, nur zuweilen ging ein dumpfes Flüstern durch die Reihen. Der Rausch war ihnen verflogen; es gibt Dinge, so furchtbar grell, daß sie selbst in das umnebeltste Hirn dringen und die Dünste daraus vertreiben. Als der Fedko herankam, wurden nur wenige Zurufe laut; derlei liegt nicht in der Natur dieses Volkes, das langsam und bedächtig ist und unsäglich zäh. Schweigsam gaben sie ihm Raum, der Hritzko führte ihn zu einer Bank, darauf ließ er sich nieder. Dicht drängten die Bauern heran, es war eine dumpfe Stille unter den zweihundert Menschen. Nur ein Greis rief schluchzend: »Du armer, guter Mensch!« Aber die anderen wiesen ihn zur Ruhe: »Jetzt hat nur der Fedko zu befehlen, wie es zu geschehen hat!« Was geschehen mußte, war ihnen allen klar.

Der Fedko erhob sich. »Ihr Leute«, begann er. Aber noch konnte er nicht sprechen. Wie er so die geschmückten Leute ansah, geschmückt

32

zu seinem Hochzeitsfest, und bedachte, was nun gekommen und was er ihnen nun sagen müsse, da war's ihm, als presse eine eiserne Faust seine Kehle zusammen. Eine jähe, schwere Träne brach ihm aus den Augen und rollte die Wange herab. Dann begann er wieder: »Ihr wißt alles, jenes von der Xenia und das Jetzige. Dieser Mensch ist ein wildes Tier, und wir sind ohne Schutz in seine Hand gegeben und ohne Recht; des Kaisers Schreiber ist ein Pole und sein Freund. Da müssen wir selbst uns rächen und verteidigen; es ist nicht unsere Wahl, wir *müssen*. Wie wir uns zusammentun, den Wolf totzuschießen, so wollen wir jetzt alle hingehen und diesen Menschen henken, es ist derselbe Fall. Wer tut mit?« – »Wir alle!« scholl es ihm stürmisch entgegen. – »Dann kommt!« Fast lautlos setzte sich der Zug in Bewegung und wälzte sich langsam durch die Dorfgasse. Hie und da blieb ein Häuflein stehen; Hacken, Sensen, alte Gewehre wurden herbeigebracht. Die Männer bewaffneten sich. Sie blickten ernst drein; ihnen war wirklich zumute, als zögen sie zur Wolfsjagd aus. Jeder weiß: ›Es kann mein Tod sein.‹ Aber jeder weiß auch: ›Es ist meine Pflicht.‹

Stumm zogen sie in der roten Morgenfrühe auf das Schloß zu. So begann der Aufstand von Wolowce.

Der Edelhof von Wolowce ist anders gebaut als die meisten Herrensitze in Podolien. Das sind in der Regel große, stattliche Steinhäuser aus dem achtzehnten Jahrhundert, als dieser Adel noch viel Geld hatte, oder kleine ärmliche Steinhäuser aus dem neunzehnten Jahrhundert, wo er wenig Geld mehr hat. Stilvolle Prachtbauten finden sich überaus selten, fast noch seltener altertümliche Burgen. Es ist eben in alten Zeiten gar zu viel Sturm, Krieg und Not über das arme Land dahingebraust. Da kamen Mongolen und Kumanen, Türken und Rumänen, Schweden, Tataren und Moskowiter, und was der sauberen Gäste mehr waren. Was nicht niet- und nagelfest war, das stahlen sie, und was sich nicht in den Schnappsack stecken ließ, so Burgen und Stammwarten, das zündeten sie an. So steht in dieser Landschaft nur weniges aufrecht aus vergangenen Tagen. Und das wenige läßt man, rascher als nötig, verkommen. Es ist unter den Polen, wie in jeder sinkenden Nation, wenig Pietät für die eigene begrabene Größe, wenig echte, werktätige Pietät; an Phrasen freilich, die nur ein bißchen Atem oder Tinte kosten, herrscht gesegneter Überfluß, wie sonst vielleicht nur noch in Spanien. Und so hat mancher stolze Edelmann die Burg seiner Ahnen auf Abbruch verkauft, an den Juden. Darum ist die alte, düstere

Feste von Wolowce mit den geschwärzten Riesenmauern, den engen Fensterlein und Schießscharten, den drohenden Ecktürmen eine große Rarität im Lande. Es stecken in dem Bau viele gute, große Quadersteine, eine seltene Ware in der Ebene, und Herr Wincenty hätte sie auch gerne versilbert. Aber noch stehen die Steine zu fest gefügt. Diesen soliden Kitt der Altvordern hat der Mann oft verwünscht, nur in jenen blutigen Tagen nicht, die der Hochzeit des armen Fedko folgten; da ward ihm dadurch das armselige Leben gerettet. Freilich half dazu auch die eigentümliche Lage der Feste. Hart, ganz hart an den Fluß hin ist sie gestellt, an den Sered. Das ist ein trüber, langsamer Geselle: Aus stillen Teichen windet er sich zögernd hervor und schleicht langsam seine freudelosen Wege durch die öde Heide und bleibt zuweilen ganz stehen und bildet große Sümpfe, bis sich seine gelben Wasser mit dem Blau der Dniesterwoge mischen und rasch fortgerissen werden gegen den Pontus zu. An einer der Stellen, wo der Träge stehenbleibt, ist die Feste aufgerichtet, und so ist sie von der Flußseite her durch den Sumpf hinlänglich gedeckt. Auf der Landseite aber ist ein breiter und tiefer Graben gezogen, über den nur eine schmale Holzbrücke zum Tore führt, und im Graben stehen dunkle, ewig stille Wasser, die im Sommer bedenklich zum Himmel emporduften. Aber in jenen Frühlingstagen haben sich dieser Sumpf und dieser Graben um den Hals des Herrn Wincenty gleichfalls sehr verdient gemacht. Das Hauptverdienst freilich gebührt dem katholischen Pfarrer von Okulince oder vielmehr nur zwei seiner Eigenschaften, erstens, daß er eine Nichte hatte, zweitens, daß er ein dicker Mann war, der unmöglich rasch gehen konnte. Darum ist Wincenty Barwulski schließlich doch am Leben geblieben.

Des Menschen Herz wird häufig von Ahnungen beschlichen, besonders des reinen, feinfühligen Menschen Herz. Darum befahl Herr Barwulski in jener Nacht seinen Knechten, als es schon gegen Morgen ging: »Nun geißelt mir das Weib noch ganz gehörig im Hof unten, dann aber rasch hinaus mit ihr, sonst kommen am Ende diese dummen Bauern und holen sie ab.« Darum beruhigte sich sein Herz nicht, auch nachdem dies geschehen war, und er rief wieder seinem getreuen Leibdiener, dem krummen Michalko: »Der Mikita soll die Braunen vor die Britschka spannen, wir fahren nach Barnow.« Und in Gedanken fügte er hinzu: ›Ich weiß nicht, aber mir schwant, daß mir dieser Fedko am Ende sonst noch heute hier Unannehmlichkeiten macht;

hat schon gestern so seltsam dreingesehen, das Hundsblut.‹ Aber ehe der Mikita wach und das Gefährte gerüstet war, wurde es heller Tag. Und als der Michalko mit zwei anderen Knechten die Riesenflügel des schweren, uralten, eisenbedeckten Tores öffnete, damit die Britschka hinausfahren könne, da blieben sie entsetzt stehen und schlugen dann eiligst die Flügel zu. In demselben Augenblick ward auch droben im Fenster des ersten Stockwerkes der gelbgrüne Kürbiskopf des Herrn Wincenty einen Moment lang violett und dann entsetzlich gelb. Denn da wand sich schon der Zug der Bauern zwischen den Obstgärten des Dorfes hervor, auf die Heide hinaus, der Feste zu. Langsam und lautlos schritten sie, wie das Verhängnis schreitet, und das junge rote Sonnengold umglitzerte ihre Sensen.

»Da kommt der Tod!« So durchzuckte es droben den Wincenty, so dachte unten in der Einfahrt der krumme Michalko. Aber während darauf der adelige Wicht nur die Hände zitternd vors Gesicht schlug und ein halbvergessenes Gebet zu lallen begann, handelte der Knecht kaltblütig und klug für sich und ihn. Denn ein Schuft war dieser verkrüppelte Diener, ein Halunke, der jedem Galgen zur Ehre gereicht hätte; aber ein Mann war er dabei, das bewies er in jener Stunde. Er befahl, die anderen Knechte gehorchten. Binnen wenigen Minuten war das Tor verrammelt, die Dienerschaft bewaffnet und an die Schießscharten verteilt. Es waren mit dem Michalko vierzehn Mann im Schloß; ferner einige Weiber, darunter Herr Wincenty, die bargen sich heulend im Erdgeschoß. »Pfeife ich einmal, so schießt jeder zweite Mann in die Luft; pfeife ich zweimal, so schießt ihr alle und in die Menge!« So befahl der Krumme, öffnete die Mitteltür des Stockwerks und trat auf den kleinen Balkon ob der Einfahrt.

Auf etwa fünfzig Schritte von dem Brücklein waren die ersten des Haufens bereits herangekommen. »Halt!« rief Michalko. »Was wollt ihr?« Stumm drängten sie vorwärts. »Halt, oder es ist euer Tod!« wiederholte er und pfiff; ein Knall aus sieben Büchsen, die Kugeln zischten über die Köpfe der Bauern. Sie stutzten und wichen einige Schritte zurück. Der Michalko nützte den Moment. »Brüder! Was wollt ihr denn eigentlich?! Lebend betritt niemand die Brücke, das sage ich euch! Aber vielleicht vertragen wir uns im Frieden! Redet, was sucht ihr im Schloß?« Darauf erwiderte zuerst nur ein lustiges Gefiedel, der tolle Jacek. Dann erhob ein Urlauber in den letzten Reihen das Gewehr, zielte und schoß auf den Knecht. Die Kugel bohrte sich ob dessen

Haupte ins Mauerwerk. Aber der tapfere Halunke lachte: »Also um meinetwillen gebt ihr dem Schloß die Ehre? Oder war es ein Irrtum? Haltet ihr mich für einen anderen oder gar für einen Rehbock? So sprecht doch!« Derlei wirkt immer; es fand sich kein zweiter Schütze, der auf den kleinen Menschen anlegte, der sich da oben auf den Balkon als Zielscheibe hingestellt hatte.

Der Fedko beriet flüsternd mit seinem Adjutanten, dem Hritzko. Sie hatten nicht daran gedacht, ob sie Widerstand finden würden oder nicht; es war ihnen auch gleichgültig; den Wincenty mußten sie fangen und henken, das stand ihnen fest. Und einige seiner Knechte dazu, daran dachten sie so nebenbei. Nun sahen sie, daß die Sache etwas schwierig sei. Das Tor war verrammelt, die Schießscharten waren besetzt. Wohl hatten auch sie einige Gewehre, aber was nützte das gegen die Mauern! Das Eisentor mußte eingerannt werden, das war klar. Aber die Büchsen der Belagerten bestrichen den Zugang, das hölzerne Brücklein. »Es muß sein!« sagte der Fedko seinen Leuten. »Aber einige von uns müssen sterben.« – »Was liegt daran«, antworteten sie ihm, »wenn es eben sein muß.« Es ist ein Zug des Fatalismus unter allen Slawen: Bei diesem Stamm ist er ins Ungeheure gesteigert. ›Ich falle ja doch nur, wenn es mir bestimmt ist‹, dachte jeder, ›der Mensch muß eben seine Pflicht tun.‹

Aber der Fedko hatte Mitleid mit ihnen. Er selbst war vernichtet und zerschmettert, wie vom Blitz der Baum, aber die anderen sollten es nicht um seinetwillen werden. Der Wolf mußte freilich getötet werden, aber vielleicht ging das, ohne daß Menschen ihr Blut vergossen. Es mußte versucht werden. Eine unheimliche eisige Ruhe war über den Mann gekommen, nur in einem Winkel seines Bewußtseins fühlte er sein wahnsinniges Weh lauern, wie eine Wolke. Er ließ die anderen zurücktreten, er allein trat vor, bis auf das Brücklein. »Höre, Michalko!« begann er. »Wir suchen den Herrn.« – »Was wollt ihr von ihm?« – »Das ist unsere Sache.« – »Aber meine auch; ich hüte ihm das Haus.« – »Wenn du es wissen willst, wir bergen es nicht: Wir wollen ihn henken!« – »Gut, aber da müßt ihr ihn in Barnow suchen, er ist in die Stadt gefahren.« – »Kannst du es beschwören?« – »Ja!« – »So wahr deine Seele dem Herrn Christus zugehören möge und nicht dem Teufel?« Der Michalko zauderte einen Augenblick; es ist ein furchtbarer Schwur. ›Aber meine Seele gehört auch ohnehin unter jeder Bedingung dem Teufel‹, dachte er. »Ja!« erwiderte er laut. – »Du lügst!« sagte der

Fedko kalt. »Du bist ein meineidiger Hund, ärger als ein Jude, ja sogar ärger als ein Pole. Aber ich spreche weiter mit dir, weil ich Menschenleben schonen will. Du bist ein Galgenstrick, aber ein Ruthene bist du doch! Michalko, ich frage zum letztenmal: Ist der Herr da drin? Schwöre es mir, so wahr deine tote Mutter Ruhe habe im Grabe! Wenn du auch nun ›Ja!‹ sagst, so ziehe ich mit meinen Leuten ab und schlage den Wolf in der Stadt tot!« Der kleine Mensch erblaßte; zu allem auf Erden war er fähig, aber seiner toten Mutter im Grabe die Ruhe zu rauben, das bringt kein Sohn dieses Volkes übers Herz. Zweierlei trägt dazu bei: ein düsterer und ein lichter Zug dieses seltsam gearteten Volksgemüts; der Aberglaube, der sich sehr viel mit den »Ruhelosen« beschäftigt, so daß gerade in diesem Stamme die Sage von den Vampiren geboren ward und von da zu den Polen, Moskowitern und Rumänen überging, und anderseits eine rührende Kindesliebe. Der kleine Schurke stritt einen schweren Kampf, aschgrau, wie die Steinwand, wurde sein Gesicht. »Das kostet mir den Hals«, flüsterte er dumpf; dann aber rief er gellend: »Du Narr, du Hahnrei, du glücklicher Bräutigam der Xenia, du glücklicher Gatte der Hanusia, höre! Der Herr ist im Schloß! Hole ihn, wenn du Mut hast!«

Wild heulten die Bauern in Wut auf, aber der Fedko stand unbeweglich und winkte sie zur Ruhe. Neben den Michalko war Mikita, der Kutscher, auf den Balkon getreten, ein junger, schlanker Bursche. Er war sehr blaß, aus den weit aufgerissenen Augen starrte die Todesangst, und mit bebender, durchdringender Stimme schrie er: »Hört an, ihr Leute, hört an mit Barmherzigkeit, was euch alle Knechte sagen lassen. Wenn sich eure Rache mit dem Herrn allein begnügt, wollen wir sogleich das Tor öffnen und keinen Schuß tun. Aber schwöre uns, Fedko, daß wir bei Leib und Leben bleiben. Wenn ihr uns durchprügeln wollt, in Gottes Namen.« – »Du Hund!« schrie Michalko wütend. »Du verräterische Milchfratze!« Er sprang an dem schlanken Jungen empor und rang ihn blitzschnell an der Gurgel nieder und spie ihm ins Gesicht. »Der Abhub von des Herrn Tische hat dir geschmeckt, und der Abhub von des Herrn Bette hat dir geschmeckt, und in der großen Not willst du ihn verraten? Geh zu den Bauern, geh!« Und mit übermenschlicher Kraft schwang er den Körper des Röchelnden empor und stürzte ihn über die Brüstung des Balkons hinab in die Tiefe. Auf dem Steinrand des Schloßgrabens schlug der Kopf des Mikita auf und zerschellte, jäh stürzte der Körper in die Flut, daß sie hoch emporsprang; dann schlossen sich die dunklen Wasser, und nur ein leichtes Kräuseln war noch auf ihrem Spiegel. Das war der erste Mensch, der im Aufstand von Wolowce sein Leben lassen mußte.

Einen Augenblick stand alles still und atemlos. Dann sprang der Krumme vom Balkon ins Gemach zurück, und im gleichen Moment kam aus einer der Schießscharten ein Blitz, ein Knall, ein leichtes blaues Wölkchen, und Fedko wankte. Die Flinte entsank seiner Hand, der braune Serdak färbte sich dunkel. Das war der erste und letzte Schuß, den Herr Wincenty selbst tat. Er hatte sich, als alles still geblieben war, aus seinem Versteck hervor und an die Schießscharte gewagt. Da sah er den Todfeind ganz allein und nahe vor dem Schloß stehen, so recht zum Schuß bequem, und wagte daher, loszubrennen, weil es niemand merkte.

Des Führers Wunde entflammte die Bauern. »Urraha!« erhoben sie betäubend den uralten Schlachtruf der Kosaken, und vorwärts stürmten sie über das Brücklein auf das Tor. Fürchterlich hallte der Schlag der Äxte auf das Eisen, fürchterlich das Rufen, dazwischen knatterte das Gewehrfeuer der Belagerten, der schrille Notruf der Verwundeten, das Wehegeschrei der Weiber und Kinder im Hintergrund. Und dazwischen immer und immer das Gefiedel des Wahnsinnigen. Aber über all dem Schlachten, Schreien und Streiten, über all den unsäglichen Nöten spannte sich tief und milde leuchtend, wie ein ruhig sinnendes Auge, der lichte Frühlingshimmel.

»Urraha!« scholl der Schlachtruf der Männer. »Heilige Jungfrau, dich rufen wir!« klang in ihrem Rücken der schluchzende, durchdringende Ruf aus hundert Frauenkehlen. Aber nichts nützte das Kampfgeschrei, nichts die Tapferkeit, nichts das Beten. Der Kampf war zu ungleich. Auf Erden siegt, nicht wer das bessere Recht, sondern wer die bessere Waffe hat. So hat es sich allorts und allimmer begeben, und so begab es sich auch an jenem Frühlingstag in diesem abgelegenen Winkel der Erde, da sich ein Häuflein Gemarterter gegen ihren Zwingherrn erhob. Der Kampf war zu ungleich. Eisen vermag nichts gegen Eisen, und so widerstand das Tor den Äxten. Die Bauern aber wurden reihenweise durch die Salven niedergemäht. Auch die vorderste Reihe, die dicht am Tor stürmte, stand nicht ganz gedeckt, denn sie konnte aus den Schießscharten der vorspringenden Ecktürme beschossen werden. Und so mußten die Bauern endlich die toten und verwundeten Körper der Ihrigen aufladen und sich aus der Schußweite zurückziehen.

Kaum eine halbe Stunde hatte das Schlachten gewährt, die sechste Morgenstunde war knapp vorbei; der Tau blitzte auf den Gräsern mit den Blutstropfen um die Wette, die Lüfte wehten kühl und duftig; ein wonniger Lenzmorgen, und so viel Jammer auf der Erde! Kaum eine halbe Stunde hatte das Schlachten gewährt, und acht Menschen lagen erschossen und wohl fünfmal so viele verwundet. Von den Knechten im Schloß war einer tot, einer verwundet. Beide hatte der Hritzko Barila gefällt; er war der einzige gute Schütze unter den Bauern, der zugleich ein gutes Gewehr hatte. Da hatte er sich nun vor das Brücklein hingekniet, das Gewehr im Anschlag, und hatte scharf gelugt, aus welcher Scharte der Blitz hervorkam und das blaue Wölkchen. Und wie sie hervorkamen, fuhr auch seine Kugel in die Scharte. So hatte er einen Knecht ins Auge, den krummen Michalko ins Schulterblatt getroffen. Die übrigen Toten und Verwundeten waren Bauern. Herzzerreißend scholl das Jammern ihrer Schwestern, Weiber und Mütter …

Herr Wincenty war ein schlechter Schütze gewesen; Fedko hatte nur eine stark blutende, aber leichte Wunde am Oberarm erhalten. Kaum litt er, daß man sie verbinde, dann war er wieder ganz Tat. »Beleuchtet die Kirche, wie am höchsten Festtag, bahrt dort die Toten auf, alle in einer Reihe; für eine heilige Sache sind sie gestorben. Die Verwundeten schafft in ihre Häuser. Gregori Barila, des Hritzko Bruder, fährt nach Okulince um den Feldscher.« Dann berief er die Ältesten zum Kriegsrat. »Tagsüber können wir nichts ausrichten. Wir müssen die Nacht abwarten, wo die Hunde auf die Stürmenden nicht zielen können. Dann drauf und dran auf das Tor und zugleich brennende Pechkränze in alle Fenster! Man ergibt sich doch lieber, ehe man verbrennt.« Alle stimmten zu. Dann schlug er vor, wie man die Zeit bis zur Dämmerung nütze. »Einige winden mit den Weibern die Pechkränze, andere halten das Schloß in großem Halbkreis umschlossen, daß sich die drinnen nicht mit den Barnowern in Verbindung setzen. Der Rest reitet in die nächsten Dorfschaften, sagt den Leuten, was hier geschehen ist, bittet sie, uns zu helfen. Auch bei der Wolfsjagd im Winter helfen sie uns, heute halten wir Wolfsjagd im Frühling. Wir bedürfen Verstärkung; mir schwant, daß es des Kaisers Schreiber in Barnow erfährt und mit den ›Spitzhauben‹[3] kommt. Zwei Burschen auf den Glockenturm, sie sollen die Notglocke läuten, daß es die Leute in den Einschichten hören.«

So geschah's. Drinnen im Dorfe wurde das Brandgeräte gefertigt, und zugleich hallte jedes Haus von Jammer über die Toten, die Sterbenden, die Verwundeten. Aber draußen auf der Heide, die in der ersten Morgenfrühe von so gräßlichem Lärmen erfüllt gewesen, war es jetzt totenstill. Im weiten Halbkreis um die Feste glitzerten die Sensen der Bauernwache; auf der Flußseite wachte für sie der Sumpf. Nur zuweilen kam neuer Zuzug singend gezogen. Oder der Jacek fiedelte urplötzlich einen Tanz. Oder die Notglocke erhob wieder ihre Stimme, und die kurzen Schläge schrillten unheimlich durch die laue Luft.

Gegen Mittag kam das Wort Gottes von Wolowce keuchend auf die Heide gelaufen. Vergebens hatte sich die Pfarrerin bemüht, es früher aus dem Bett zu bringen; das Wort Gottes hatte sich gestern bei der Hochzeit gar zu schwer betrunken. Jetzt freilich kam es so rasch als möglich und schlug schon von weitem die Hände über dem Kopf zusammen. »Fedko«, rief es von weitem, »das ist ja Empörung!« – »Notwehr!« erwiderte dieser kalt. – »Aber Gottes Wille ist, daß man sich bei der Obrigkeit das Recht sucht!« – »Wenn man es dort kriegen kann! Im übrigen scheint es mir, Hochwürdiger, als wüßtest du Gottes Willen nicht immer ganz genau. Erinnere dich an die Schlußrede deiner gestrigen Traurede!« – »Aber du kannst ja noch glücklich werden!« – »Glücklich!« lachte der arme Mann bitter auf. Dann fügte er leise und dumpf hinzu, daß es wie ein unterdrückter Weheschrei klang: »O wär' ich tot! – Geh heim, Hochwürdiger!« befahl er dann. »Oder hilf die Kranken pflegen. Jedenfalls aber fahr heute nicht nach Barnow, es könnte dir unangenehm werden!« Verdutzt, sehr verdutzt ging das Wort Gottes von dannen.

Gleichwohl erfuhr man in Barnow bereits um die Mittagsstunde von dem Aufstand. Die erste unbestimmte Kunde hatte ein Bettler gebracht; dann kam ein Bote der Belagerten, ein zehnjähriger Knabe. Er sah scheußlich aus, ganz so, wie in der ruthenischen Sage der Moorteufel, über und über mit einer schwarzen Schlammkruste bedeckt. Er hatte sich aus einen Fenster des Schlosses in den Fluß gestürzt und war hindurchgeschwommen und hindurchgewatet; es war ein Wunder, daß

3   Gendarmen.

40

er nicht erstickte. Er brachte im Gürtel ein Schreiben des Wincenty an Teofil von Strus, den kaiserlich-königlichen Herrn Bezirksvorsteher und Duodeztyrannen von Barnow. Fast unleserlich waren die Schriftzüge, so sehr hatte dem Wicht die Hand dabei gezittert. »Die Munition gänzlich verschossen ... das Tor aus den Fugen ... dreitausend wütende Bauern ... wenn nicht augenblicklich Hilfe kommt, sind wir verloren.« – »Verloren!« wiederholte Herr Strus und rannte in seinem Bureau umher, »verloren!« und verlor den Kopf. Dann raffte er endlich sich und seine bewaffnete Macht auf. Es waren ganze vier Gendarmen. Aber der Bezirksvorsteher Strus liebte und achtete den Menschen Strus viel zu sehr, um ihn in eine Gefahr zu stürzen. Er beorderte seinen Untergebenen, den k. k. Bezirkskommissär Ladislaus Kaplonski. »Schaffen Sie Ordnung im Dorfe!« befahl er kurz und bündig. Und so stieg die Staatsgewalt, fünf Mann hoch, auf einen Leiterwagen und rollte den »dreitausend« Bauern entgegen.

Es klapperten aber einem Fünftel der Staatsgewalt auf dem Wege die Zähne sehr bedeutend. War eben kein Held, dieser Ladislaus Kaplonski; war überhaupt ein sonderbar Stück Menschheit, dieser k. k. Bezirkskommissär, wert, daß man es hier so im Vorbeigehen betrachte. Ein Mann um die Vierzig, eine langgestreckte plumpe Gestalt mit ungeheuren Händen und Füßen, die er komisch nach auswärts streckte, der Rücken gekrümmt von Milliarden und aber Milliarden Verbeugungen, die er im Leben gemacht hatte, das Gesicht, in dem eine rötliche Nase funkelte, überaus süßlich. Der Mann hatte nie studiert, war in seiner Jünglingszeit Laborant in einer Apotheke gewesen; wodurch war er k. k. Kommissär geworden? Durch Verbeugungen! So war er Schreiber, so Kanzlist, so Bräutigam der ältlichen Schwester seines Chefs und Konzeptsbeamter, durch weitere Verbeugungen (die lästige Brautschaft hatte er, nachdem der Zweck erfüllt war, natürlich als Ehrenmann abzuschütteln gewußt) endlich k. k. Bezirkskommissär geworden. An wen er sich sacht heranwand, den Rücken gebeugt, das Antlitz sanft und süß schmunzelnd, der hatte das unheimliche Gefühl, als krieche da ein giftiges Reptil an ihn heran. Freilich hatte leider nicht jeder sogleich dies richtige Gefühl.

Aber der Fedko hatte es. Kurz und drastisch war die Szene. Als dem Fedko das Nahen der fünf berichtet wurde, versammelte er einen Haufen seiner Leute um sich und ließ die Staatsgewalt herankommen. Es war ergötzlich, wie sie herankam. Die vier Gendarmen schritten, je zwei und zwei, langsam und ruhig vor. Aber vor ihnen, dann neben ihnen und schließlich hinter ihnen trippelte mit knickenden Beinen, das totenblasse Antlitz ins Süßliche verzerrt, der k. k. Ladislaus. Als sie dicht vor dem Bauernführer standen, mußte er freilich vorschleichen. Demütig zog er den Hut und grüßte ergebenst. Dann begann er zitternd: »Mein lieber Herr Fedko ...« Aber haarscharf schnitt ihm der Bauer das Wort ab: »Kommissär, du weißt, daß ich kein Herr bin, und ich weiß, daß ich dir nicht lieb bin. Spare deine guten Worte, sie nützen nichts. Der Wolf muß erschlagen werden. Zu bösen Worten wirst du es nicht bringen, denn du scheinst mir Furcht zu haben, aber auch das würde nichts nützen. Geh heim, ich rate dir gut, geh schnell heim!« Kaplonski gehorchte, er drückte sich vorläufig gehorsam hinter die Gendarmen. Dem Postenführer, einem alten Soldaten, stieg die Schamröte ins Gesicht. »Im Namen des Kaisers –«, begann er. Aber auch ihn ließ Fedko nicht weitersprechen. »Kamerad, du bist ein braver Kerl, aber sieh doch ein, daß du hier unnütz bist. Reden nützt nichts, und was das Handeln betrifft, so seid ihr vier gegen dreihundert. Was aber das Wort betrifft, das du da gesprochen hast, das Wort, daß ihr in des Kaisers Namen hier seid, so möchte ich noch mit dem Furchtsamen darüber reden. Komm nur heran, Pole, zittre nicht, ich beiße dich nicht. Höre an, was ich dir sage, und erzähle es dem Hauptschreiber in der Stadt. Das Blut, das hier geflossen ist und fließen wird, *ihr* habt es auf dem Gewissen, und gegen *euch* zeugt es vor Gott. Wenn ihr gewaltet hättet, wie es der Kaiser will, gerecht und gut, wenn ihr uns geschützt hättet gegen die Bestie, dann hätten wir uns nicht selbst schützen müssen. Pole! Du kommst an unserer Kirche vorüber, steig ab und sieh dir die stillen Männer an, die dort liegen, sie sind heute früh noch laut gewesen. Und denk dann auf dem Wege darüber nach, Pole, warum sie jetzt still sind, denk gründlich darüber nach. Und nun geh!«

Sie gingen und kamen in Barnow bei sinkender Sonne an. Auf der Treppe des Amtes erwartete sie Herr Strus. »Es hat nichts genützt!« berichtete Ladislaus. »Sie haben mir den Saum meines Rockes geküßt, aber auseinandergehen wollen sie nicht, ehe sie Herrn von Barwulski erschlagen haben. Fünftausend Mann sind's ungefähr. Gegen mich, wie gesagt, waren sie sehr devot, aber sonst sind sie wütend. Da kann nur Militär helfen.« Aber woher Militär nehmen? In Barnow stand keines; in der Kreisstadt, die sechs Meilen fern war, eine Eskadron

Husaren. So telegraphierte denn Herr Strus an den Kreishauptmann: »In Wolowce und Umgegend ungeheurer Bauernaufstand losgebrochen. Achttausend Bauern zusammengerottet, plündern und morden in allen Edelhöfen. Größte Gefahr für Stadt. Augenblicklich Regiment schicken.«

Wie ein blutroter Ball klebte die Sonne am westlichen Rande der Heide, und stumm blickten ihr die Aufrührer nach. Vielleicht zuckte es durch jedes Herz und Hirn: »Wer weiß, ob ich sie morgen aufgehen sehe?« Die Nacht brach ein, und es war eine furchtbare Nacht, eine Nacht der Greuel und der Schrecken, und mancher Mutter Sohn hatte an jenem Abend die Sonne wirklich zum letzten Male gegrüßt; als sie wieder aufging, da lag er tot, erschossen oder erschlagen, gehenkt oder verbrannt. Es ist Unmenschliches geschehen in jener Nacht, und schließlich würgte die Bestie die Bestie ab; es ist Unsägliches geschehen, soll es hier dennoch breit und behaglich gesagt werden?

Nur kurz, was nötig. Unter dem Schutze der Nacht stürmten die Bauern noch einmal gegen das Tor an. Wieder fruchtlos, wieder wurden ganze Reihen durch die Büchsen der Knechte niedergestreckt. Sie schossen eben in die dunkle, festgeballte Masse und trafen auch so sicher, ohne zu zielen. Wieder wichen die Bauern zurück. Aber bald nahten sie wieder, mit Pechkränzen, Fackeln und anderem Brandgerät. Das Dunkel wich grellem, rotem Licht. Nun hätten die Knechte ihren Feind noch sicherer niederschießen können. Aber ihr Feuer schwieg, sie hatten sich verschossen. Das merkten die Bauern und kamen dichter heran, und auf ein Signal flogen die Feuerbrände an hundert Stellen zugleich, mit Steinen beschwert, ins Schloß. Manche Fackel erlosch, in manchem Zimmer löschten die Knechte, aber es war vergebliche Arbeit. Eine halbe Stunde später schlug die helle Lohe zu jedem Fenster heraus, zum Dache empor und in den dunklen Nachthimmel hinein. Das Schloß und seine Bewohner waren verloren, und schauerlich scholl das jubelnde »Urraha!« der Sieger durch die Nacht. Nur die beiden Ecktürme und das massive Geschoß unmittelbar über der Einfahrt blieben vom Feuer verschont. Auch das war günstig für die Bauern; das Eisentor geriet nur in mäßige Glut, und das Holzbrücklein blieb erhalten. So konnten sie noch einmal gegen das Tor heran, und diesmal ging es aus den Fugen. So stürzten sie durch Rauch und Flammen in die Feste. Auf manchen Leichnam stießen sie, aber auf keine lebendige Seele. »Sucht nur in den Ecktürmen!« befahl Fedko.

Er hatte richtig vermutet. Aber auch in einem der Türme waren die Geflüchteten bereits im Rauch erstickt. Es waren die Weiber, die im Schloß gewesen, dann drei Knechte, darunter der Michalko. Sie schafften die Leichen ins Freie, und siehe, der Michalko begann in der reinen Luft wieder zu atmen. Da banden sie ihn und schleppten ihn jubelnd auf die Heide.

Das war ihr erster lebendiger Gefangener. Im andern Turm fanden sie deren noch vier: drei Knechte und Herrn Wincenty. Er war vor Angst bewußtlos geworden. Die Bauern warfen sich auf ihn, als man ihn vorbeischleppte. Aber Fedko deckte ihn mit seinem eigenen Leibe. »Nicht von eines ehrlichen Menschen Hand, durch den Strick soll der Wolf verenden.« Sie verließen das brennende Schloß und scharten sich auf der Heide um ihre fünf Gefangenen. »Und darauf wurde leider viel Zeit vertrödelt«, hat später der Hritzko Barila vor den Richtern gesagt. Da zimmerten sie zuerst fünf regelrechte Galgen. Dazu brauchten sie einige Stunden, und es wurde heller Tag darüber. Und dann henkten sie die Knechte nacheinander, damit Herr Wincenty einen guten Vorgeschmack habe. Als Wincenty sah, daß er nur noch wenige Minuten zu leben habe, stürzte er vor Fedko nieder und bat, ihm einen Beichtvater zu gestatten. Und dieser Bauer hatte, wie erwähnt, ein schwärmerisches Herz; er gewährte die Bitte und schickte um den katholischen Pfarrer in nahen Okulince. Inzwischen knüpften sie zum Zeitvertreib den Michalko auf und schnitten ihn wieder ab, um das Spiel noch einmal wiederholen zu können.

Der Pfarrer von Okulince ließ lange auf sich warten. Denn er hatte eine Nichte, und diese Nichte war zärtlich und wollte ihn nicht zu den wütenden Bauern ziehen lassen. Und als sie ihn endlich aus ihren Armen ließ, da zog er langsam, denn er war dick. Und als er endlich ankam, da waren bereits andere Leute früher gekommen.

Das war gegen die neunte Morgenstunde. Die Bauern hatten den Michalko zum zweiten Male vom Galgen geschnitten und machten Miene, ihn zum dritten Male aufzuknüpfen. Da dröhnte der Boden, erst fern, dann näher und näher, dumpf hallend wie ein schweres Wetter; helle Fanfaren erklangen drein – die Husaren waren da. Der Kampf war kurz und eigentlich kaum ein Kampf zu nennen. Ein panischer Schrecken hatte die Bauern ergriffen, sie warfen die Sensen fort und liefen davon. Nur einer brauchte sein Gewehr, der Fedko, der erschoß einen Husaren.

Das war der letzte Tote im Aufstand von Wolowce. Rudelweise wurden die Bauern gefangen, die Untersuchung begann, ein hartes, sehr hartes Geschick ereilte die Unseligen, aber ein Todesurteil wurde nicht ausgesprochen. Der einzige, dem der Strick zugedacht war, war entkommen: Der Fedko hatte sich ins Hochgebirg geflüchtet. Er wurde ein »Hajdamak«, wie die Räuber in den Karpaten heißen. Aber ein sonderbarer Räuber: Was er den Reichen nahm, gab er den Armen. Darum verehrten ihn die Bergbewohner abgöttisch, und alle Versuche, ihn zu fangen, waren vergeblich. Alle Preisausschreibungen nützten nichts; den Fedko verriet keiner, er war ja »unser Rächer«! Aber er trieb es doch nicht lange. Der Michalko hatte einen Schwur getan, ihn zu töten, und er hielt den Schwur. Freilich, er hatte diesen Schwur an einer ernsten Stätte gelobt, am Galgen. So schlich sich der tollkühne Mensch ins Gebirge, lauerte dem Räuber auf und erschoß ihn.

Michalko und unser Herr Wincenty lebten in tausend Freuden fort. Der Knecht lebt noch heute. So viele gute Menschen mußten sterben und verderben, nur diese beiden nicht. Denn die Tugend wird auf Erden gelohnt und das Laster gebührend bestraft.

Das war der Aufstand von Wolowce, und diese traurigen Geschichten gingen mir durchs Herz, als ich an jenem Sommertag, fünfzehn Jahre später, im Schatten der Birken lag, neben dem »schwarzen Kreuz«, wohin mich die Schalmeien gezogen, die in der Ferne so zauberisch getönt hatten.

Die Burschen saßen noch immer da. Ich erhob mich und trat auf sie zu. »Wie geht's denn jetzt dem Herrn Wincenty?« fragte ich. – »Jetzt geht's ihm endlich schlecht«, erwiderte der Ältere und lachte. – »Wo ist er denn jetzt?« – »In der Hölle.« – »Also ist er tot?« – »Seit fünf Jahren.« – »An welcher Krankheit ist er gestorben?« – »Es war so der Schnaps.« – »Und wer ist jetzt euer Herr?« – »Der Armenier.« – »Welcher Armenier?« – »Der Bogdan.« – »Wie heißt er sonst noch?« – »Sonst heißt er die Wanze.« – »Also seid ihr nicht zufrieden?« – »O ja«, erwiderte der Junge, »der Vater sagt immer: die Wanze beißt, der Wolf zerreißt. Und, sagt er, ein Engel wird doch nie Gutsherr in Podolien.«

Engel brauchten es nicht zu sein, dachte ich, wenn es nur Menschen wären! Dann ging ich langsam wieder der Stadt zu. Die weite Heide schwamm im warmen Rot der Abendsonne, nur das »schwarze Kreuz«

hob sich dunkel vom leuchtenden Hintergrund. Es ward aufgerichtet, da die Hörigkeit von den Leibern dieser armen Menschen fiel. Wann kommt der Tag, da sie von ihren Seelen fällt? Armes, armes Volk, wann kommt dein Tag?!

Der Stern von Lopuschna

Es ist eine wehmütige Erinnerung aus meiner Jugendzeit, die ich hier in schlichten, aber aus tiefstem Herzen quellenden Worten aufzeichnen will, die Erinnerung an einen edlen Tondichter, das schöne Mädchen, das er geliebt, und das herrliche Kunstwerk, in dem er seine Liebe ausgeströmt. Das Werk hieß: »Der Stern von Lopuschna«, das Mädchen ebenso und daneben Anastasia Bogdanowicz, der Künstler aber Frantisek Majir.

Der Name dürfte selbst den gründlichsten Kennern der neueren Musik nicht bekannt sein; Majir hat den Ruhm, den er verdient, nicht errungen. Aber das lag nicht an seinem Streben und Können, eine häßliche Intrige brach seine Kraft und raubte ihm den verdienten Lorbeer. Der Mann, der den teuflischen Anschlag ausgeheckt, war nur ein ganz gewöhnlicher Apotheker und steht für meinen Zorn zu tief, aber gelungen ist ihm sein Werk nur durch die Mithilfe eines auch heute noch vielgenannten, ja gefeierten Künstlers. Mit Unrecht gefeiert, wenn er etwa auch noch gegen andere die gleiche Schuld auf dem Gewissen hat wie gegen den armen Majir. Die Wahrscheinlichkeit spricht ja dafür, und dann wäre der ganze Ruhm dieses Mannes eitel Lüge. Doch will ich nichts behaupten, was ich nicht beweisen kann.

Den Frevel an Majir aber kann ich beweisen. Und darum werde ich den Namen des berühmten Komponisten am Schlusse dieser Aufzeichnung furchtlos nennen, es entstehe daraus, was da wolle. Wer eine sittliche Pflicht erfüllt, dem darf nicht bange werden – und habe ich nicht die Vergeltung ohnehin durch drei Jahrzehnte immer wieder aufgeschoben? Denn im Sommer 1865 ist Majirs Ruhm vor meinen Augen vernichtet, seine Künstlerkraft geknickt worden. Vorher hatte dieser Ruhm nur kurz geblüht, denn Majir war damals noch jung, etwa siebenundzwanzig Jahre, und alles an ihm war neu, der Hut, der Rock und die Stiefel, sogar der Name und die Nationalität waren neu. Sein Vater hatte noch Gottfried Mayer geheißen und sich sein Leben lang als Deutscher bekannt. Allerdings sprach es dagegen, daß er nicht bloß aus Chrudim stammte, sondern auch als Hausknecht nach Czernowitz eingewandert war. Denn dies war der Beruf, den die Tschechen fast ausschließlich ergriffen, um die Kultur aus Böhmen nach Wien und

Pest sowie nach Galizien und der Bukowina zu tragen, wo es allerdings eigentlich immer schon genug eingeborene Hausknechte gegeben hat.

Aber wie dem auch sei, der Vater hieß wirklich Mayer und trug im Jahre 1848 mit vielem Stolz als Czernowitzer Nationalgardist das schwarz-rot-goldene Band um die Brust. In diesem glorreichen Jahr war er übrigens nicht mehr Hausknecht, sondern, dank seinem zähen Fleiß, Sensenhändler, und da er die rumänischen und ruthenischen Bauern, die zum Wochenmarkt in die Stadt kamen, etwas weniger betrog als seine Konkurrenten, auch sonst, mit dem landesüblichen Maß gemessen, ein ehrlicher Kaufmann war, so besaß er bald die ansehnlichste Eisenhandlung der Stadt, da, wo die Siebenbürger Gasse in den Ringplatz mündet, dem Rathaus gegenüber.

Noch sehe ich den dicken Mann mit dem blühenden Vollmondgesicht breit und stattlich in der Tür seines Ladens stehen, immer ein großes, kupferrotes Taschentuch in der Hand, das leider abfärbte, denn auch die Nase war kupferrot. Des Morgens, wo diese Nase noch grau war, lächelte er nur herablassend auf uns Jungen nieder, wenn wir an ihm vorbei nach dem Gymnasium zogen, mittags, wo sie sanft glühte, gönnte er uns zuweilen auch ein gütiges Wort, z.B.: »Ihr Raubersbub'n, was gafft ihr mich an?«, des Nachmittags aber, wo die Nase bereits purpurn in die einbrechende Dämmerung schimmerte, glotzte er uns nur noch aus stieren Augen schweigend an.

Die Meinungen über ihn waren geteilt, die einen waren überzeugt, daß er sich täglich in Bier betrank, andere rieten auf Met, wieder andere auf Wein und Schnaps, an das abfärbende Taschentuch glaubten nur die edelsten Gemüter. Alle aber stimmten dahin überein, daß er deshalb doch ein tüchtiger Geschäftsmann sei und eigentlich nur täglich den aufsteigenden Gram über seinen Franz hinabschwemmen müsse. Das war sehr wahrscheinlich. Denn der Vater war nicht klüger als die anderen Leute von Czernowitz und hielt seinen Sprößling auch für einen Lumpen.

Franz war aber ein Genie. All die Merkzeichen, aus denen ein kundiger Blick erkennt, daß wieder ein neuer Stern am Horizont der Menschheit aufgeht, trafen auf ihn zu, nur daß eben niemand in der kleinen Stadt am Pruth einen solchen Blick hatte. Er war von schroffer Einseitigkeit wie jedes Genie und lehnte alles ab, was ihn innerlich nichts anging. Zunächst die Kenntnis der Lese- und Schriftzeichen, dann, nachdem ihm diese eingebleut worden, allen toten Wissenskram.

Die moderne Gymnasialreform voraussehend und erwartend, blieb er drei Jahre in der untersten Klasse sitzen, bis man ihn hinauswarf. Träumerisch wie jedes Genie, schlief er nur täglich zwölf Stunden und lungerte die übrige Zeit müßig auf den Straßen und im väterlichen Laden umher, statt dort zu arbeiten und die Handelsschule zu besuchen. Auch sein Schönheitsdurst erwachte früh, keine Magd der Nachbarschaft war vor ihm sicher.

Anders jedoch äußerte sich seine künstlerische Anlage zunächst nicht, was ja auch ganz naturgemäß ist: aus einem Wunderkind wird höchstens ein Virtuose, der schaffende Genius reift langsam und organisch. Später aber, als sich seine Schwingen zu entfalten begannen – er pfiff, daß man es in der halben Stadt hörte, und half den Leierkastenmännern beim Einsammeln –, würdigte dies niemand, ja, er mußte deshalb sogar körperliche Züchtigung erdulden. Gottfried bestand darauf, daß er im Laden kräftig eingreife, und als Franz dies nun tat und namentlich in die Ladenkasse eingriff, und zwar mit aller Tatkraft, da war es dem Alten wieder nicht recht. Er prügelte ihn durch und verbannte ihn zu seiner Schwester nach Chrudim.

Immer das alte Lied! Es hat in Czernowitz Leute genug gegeben, die das billigten, wie es Leute in Wien gegeben hat, die Franz Schubert für einen verbummelten Schulmeister hielten.

Die Jahre vergingen, man hörte nichts von dem Knaben; die Taschentücher aber färbten immer mehr ab, und schließlich war Gottfried Mayers ganzes Gesicht schon in den Morgenstunden kupferrot. In noch hellerem Glanze jedoch begann das Gemüt des alten Mannes zu leuchten, immer leutseliger wandte er sich der Jugend zu, und schließlich mußte zuweilen die Polizei eingreifen, weil die Zwiegespräche zwischen dem ehrwürdigen Greis und den munteren Knaben immer geräuschvoller wurden, daß die halbe Stadt gerührt umherstand. Ich konnte dies deutlich verfolgen, denn er war unser Hausherr, meine Mutter wohnte im zweiten Stockwerk zur Miete.

Eines Tages aber – es war im Sommer 1863 – als ich aus der Schule heimkam, fehlte Herr Mayer in der Ladentür, und ich hörte die große Botschaft, daß der Franz heute morgen, nach siebenjähriger Abwesenheit, wieder eingetroffen. Und zwar, wie unsere Köchin erzählte, in Gestalt eines überaus schönen Jünglings, der mit einer für Czernowitz unerhörten Pracht gekleidet sei.

Schon am nächsten Tag konnte ich mich selbst überzeugen, daß diese Beschreibung zutraf. Herr Mayer junior machte bei den Mietern seinen Antrittsbesuch und teilte ihnen mit, daß er die Verwaltung des Hauses und Ladens übernommen.

Schon die äußere Hülle vermochte den Blick zu fesseln. Er trug einen Anzug aus weißem, mit dicken blauen Quadraten bedecktem Sommerstoff, eine rote Krawatte, rote Handschuhe und einen weißen Strohhut mit blaurotem Band. Die Gestalt war wuchtig und glich, da er etwas kurz war, einer auf zwei Pfeilern ruhenden Kugel. Das Haupt aber zeigte sofort das Genie. Denn so langes Haar gedieh bei keinem gewöhnlichen Menschen, als gelbe Mähne erhob es sich wohlgeölt über der niedrigen Stirn und fiel dann in mächtigen Locken auf den Nacken nieder. Um den allerdings etwas breiten Mund lag ein weiches, träumerisches Lächeln, und die kleinen, wasserblauen Augen blickten so verzückt nach oben, daß man von ihnen zunächst nur das Weiße sah. Konnten meine Mutter und ich all dies schon bei den ersten geschäftlichen Worten bewundern, so gestaltete sich sein Gebaren vollends, als er Platz nahm und von sich zu reden begann, wahrhaft beängstigend künstlerisch. In sanftem Lispeln, das nur zuweilen durch einen Seufzer, dann aber unvermutet durch ein Donnerwort unterbrochen wurde, erzählte er, daß er seinem greisen Vater durch die Heimkehr ein schweres Opfer gebracht, denn wohl habe er in Prag den Eisenhandel erlernt, aber sein Herz hänge an der heiligen Kunst, er sei Tondichter, habe schon einzelnes komponiert und: »Hier« – er schlug sich auf die Stirn, daß es dröhnte –, »hier wogt eine Oper.« Aber der alte Herr habe sich so sehr nach ihm gesehnt, und so habe er sich aus Kindesliebe darein gefunden, sein Leben in der Fremde zu verbringen.

In der Fremde? fragte meine Mutter. Er sei doch ein geborener Czernowitzer, und sie erinnerte sich noch seiner, wie er die ersten Höschen getragen.

Er schüttelte elegisch das Haupt. »Die ersten Höschen – ja!« sagte er schmerzlich lächelnd, »aber ist dies meine Heimat? Hat man hier Sinn für die Ideale? Hier sind Musikanten, aber keine Künstler«, fügte er dröhnend hinzu. »Und dann«, hauchte er wieder, »freilich hat mich mein teures Mütterchen hier zur Welt gebracht, aber ist hier Böhmen? Wer versteht hier meine Sprache?« Und dann donnernd: »Wir sind ja Tschechen!«

Das habe sie gar nicht gewußt, erwiderte meine Mutter, auch sei Mayer ein deutscher Name.

»Majir!« brüllte er und fügte dann hauchend hinzu: »Mein guter Vater war so schwach, hier seine Nationalität zu verbergen. Ich kann es nicht, die Majirs waren immer treue Söhne ihres Volkes.« Und wieder donnernd: »Treue Söhne!« Dann fragte er mich, ob ich musikalisch sei.

»Nur ein wenig«, erwiderte ich.

»Dann wird Ihr Leben öde sein«, flüsterte er mitleidig. Damit erhob er sich und kündigte meiner Mutter an, daß er den Zins um hundert Gulden steigern müsse; er sagte es mit weicher, zitternder Stimme, aber es gefiel ihr doch nicht. »Glauben Sie mir, es muß sein«, hauchte er, die Hand in schmerzlicher Bewegung aufs Herz pressend, und ging.

Verblüfft blickten wir ihm nach. »Man sieht gleich, daß er ein Künstler ist«, sagte ich schüchtern.

»Ach was!« rief meine Mutter, »ein eitler Narr ist er und dabei doch ganz schlau!« Ich würde dies Urteil, welches dem Scharfblick meiner guten Mutter kein günstiges Zeugnis ausstellt, nicht verzeichnen, wenn mich nicht die Wahrheitsliebe dazu zwänge, aber ich darf auch entschuldigend beifügen, daß viele Leute so dachten und leider gerade die erfahrensten. Für Majir schwärmten eigentlich nur die Köchinnen und einige Gymnasiasten, alle anderen waren gegen ihn.

Schon daß die Majirs immer gute Tschechen gewesen, stieß auf entschiedenen Unglauben. Das entlegene Städtchen im Osten war immer gut deutsch gesinnt; man nahm es dem Künstler übel, daß er über die »Tyrannei der Deutschen« klagte, und verspottete ihn, weil sich sein heißer nationaler Drang sogar in der Kleidung offenbarte. Denn jenes Sommerkostüm hatte den geheimen Sinn, daß es die slawischen Farben, blau-weiß-rot, präsentierte. Im Winter aber trug Majir einen verschnürten Rock, einen wallenden slawischen Mantel und eine Pelzmütze »à la Hus«.

Auch sein Genie wurde bezweifelt, am meisten – wieder das alte Lied! – von den Musikern.

Er war das Mitglied des Gesangvereins geworden und spielte im Musikverein die zweite Violine. Die Kapellmeister sagten ihm nach, daß er ein mittelmäßiger Dilettant sei, das einzige, was er leidlich leiste, sei Tanzmusik auf dem Klavier, aber das gehöre nicht zur Kunst. Und von seinen Kompositionen habe er bisher nur gesprochen, aber nichts gezeigt, so sehr man in ihn dringe. Mich, der ich zu seinen Bewunderern gehörte, kränkten diese Reden, und ich fragte ihn einmal um den Grund seiner Zurückhaltung.

»Lieber junger Freund«, lispelte er, »soll ich auch noch den Neid gegen mich entfachen? Ich warte, bis die Oper in Prag aufgeführt ist – dann muß es gewagt sein, dann fürchte ich auch keine Nadelstiche mehr. Ja, vorläufig heißt's auch von mir: Pegásus im Joche!«

Bei allem ehrfürchtigen Mitgefühl erlaubte ich mir doch die Bemerkung, es heiße »Pégasus«.

»Tschechisch heißt es Pegásus«, erwiderte er mit überlegenem Lächeln. Dann drückte er mir die Hand und sagte: »Auch mein Tag wird kommen. Eine kleine Gemeinde habe ich schon auch hier!«

In der Tat verlautete bald, daß Majir Auserwählte durch Proben seines Schaffens entzücke: einige Familien, in denen er verkehrte. Sie gehörten insgesamt dem wohlhabenden, mehr durch Besitz als durch Bildung ausgezeichneten Bürgerstand an. Was Majir bei ihnen Eingang verschafft, war nicht sein Genius, noch weniger die blau-weiß-rote Kleidung und Gesinnung, wohl aber der Reichtum des Vaters und die Art, wie der junge Künstler sein Geschäft betrieb. Daß er den Eisenhandel gründlich verstehe, gaben selbst seine schlimmsten Gegner zu. Im Gegenteil, die meinten, er verstehe ihn nur allzugut, die Waren habe er verschlechtert, den Preis erhöht und dennoch den Umsatz gesteigert. Auch fehlte es an Törichten nicht, die schon deshalb sein Talent bezweifelten – als ob nicht Goethe ein trefflicher Minister gewesen wäre und Meyerbeer ein genauer Kenner des Kurszettels!

Namentlich in jenen Familien, wo es heiratsfähige Töchter gab, wurde Majir gern gesehen, und hier ließ er sich zuweilen herbei, etwas aus seinen »Träumereien« zum besten zu geben. »Was verstehen die von Musik«, brummte der alte Kapellmeister Pauer, »ihnen kann er die Volkshymne als seine Komposition vorspielen, und sie erkennen's nicht.«

Diese und ähnliche hämische Reden konnten nicht hindern, daß man allmählich auch in weiteren Kreisen von Majirs Kompositionen zu reden begann. Namentlich seit seines Vaters Tode, im Frühling 1864, steigerte sich die Anerkennung. Wie das zusammenhing? Böse Zungen wiesen darauf hin, daß der alte Herr, der sich still und emsig in ein delirium tremens und schließlich in ein besseres Jenseits getrunken, dem Sohne ein weitaus größeres Vermögen hinterlassen, als man ihm zugetraut. Die Wahrheit lag natürlich anderswo: der Schmerz hatte das weiche Künstlergemüt tief aufgerührt und entlockte ihm nun immer edlere Perlen. Möglich auch, daß noch ein anderes Erlebnis mit dazu beitrug. Im Herbst gestand mir Majir, er würdigte mich seines Vertrauens, weil ich im ganzen Hause als einer der ersten Lyriker der Siebenbürger Gasse galt – da also gestand er mir, daß er liebe. »Nicht zum erstenmal, junger Freund, aber zum letzten! Oh, wie schön sie ist, eine wahre Hoboe!«

»Hebe?!«

»Tschechisch heißt es Hoboe! Oh, wenn sie mein würde!« Den Namen nannte er nicht, aber im Winter war es bereits ein offenes Geheimnis, daß Majir um Anastasia Bogdanowicz werbe. Auch darüber machten die Leute boshafte Bemerkungen, die ich nur deshalb wiedergebe, um sie widerlegen zu können.

Vor allem stieß man sich daran, daß ihr Vater, Herr Stefan Bogdanowicz, ein Armenier, der als Ochsenhirt begonnen, um als reicher Rentier zu enden, sein Vermögen auf nicht ganz reinliche Weise erworben. Einen triftigen Beweis dafür konnte man nicht erbringen, denn der Umstand, daß er zwei Jahre wegen schweren Wuchers und Betrugs gesessen, kann in einer Zeit, wo die Verurteilung Unschuldiger schließlich die Aufmerksamkeit aller Gesetzgeber auf sich gezogen hat, nicht als entscheidend gelten. Herr Stefan behauptete, er sei das Opfer beispielloser Undankbarkeit geworden. Gerade der Mensch, von dem er keinen Heller Zinsen genommen, habe ihn denunziert. Und das war richtig. Er hatte von dem Edelmann, dem er gegen die Verschreibung seiner Güter fünftausend Gulden geliehen, keine Zinsen, ja nicht einmal das Kapital gefordert, sondern sich großmütig mit dem Gut allein begnügt. Übrigens war dies schon vor zehn Jahren geschehen. Viele dachten nicht mehr an die Undankbarkeit des Edelmannes, andere wieder fanden keinen Grund, Champagner zu verschmähen, wenn er von einem Opfer kurzsichtiger Justiz gespendet wurde. So fehlte es seinem Hause nicht an Gästen und seiner Tochter nicht an Bewerbern.

Was aber Fräulein Anastasia betrifft, so mochte man allerdings zugeben, daß sie mehr einer Oboe als einer Hebe glich, denn mit dem Blasinstrument hatte sie die scharfe hohe Stimme gemein, während an die Göttin der Jugend nicht viel erinnerte. Aber auch sie hatte ihre Vorzüge. Vor allem war sie kein leichtfertiger Backfisch mehr, sondern ein gereiftes Mädchen, ein Vorzug, den sie selbst freilich bescheiden verleugnete. Ferner brauchte, wer sie nahm, nicht viel auf Kleiderstoffe auszugeben, denn sie war ein hageres, kleines, pechschwarzes Persönchen. Endlich aber vereinte sie mädchenhafte Schüchternheit mit dem tiefen Bewußtsein ihres inneren Wertes, der sich auf etwa eine Viertelmillion Gulden belief. Eben darum hatte sie noch keinen Bewerber erhört, auch Majir hatte sich den ganzen Winter vergeblich bemüht. Vielleicht geschah es deshalb, weil ihr zur selben Zeit ein anderer ernster Freier genaht war: Herr Xaver Korn, der neue Besitzer der Apotheke »Zum heiligen Salvator«. So schön wie Majir war er nicht, auch gar nicht genial, zudem ein kinderloser Witwer von etwa vierzig Jahren, aber er war sehr respektiert, und seine Sippe gehörte zu den ersten der Stadt. Das machte Anastasia schwanken. Einer Familie anzugehören, die geachtet war, hätte Reiz für sie gehabt – den Reiz der Neuheit.

So standen die Dinge noch im Juli 1865. Da aber sollten sich in rascher Folge die Ereignisse abspielen, deren ich bereits im Eingang dieser Aufzeichnung erwähnt. Man höre und staune, wie weit der Neid selbst einen berühmten Künstler führen kann. Etwa zehn Meilen von Czernowitz liegt im oberen Serethtal der Kurort Lopuschna. Dorthin pilgern im Sommer viele Czernowitzer, um Molke zu trinken und im Sereth zu baden. Besondere Heilerfolge hat das kleine Bad nur auf einem Gebiet aufzuweisen: einige Mädchen haben sich dort im letzten Stadium der Gereiftheit noch glücklich verlobt. Die Fälle sind beglaubigt. Vielleicht erklären sie sich durch die Langweiligkeit des Badelebens, vielleicht auch macht die einförmige, aber großartige Berglandschaft von wilder, ja grauenhafter Schönheit den Menschen gegen kleinere Schrecknisse stumpf. Genug, man verlobt sich in Lopuschna, und wenn das nicht glückt, verliebt man sich wenigstens. Ich meinerseits ging freilich in den Ferien von 1865 aus einem anderen Grunde hin: weil ich schon verliebt war.

Ich darf heute gestehen, daß sie Charlotte hieß, prächtige braune Augen und Haare und auf der Oberlippe ein allerliebstes kleines Mal hatte. Alles braun, wie eine kleine, nette, appetitliche Haselnuß. Sie war sechzehn und ich ein Jahr älter. An den Gedichten, die ich auf sie gemacht, könnte sich ein Verleger arm drucken, aber ihr zu sagen, daß ich sie liebte, habe ich nicht gewagt. Gewußt wird sie es freilich haben, das weiß jede, auch wenn sie erst sechzehn ist. Sie hat später einen Weinhändler geheiratet, ist sehr dick geworden und geht jetzt jährlich nach Marienbad. Ich bin ihr dort vor einigen Jahren begegnet ... ach, hätte ich sie nie wieder gesehen! Im stattlichsten Häuschen des Orts, auf dem Wege zu den »drei Linden«, wohnte Anastasia mit ihrem Vater. All die Sommer vorher, wo sie bereits ein junges Mädchen war – denn reichlich fünfunddreißig Jahr mochte es schon her sein, seit an ihrer Wiege die Grazien ausgeblieben –, hatte sie mit dem greisen, ehrwürdigen Herrn längere Reisen gemacht, ans Meer, ins Hochgebirge, in die großen böhmischen Kurorte, natürlich jene beiden Jahre abgerechnet, die er in jener kühlen, aber dennoch unbehaglichen Sommerfrische auf Staatskosten verbracht. Daß sie diesmal das kleine Lopuschna gewählt, deutete Majir als einen Triumph seiner Werbung, denn daß er ihr nicht nach Ostende oder ins Berner Oberland würde folgen können, hatte er ihr gesagt, einerseits der Eisenhandlung und andererseits der Oper wegen, die damals eben nach seiner Versicherung geradezu ungestüm aus dem Hirn auf das Notenpapier zu wogen begann.

Aber dieser Traum zerrann ihm, als er zwei Tage, nachdem Vater und Tochter abgereist, im Posthof zu Czernowitz den Eilwagen nach Lopuschna bestieg, denn wer saß da schon im Wagen und fuhr bei seinem Anblick erschreckt zusammen?! Der »Pillendreher«, die »Philisterseele«, Herr Xaver Korn.

Anastasia begrüßte sie beide gleich herzlich und freute sich, daß sie Wort gehalten. Dann kreischte sie mit ihrer Oboen-Stimme in jenem anmutigen Deutsch, das sich ergibt, wenn eine Armenierin in der Bukowina gemütliches Österreichisch nachahmt: »Dos is jo a Saunest! Nix als Berg und sogar kane Toiletten nicht! Die Speisen nicht zum Fressen. I hob mich schon sehr g'langweilt!«

Nun, das änderte sich von derselben Stunde ab, denn wenn Anastasia mit der Kurzweil, die sich ihr nun bot, nicht zufrieden war, so mußte sie recht ungenügsam sein. Schon des Morgens, wenn sie auf der Promenade erschien, konnte sie darauf gespannt sein, welcher der beiden Verehrer zuerst auf sie zustürzen und ihr den größeren Strauß überreichen würde. Denn die Größe dieser Blumenspenden wuchs durch die Konkurrenz immer mehr, und schließlich waren es wahre Wagenräder aus Rosen und Vergißmeinnicht, unter deren Last die entflammten Freier dahergekeucht kamen.

Dann begann der Kampf um den Platz an ihrer Seite, denn da sie stets am Arm des Vaters erschien, so konnte nur einer das Glück genießen, das Moschusparfüm, das sie umwitterte, aus nächster Nähe einzuatmen, der andere mußte nur eben neben dem ehrwürdigen Stefan einherwandeln. War das entschieden, so begann der Kampf, wer heute die glänzendere Konversation zu machen wußte. Majir sprach von den göttlichen, slawischen Meistern, daneben auch von Wagner und Beethoven, »nur Deutsche, aber talentvolle Menschen«, vom hunderttürmigen Prag und von der Schönheit der Karpatenlandschaft, wie sie sich in seiner Künstlerseele abspiegelte. Herr Korn, der nicht viel über Lemberg, wo er den Pharmazeutenkurs absolviert, herausgekommen und eine Offenbachsche Melodie nicht von einer Bachschen Fuge unterscheiden konnte, suchte seinen Rivalen durch Czernowitzer Klatschgeschichten und zarte Anspielungen auf die Einträglichkeit der Salvatorapotheke zu schlagen. Das war aber auch alles, was dieser Herr leisten konnte; höchstens wußte er noch zu erzählen, was der Czernowitzer Gemeinderat, dem er angehörte, jüngst beschlossen. Kein Wunder, daß in der Konversation der so zart und tief empfindende Künstler den Philister besiegte. Hingegen verstand sich dieser, da er schon wiederholt in Lopuschna gewesen, auf das Arrangieren von Landpartien besser, und zuweilen gelang es ihm auch, für diese Ausflüge einige Honoratioren unter den Badegästen zu gewinnen. Das brachte das Zünglein der Waage wieder ins Gleichgewicht, weil es Menschen waren, die bisher nie von der verwerflichen Undankbarkeit jenes Edelmannes zu überzeugen gewesen und jede Berührung mit dem reichen Armenier ängstlich mieden. Die meisten jedoch bewunderten auch jetzt noch das vierblättrige Kleeblatt nur aus der Ferne. Es war aber auch kein alltäglicher Anblick, denn während man sonst wie überall, so auch in Lopuschna, daran erinnert wurde, daß leider die Zeit der herrlichen Antike vorüber ist, lag auf dieser Gruppe ein Abglanz von Hellas schönheitstrunkenen Tagen.

Schon jeder einzelne stach in die Augen.

Wie Majir war, ist ja bereits gesagt. Hinzuzufügen wäre nur, daß er in diesen Sommertagen eine wahrhaft tizianische Farbenpracht entwickelte. Blaue Hosen mit roten Streifen, weiße Röcke mit blauen Streifen, rotblaue Krawatten, weiße Hüte mit blauroten, blaue Hüte mit weißroten Bändern, dazu das Lockenhaar, das nun fast schon den halben Rücken bedeckte – stumm vor Neid starrten ihm die Menschen nach, die Stiere aber gingen brüllend auf ihn los. Übrigens erwies sich auch bei dieser Gelegenheit, daß selbst der Hang zu hämischer Verketzerung ein gewisses natürliches Gerechtigkeitsgefühl in der Menschenbrust nicht ganz ertöten kann. Soviel man an dieser Tracht nörgelte, so wagte doch niemand zu leugnen, daß sich, solange die Erde stehe, noch kein Mensch so getragen. Hingegen behauptete man ziemlich einstimmig, daß das Haar nicht natürlich gekräuselt sei: selbstverständlich ein böswilliges Sophisma, denn weder an dem Friseur von Lopuschna noch an seinem Brenneisen war etwas Unnatürliches zu finden.

Was Herrn Bogdanowicz betrifft, so hatte ihn schon die Natur zu dem geschaffen, was er geworden, ich meine nicht Zuchthäusler, sondern Ochsenhirt. Der würdige Ehrengreis war sechs Fuß lang und zwei Fuß breit, seine Schuhe hätten daneben auch als Kähne verwendet werden können. Handschuhe trug er überhaupt nicht, vielleicht, weil jede Fabrik eine Bestellung für sein Maß als schlechten Witz betrachtet hätte. Auch er pflegte sein Haar immer lang zu tragen – natürlich jene beiden Jahre abgerechnet, wo man es ihm abgeschoren hatte. In straffen, einst schwarzen, nun grauen Strähnen umstarrte es sein breites Gesicht mit den hervorspringenden Backenknochen, der niedrigen Stirn, den buschigen Brauen, dem wulstigen und sehr weitgeschlitzten Mund. Aber daß er sich die Ohren fett machte, wenn er Butterbrot aß, war eine Übertreibung. Auf den ersten Blick erinnerte das Gesicht an jene Schützlinge, denen die Kraft seiner Jugend gegolten, namentlich an die wilden, bessarabischen Ochsen, aber wen sein schlauer, unsteter Blick traf, erkannte wohl, daß dieser Mann nicht durch Zufall reich geworden, und hielt in aufrichtiger Bewunderung seine Augen offen und die Taschen zu. Übrigens war der Biedere von schlichter Lebensführung und jedem Luxus feind. Ohne Grund gab er niemand einen Bissen Brot, geschweige denn Trüffelpastete und Champagner, es sei denn, daß die Tochter es befahl. Aber über seine Kleidung hatte auch sie keine Macht. Wer seine reinen Hemden trug, war ein ungelöstes Rätsel, hingegen behaupteten Kundige, daß sein dunkler Sommeranzug einst neu und von hellgrauer Farbe gewesen. Es waren sonst verläßliche Gewährsmänner, aber wer den Anzug sah, konnte schwer daran glauben.

Im Gegensatz zu ihm trug sich die schöne Anastasia stets nach der neuesten Mode, ohne sich doch sklavisch daran zu binden, mit sicherem Schönheitsgefühl wußte sie das neueste Modekupfer so zu modeln, wie es ihr am besten stand. Die Czernowitzer Damen meinten freilich, wenn man sich die jeweilige Mode verleiden lassen wolle, brauche man

sich bloß die Armenierin anzusehen, denn sie mache alles zur Karikatur
– aber das war nur eben der ohnmächtige, giftige Neid auf Anastasias
Geschmack und Wagemut. Denn allerdings gehörte einige Entschlos-
senheit dazu, um eine Krinoline zu tragen, die im Durchmesser dem
Heidelberger Faß nur wenig nachstand, aber eben dies gab einen
frappierenden Gegensatz zu den knappen Taillen, die damals Mode
waren. Hübsch war es namentlich, wenn sie zu einem feuerroten Un-
terkleid ein hellgrünes Oberkleid anlegte. Sie glich dann, da sie stets
am Arm des Vaters dahinging, einer Tulpe mit abwärts gekehrtem
Kelch und dünnem Stengel, die der riesige Mann neben sich herschleifte. Denn sie reichte ihm wenig über die Hüfte, so daß sie den Arm
hochrecken mußte, um den seinen zu erreichen. Anastasia gehörte
nicht zu den majestätischen, sondern zu den zierlichen, graziösen Er-
scheinungen. Wer sie von ferne sah, mochte sie für ein Kind halten,
in der Nähe erkannte man schon aus den etwas scharfen Fältchen um
Mund und Augen das völlig erwachsene Mädchen, das an Reife nichts
zu wünschen übrigließ. Beinahe ebenso schneidend wie die Oboen-
Stimme war der Blick der kleinen graugelben Augen; die Nase erinnerte
durch ihre Länge an jene der Kleopatra, wogegen selbst diese berücken-
de Ägypterin jenes pikanten Reizes entbehrt hatte, den Anastasias
Oberlippe aufwies: eines kleinen, zierlichen, aber doch wohlgediehenen
Schnurrbärtchens.

Der Teint war insofern merkwürdig, als er zu den verschiedenen
Tageszeiten wechselte. Wenn Anastasia am frühen Morgen – sie
wohnte in Lopuschna mir gegenüber – das Fenster öffnete, um nach
dem Wetter auszuspähen, so war ihre Haut gelblich mit einem Stich
ins Graue, auf der Promenade hingegen war sie milchweiß, und die
Wangen blühten in gesunder Röte. Als sie jedoch einmal durch einen
Gewitterregen durchnäßt vom Spaziergang heimkehrte, da wiesen
diese Wangen ein Farbenspiel auf, das jeden Physiologen als einzige,
kaum wieder zu beobachtende Erscheinung gefesselt hätte. Ebenso
wäre einem Manne der Wissenschaft das Rabenhaar dieser Schönen
gewiß von größtem Interesse gewesen; es hatte die seltsame Eigenschaft,
sich des Nachts zusammenzuziehen und bei Tage aufzuschwellen. Des
Morgens sah ich es als dünnes Rattenschwänzchen am Hinterhaupt
wippen, bei Tage blühte es zu einem Lockenwald auf, oder sein
Reichtum war durch ein großes Goldnetz nur mühsam gebändigt.
Kurz, eine Fülle von seltenen, zum Teil einzigen Reizen haftete an

diesem Mädchen, aber freilich kein Quentchen Fleisch. Tadle das, wer mag. Mir weckte ihr Anblick die traute Erinnerung an die heimatliche Heide, auf der nicht die geringste Erhöhung zu gewahren ist. Ich gebe zu, nicht jeder ist auf der Heide geboren, es ist möglich, daß auch die Viertelmillion dazu beitrug, dem Mädchen Freier zuzuführen, aber nur des Geldes wegen geschah es gewiß nicht.

Was endlich Herrn Xaver Korn betrifft, so bot zwar seine Kleidung nichts Besonderes, er war eben auch in dieser Beziehung ein Philister, aber anmutig anzuschauen war er deshalb doch. Die Natur selbst hatte ihn gewissermaßen zum Gatten Anastasias, zum Schwiegersohn des Armeniers bestimmt, denn mit diesem hatte er die Länge, mit dem Mädchen die Dünne gemein, so daß man ihn wohl mit einem Bleistift hätte vergleichen können, wenn es Bleistifte gäbe, die in drei Linien gebrochen sind. Die Beine stiegen ziemlich gerade aufwärts, der Oberkörper beugte sich sanft vor, wogegen er das Haupt in den Nacken zurückzuwerfen pflegte, vielleicht aus Gewohnheit, vielleicht, weil er Gemeinderat von Czernowitz war. Das schmale, längliche Gesicht war von interessanter Blässe und wies immer den Ausdruck leisen Staunens auf, und der offene Mund schien stets zu fragen: »Gibt es noch so etwas wie die Apotheke zum heiligen Salvator?« Im rastlosen Nachdenken über diese Frage war ihm alles Haar ausgegangen, nur im Nacken stand noch ein bißchen fahles Gestrüpp. Ich hielt ihn damals für einen harmlosen Spießbürger. Ach, wie sollte ich mich in dem Manne täuschen!

Man sieht, die vier waren wirklich – schon jeder für sich – geeignet, eine Badegesellschaft, die sonst nicht viel zu tun hat, mit immer neuem Wohlgefallen zu erfüllen, aber nun traten sie ja zudem immer vereint auf. Daraus ergaben sich für ihre Bewunderer täglich neue Freuden.

Es war hübsch zu sehen, wenn der mächtige Armenier die Tulpe neben sich herschleifte, während die Tonkunst in Kugelgestalt neben dem dreimal gebrochenen Bleistift hinterdrein wandelte. Auch der lange Dünne und der lange Dicke machten sich gut, während Majir und Anastasia, beide klein, beide farbenprächtig und doch so verschieden, vor ihnen einherschritten. Aber den anmutvollsten Anblick gewährten sie doch in jener Gruppierung, in der man sie nach einer Woche fast immer sah; am rechten Flügel Herr Korn, neben ihm Anastasia am Arm des Vaters, und Majir am linken Flügel, so daß die Linie zweimal hoch anstieg, um sich dann tief zu senken. Sehr tief, denn während Majir neben dem Vater einherging, lag sein Haupt so betrübt auf der Brust, daß er sich noch mehr als sonst der Kugelgestalt näherte.

In der Tat, alle äußeren Zeichen sprachen dafür, daß die schnöde, nüchterne Pharmazie, die zudem verwitwet war und eine Glatze hatte, über die blühende Tonkunst mit dem Riesenhaar den Sieg davongetragen. Auch bei dem ersten Tanzkränzchen, dem die vier beiwohnten – diese berauschenden Feste fanden jeden Sonnabend in dem kleinen, schlecht gedielten, erstickend heißen Saal des Gasthauses zu Lopuschna statt –, fiel es allgemein auf, daß Anastasia wohl ein dutzendmal mit dem Apotheker dahinschwebte, zum Glück hatte er so lange Arme, um sie unterhalb der Schultern fassen zu können, während Majir nur einen Walzer und dann mit schwerer Mühe nur eine Française eroberte. Ach, und bei der Damenwahl wählte sie nur Herrn Korn, und immer wieder Herrn Korn, und beim Kotillon gab sie Herrn Korn ihre drei Orden und Herrn Majir nicht einmal einen halben.

Wie aber nahm die Badegesellschaft dies auf? Äußerte jemand sein Mitgefühl mit dem edlen, in seinen heiligsten Empfindungen gekränkten Künstler?!

Ich wurde ganz melancholisch, als ich so nach rechts und links horchte – wie böse waren diese Menschen! »Haha«, kicherten die einen, »sogar diese gemalte alte Schachtel mit dem Zuchthausvater läßt den tschechischen Hausnarren abfallen.« – »Ja, das ist lustig«, erwiderten die anderen, »aber traurig ist, daß die Habgier einen bisher geachteten Menschen, den Apotheker, so weit führt, daß er sich um sie bewirbt!« Nirgendwo eine Spur von Wohlwollen, von Anerkennung für das Genie, mit dem die platten Alltagsmenschen dieselbe Luft teilen durften.

Als der letzte Geigenstrich verklungen war und ich neben der kleinen, braunen Charlotte und ihrer dicken Mutter dem Ausgang zuschritt, um die Damen nach Hause zu geleiten, trat Majir auf mich zu. Seine Lippen bebten. »Ich muß Sie sprechen!« flüsterte er mir erregt zu. Ich nickte und kehrte, nachdem ich meine Ritterpflicht erfüllt hatte, zum Wirtshaus zurück. Er erwartete mich vor der Tür. »Wollen wir noch ein bißchen Spazierengehen?« fragte er. »Ich bin so nervios.«

»Nervös«, sagte ich.

»Tschechisch heißt es nervios«, erwiderte er heftig. Dann aber schob er seinen Arm unter den meinen.

»Na ja«, sagte er, »Sie haben vielleicht recht. Woher soll ich auch gut deutsch reden? Bin ich ein Deutscher? Im Tschechischen mach' ich keine Fehler! Aber das ist ja alles gleichgültig. Die Hauptsache ist: was bin ich? Ich bin ein junger Mann, die Damen in Prag haben für mich geschwärmt, ich komponiere eine Oper, ich spiele Klavier, ich habe ein gutes Geschäft. Ist das wahr oder nicht?!«

»Sehr wahr!« erwiderte ich. »Gut! Und dennoch – haben Sie gesehen? Ich frage Sie – Sie sind ja gewissermaßen mein Bruder, Sie machen Gedichte –, welcher der sieben Musen man huldigt, ist ja gleichgültig.«

»Ganz gleichgültig«, erwiderte ich, »aber es gibt neun Musen.«

»Auch das ist gleichgültig! Wie oft soll ich sagen, im Deutschen mache ich Fehler – aber haben Sie gesehen?!«

»Ich habe gesehen!«

»Ihm die drei Orden, mir keinen, ihm alle Quadrillen, den Kotillon, sogar die Rundtänze – ich muß es mir zweimal ausbetteln! Und was ist er? Ich frage Sie, was ist er?«

»Ein Apotheker«, erwiderte ich und suchte in das Wort eine Welt von Mißachtung zu legen.

Es entging ihm nicht. »Sie verstehen mich!« rief er und faßte meinen Arm fester. »Aber wenn er noch wenigstens jung und schön wäre! Er hat ja kein Haar auf dem Kopf und ist dünn wie ein Zwirnsfaden. Das ist ja kein Mann, sondern ein Schemel!«

»So heißt es tschechisch«, sagte ich, »deutsch heißt es ›Schemen‹. Aber wie erklären Sie sich dennoch seinen Triumph?«

»Weil er mich verleumdet hat!« rief er. »Es kann gar nicht anders sein!«

»Aber was kann er gegen Sie gesagt haben?«

»Oh, vieles! Vor allem sagt er, ich mache nur Schwindel, ich komponiere nicht. Hahaha! Ich kann keine Note erfinden. So lachen Sie doch!«

Ich lachte.

»Und dann sagt er: mein Vater hat fast nichts hinterlassen! Und mein Geschäft geht schlecht! Dieser Intrigant, dieser Melo-Masto-Mepho –«

»Mephistopheles ... Aber woher wissen Sie das?« – »Weil mir der Alte vorgestern plötzlich sagt: ›Herr Majir‹, sagt er, ›Ihr Vater muß doch ein sehr tüchtiger Mensch gewesen sein, weil er durch das kleine Geschäft ein so großes Vermögen erworben hat‹. – ›Ja‹, sag' ich, ›sehr tüchtig.‹ – ›Aber merkwürdig ist es doch!‹ sagt er … Und dann fragt er: ›Was trägt jährlich Ihr Geschäft Reingewinn?‹ – ›Sechstausend!‹ – ›Merkwürdig.‹ Verstehen Sie, alles merkwürdig! – er glaubt es nicht. Und dazu die Launen dieses Fräuleins! Am Mittwoch sagt sie mir: ›Herr Majir, auf dem Kränzchen am Samstag möchte ich nach einer Melodie von Ihnen tanzen. Sie haben ja auch Polkas und Walzer komponiert, geben Sie etwas der hiesigen Musik, die studiert es ja in ein paar Stunden ein!‹ – ›Fräulein‹, sag ich, ›für Sie alles, aber das geht nicht! Ich hab' ja hier nichts mit!‹ – ›So lassen Sie es aus Czernowitz kommen!‹ – ›Fräulein‹, sag' ich, ›meine Kompositionen sind ja mein Heiligstes! Ich habe sie in meine eiserne Kasse eingesperrt.‹ – ›Nun‹, sagt sie, ›so komponieren Sie hier was! Sie sagen ja immer, die Melodien fliegen Ihnen nur so im Kopf herum, alle Tage drei, so schreiben Sie doch eine auf!‹ – ›Fräulein‹, sag ich, ›das sind ja Opernmelodien! Arien – verstehen Sie? – und Leitmotive und so Sachen. Die Zeit‹, sag' ich, ›wo ich Tänze komponiert habe, ist längst vorbei!‹ – ›Und auch wenn ich Sie bitte‹, sagt sie pikiert, ›können Sie es nicht mehr tun?‹ – ›Fräulein‹, sag' ich, ›meine musikalische Entwicklung – als Künstler nämlich – Schritt für Schritt – immer vorwärts, nie zurück. Also zum Beispiel Richard Wagner!‹ – ›Es ist gut!‹ sagt sie, ›Sie wollen es nicht!‹ – ›Aber wenn ich es auch schreibe‹, sag' ich, ›wer soll es hier spielen?‹ – ›Die Badekapelle!‹ – ›Oh, Fräulein Stasia‹, sag' ich, ›wie können Sie das einem Künstler zumuten! Diese elenden Musikanten!‹ Und hab' ich da nicht recht gehabt?« – »Nun«, sagte ich, »Tänze spielen sie doch eigentlich ganz erträglich.«

»Für Ihre Ohren!« rief er heftig, »für meine nicht. Ich kann das nicht tun, und wenn sie eine Aphrodicke wäre! Nein, nein! Und sie ist keine Aphrodicke!«

»Das ist sie nicht«, gab ich zu. »Übrigens heißt es deutsch Aphrodite. Also deshalb ist sie böse?«

»Ja, seit der Stunde behandelt sie mich schlecht. ›Reden wir nicht mehr darüber‹, sagt sie und lächelt so gewiß, wissen Sie, und schaut den Apotheker an, und der lächelt auch! Niederträchtig – was?«

»Sehr niederträchtig«, sagte ich. »Aber was wollen Sie tun? Sie können doch den Verdacht nicht auf sich sitzen lassen.«

»Aber kann ich es tun? Auch Richard Wagner täte das nicht, ich sage Ihnen, er täte das nicht! Und dann, von dieser Kapelle spielen lassen! Das kann ein Künstler wie Majir nicht tun! Und vor diesem Publikum! Lauter boshaftes Gesindel!«

»Aber auch unmusikalische Menschen. Was liegt Ihnen daran, wie die Sie beurteilen?«

»Natürlich nichts!« erwiderte er, wurde dann aber nachdenklich, blieb stehen, blickte zum Himmel empor und zur Erde nieder. Schon glaubte ich, daß der Geist über ihn gekommen, aber als er endlich sprach, fragte er nur: »Glauben Sie wirklich, daß niemand hier ist, der sich so halb und halb auf Musik versteht?«

»Ich wüßte wenigstens niemand.«

Er atmete auf. »Das wäre ja gut«, murmelte er und versank wieder in Nachdenken. Bewundernd blickte ich zu ihm empor, oder eigentlich, da ich etwas größer war, auf ihn hinunter. Welches Feingefühl einer Künstlerseele, dachte ich. Vor Kennern will er sich durch diese Kapelle selbst in einer Tanzkomposition nicht produzieren. »Es geht doch nicht«, sagte er dann, »diese Musikanten!«

»Gar so schlecht sind sie doch nicht«, meinte ich, »und der Kapellmeister, der kleine Kupczanko, ist sogar ein ganz begabter Mensch. Er hat mir selbst erzählt, daß er das Lemberger Konservatorium besucht hat und nur seiner Armut wegen im Sommer in Bäder spielen geht. Auf den wäre Verlaß.«

»Nein, nein!« sprudelte er hervor. »Gerade seinetwegen kann ich es nicht tun.«

»Halten Sie ihn für solchen Stümper?«

»Nein. Das heißt ja, natürlich! Den größten Stümper.«

»So? Aber wenn nun Fräulein Anastasia darauf beharrt?«

»Natürlich tut sie das«, seufzte er. »Mein Gott, was soll ich tun? Cert a peklo – wenn ich denke, daß dieser Pillendreher ...« Er verstummte. »Gute Nacht«, murmelte er dann mit erstickter Stimme und eilte davon.

Ehrfurchtsvoll blickte ich ihm nach. Da spricht man, dachte ich, so viel von der Selbstsucht, der Habgier der Menschen, und dieser Künstler setzt lieber den Besitz des geliebten Mädchens aufs Spiel, als daß er seine künstlerische Entwicklung unterbräche oder auch nur eine Polka von einer Kapelle spielen ließe, die ihm nicht genügt. Wahrlich, in diesem Busen lodert die heilige Flamme. Und wie sehr sie lodert!

Als ich am nächsten Morgen auf der Promenade erschien, erschrak ich sehr: Majir fehlte, die schöne Anastasia wandelte nur zwischen dem Vater und dem Apotheker auf und nieder. Zu vermissen schien sie ihn nicht, sie lachte so laut und unbefangen, daß man das Gold an ihrem Gebiß weithin schimmern sah. Aber ich hatte ihr doch unrecht getan. Als ich ihr ein zweites Mal begegnete, hielt sie mich an, wie sie denn überhaupt zuweilen ein freundliches Wort an mich wendete; Majir hatte mir das Glück verschafft, ihr vorgestellt zu werden. Sie fragte huldvoll, ob ich mich gestern recht müde getanzt, und trat dann dicht an meine Seite, so daß ich nun wohl oder übel neben ihr hergehen mußte. Denn einerseits war es ja ein Vergnügen, aber andererseits eine drückende, weil unverdiente Ehre.

»Wo is denn Ihr Freund Majir?« fragte sie, nachdem wir außer Hörweite der beiden Herren waren.

»Ich weiß nicht«, erwiderte ich bekümmert. »Er war heute nacht so erregt.«

»Na, aufg'hängt hot er sich doch nicht«, sagte sie lachend, aber die Stimme vibrierte doch etwas nerviös, wie es im Tschechischen heißt.

»Um Himmels willen!« rief ich, »so ein Genie.«

»Woher wissen S' denn, daß er an Schenius is?«

»Sie zweifeln doch nicht? Man sieht es ihm ja an … Und er sagt es doch selbst.«

»No ja, ober mon hört nix davon.«

»Ich glaubte, er hätte in Ihrem Salon …«

»No ja! Ober wir verstehn ja nix davon. Hören S', Sie sind ja sein Freund?!«

»Sein Bewunderer«, erwiderte ich bescheiden, »seinen Freund kann ich mich eigentlich nicht nennen.«

»Olles ans! Olsa hören S'. Der Majir g'fallt mir. A fescher Kerl! Aber da sind zwei Sochen. Erstens: kein Mensch glaubt an sein Schenius! Is a nit notwendig, daß a Eisenhändler a Schenius is. Ober dann soll er nit darmit schwindeln. Olsa: entweder steckt er den Schenius auf, oder er loßt hier etwas von seine Sochen spielen! Verstanden?« – »Ja«, erwiderte ich, »es ist ja auch deutlich genug!« Oh, dachte ich, und einem Mädchen von so harter Gesinnung hat sich dies weiche Künstlerherz zu eigen gegeben!

Aber es sollte noch deutlicher kommen.

»Zweitens: wos hot der alte Säufer hinterlassen? Wieviel tragts G'schäft? Das soll er mein Vottern ausweisen. Sie sind sein Freund, sogen Sie's ihm.« Sie nickte huldvoll und entschwand.

»Ich werde es ihm sagen«, murmelte ich drohend hinter ihr her. »Aber ich hoffe, du sollst keine Freude davon haben.« Damit ging ich dem Häuschen zu, wo er wohnte, das heißt, fügte ich in Gedanken hinzu, wenn du ihn nicht etwa schon zur Verzweiflung gebracht hast. Dann wehe dir!

Aber er lebte. Eben trat er aus seiner Tür. »Ich habe mich matt gefühlt«, erwiderte er auf meine besorgte Frage, »und wollte eigentlich gar nicht ausgehen. Gott Morphium hat sich heute nacht vergeblich von mir bitten lassen.«

Durfte ich ihm in diesem Zustand alles sagen? Und doch, vielleicht war es so das beste. Aber die Wirkung war doch eine etwas andere, als ich erwartet, ich hatte eben die Heftigkeit seiner Leidenschaft unterschätzt. »Das hab' ich ja ohnehin vermutet«, sagte er. »Mit dem Geld hat sie auch recht. Sehen Sie, da habe ich eben an meinen Buchhalter und an meinen Advokaten geschrieben. Die letzte Bilanz und die Erbschaftsakten werden in einigen Tagen da sein. Aber mein Künstlertum gebe ich hier nicht preis. Sie soll sich gedulden, bis wir zur ersten Aufführung meiner Oper nach Prag reisen.«

»Bravo!« rief ich, »aber eigentlich ist sie Ihrer überhaupt nicht würdig.« – »Ich liebe sie aber«, sagte er. »Und dann, wissen Sie, dahinter steckt ja der Vater. Ein Plato ist wie der andere, wer sich mit den Platokraten einläßt, muß auf solche Sachen gefaßt sein. Sie haben Geld und verlangen Geld.«

»Aber jenes unwürdige Mißtrauen in Ihr Genie?«

»Das hat mir ja der Trüffel, der Korn, eingebrockt. Oh, der Duckmäuser!«

»Tartüffe?«

»Fangen Sie schon wieder an? Probieren Sie einmal tschechisch zu reden, ob das ohne Fehler geht. Aber Sie sind ja mein Freund. Also, sagen Sie ihr meine Antwort.«

Ich tat es, aber sie schüttelte den Kopf. »Dann is nix mit uns zwei«, sagte sie. »Geld hat der Korn noch mehr. Der Majir ist mir lieber, weil er jung und fesch is, aber so lang ihn jeder für a Schwindler hält, nehm ich lieber den Korn – Ehrenmann, Gemeinderat – verstanden?«

Wie ein Leutnant, dachte ich. Und den Schnurrbart dazu hat sie ja eigentlich auch. Aber das war nun Majirs Sache.

Er schäumte auf, als er die Botschaft vernahm. In stolzen, edlen Worten wies er die schnöde Zumutung für immer ab.

»Sagen Sie ihr das!« rief er.

Ich machte mich auf den Weg.

»Halt!« rief er mir nach. »Lassen Sie mich noch nachdenken! Vielleicht … bis nachmittag.«

Zur Mittagsstunde fehlte er im Wirtshaus. Korn saß triumphierend da und führte das große Wort. So also, dachte ich bitter, wird edles Streben gelohnt. Der Philister triumphiert, während sich der Künstler daheim im Kampf zwischen Leidenschaft und künstlerischem Gewissen verzehrt und der irdischen Nahrung vergißt. Dies war aber zum Glück ein Irrtum. Majir hatte inzwischen nicht bloß sich verzehrt, sondern auch sein Diner, nur daß er es sich auf sein Zimmer hatte holen lassen. So erzählte er mir, als ich ihm nach dem Speisen begegnete. Zu einem Entschluß war er noch nicht gekommen. »Ich weiß nicht«, murmelte er immer wieder. »Kennen Sie den Kupczanko? Was ist das für ein Mensch?«

»Gar nicht übel«, sagte ich, »ich glaube sogar talentvoll. Aber das müssen Sie besser wissen.«

»Glauben Sie, daß er Geld braucht?«

»Ja!« rief ich aus innerster Überzeugung, »aber warum fragen Sie?«

»Nichts … aber da kommt er ja.«

In der Tat, da kam der Kapellmeister daher, ein junger, hübscher Mensch, kaum über die Zwanzig. Er war ärmlich gekleidet, trug aber den Kopf hoch. Als er Majir erblickte, überflog ein spöttisches Lächeln seine Züge; denn auch er gehörte damals zu jenen, die an ihm zweifelten, ja er behauptete sogar, nach einem Gespräch, das er mit Majir gehabt, daß dieser nicht Dur von Moll zu unterscheiden wisse. Majir trat mit herablassendem Lächeln auf ihn zu. »Immer fleißig, Herr Kupczanko?« fragte er.

»Leider nicht so fleißig wie Sie«, war die Antwort. »Man sagt ja, Ihre Oper kommt schon im Winter? Wenn Sie uns doch was draus geben wollten.«

»Unmöglich!« rief Majir. »Auch studieren Sie ja nichts Neues ein.«

»Oh, von Ihnen!« erwiderte der Kapellmeister. »Sonst reicht ja unser gewöhnliches Repertoire aus.«

»Das finde ich eigentlich nicht«, meinte Majir. »Besonders in Tänzen! Zum Beispiel, wie viele Walzer von Strauß spielen Sie?«

»Von Johann Strauß? Vier!« Er nannte die Titel. »Das ist doch genug!«

»O nein! Warum spielen Sie nicht einige neue von ihm?«

»Weil ich sie nicht habe. Und Noten zu kaufen und ausschreiben zu lassen, kostet Geld. Nach dem Gehör kann ich sie doch nicht spielen! Und ich habe noch dazu kein sehr gutes musikalisches Gedächtnis.«

»So?!« fragte Majir. »Nun, deshalb können Sie doch ein guter Kapellmeister sein! Vielleicht … aber ich weiß noch nicht …«

Er nickte ihm gütig zu und ging weiter. Mir schien es, als hätte dies Gespräch den Gebeugten merkwürdig erheitert.

Und in der Tat richtete er sich nach einer Weile tapfer auf und sagte entschlossen: »Es soll geschehen, ich komponiere einen Walzer, widme ihn dem Fräulein und lasse ihn hier spielen.«

Auf der Nachmittagspromenade bot sich den Badegästen jenes Bild, welches sie in den ersten Tagen von Majirs Aufenthalt erfreut. Triumphierend ging er neben Anastasia einher, Korn folgte betrübt mit dem Vater. Und bald wußte auch alle Welt, welches große künstlerische Ereignis das Tanzkränzchen vom nächsten Sonnabend bringen würde.

Dem Begnadeten fällt es leicht.

Am Sonntag hatte sich Majir zur Komposition entschlossen und um Notenpapier nach Czernowitz geschrieben, am Dienstag war es eingetroffen. In der Nacht darauf waren ihm ohne Klavier, ohne jeden anderen Behelf, die Töne aus der Seele aufs Papier geflossen, am Mittwoch morgen zeigte er mir das fertige Opus. Auf dem Titelblatt stand:

DER STERN VON LOPUSCHNA.
WALZER,
KOMPONIERT VON DEM
HOCHWOHLGEBORENEN FRÄULEIN
ANASTASIA BOGDANOWICZ
EHRFURCHTSVOLL ZUGEEIGNET
VON
FRANTISEK MAJIR.
op. 327.

»Gefällt Ihnen der Titel?« fragte er.

»Er könnte nicht besser sein!« rief ich begeistert. »Und dreihundertsechsundzwanzig Werke haben Sie schon komponiert?«

»Dreihundertsechsundzwanzig«, erwiderte er, jede Silbe betonend. »Natürlich die große Oper nicht mitgezählt.«

Er übergab Kupczanko sein Werk, der sich sofort an das Ausschreiben und Einstudieren machte. Nie hatte der Kapellmeister so angestrengt gearbeitet, und dabei kam er doch aus der Fröhlichkeit gar nicht heraus. Offenbar hatte auch ihn die heitere Anmut der Komposition bezaubert. – »Nun«, fragte ich, als ich ihm begegnete, »ist der Walzer ein Stümperwerk?« – »Im Gegenteil«, rief er, »das reizendste Ding von der Welt!« Und dabei lachte er übers ganze Gesicht. – »Also haben Sie keinen Zweifel mehr an Majir?« – »Nicht den geringsten!« Und wieder das tolle Lachen. Das fiel mir nicht weiter auf. Offenbar steckte eben in dem Walzer ein geradezu drastischer Humor. Hingegen stimmte es mich bedenklich, daß plötzlich Korn, welcher einige Tage nur noch aus zwei Linien bestand, weil er auch das Haupt demütig vorgebeugt trug, wieder die alte Dreizahl aufwies. Fast ahnte mir für den Sonnabend Schlimmes, denn ich hatte damals bereits sehr viele Künstlerbiographien gelesen und wußte, welche Dornenwege der Genius, namentlich im Beginn, zu wandeln hat. Die Befürchtung war grundlos, im Gegenteil, es wurde einer der reinsten, schönsten, erhebendsten Siege des Göttlichen über das Irdische, welche ich je mitmachen durfte.

»Der Stern von Lopuschna« war als der erste Walzer des Abends angesetzt. Als Kupczanko den Taktstock hob, trat lautlose Stille ein. Auch trat niemand zum Tanz an, die Spannung war zu groß. Majir stand neben der Erkorenen, er war etwas bleich, auch er tanzte nicht.

Die Töne begannen durch den Saal zu fluten, eine liebliche, anmutige, dabei berauschend fröhliche Weise, die einem unwillkürlich das Herz heiter und die Füße beschwingt machte. Ich war der erste, welcher der Lockung nicht widerstand und mit Charlotte dahinflog, andere Paare folgten.

Als die Musik zu Ende war, geschah etwas, was ich diesen neidischen Seelen nie zugetraut hätte, man applaudierte, nicht viel, nicht anhaltend, aber doch so, daß Kupczanko den Walzer mit Ehren wiederholen konnte. Nun wagte es auch Majir, der bis dahin mit gesenkten Lidern dagestanden, den Arm um die Holde zu legen und mit ihr dahinzufliegen.

Und nachdem es zu Ende war, wurde abermals applaudiert, aber diesmal noch lauter, daß Kupczanko zum drittenmal begann. Nun schwang sich alles mit, was Beine hatte, nur Korn blieb in seiner Ecke.

Und endlich wieder ein Händeklatschen, jetzt so laut, daß die Wände dröhnten.

Ja, es war ein schöner Moment, und als ich nun durch den Saal ging, hatte ich meine helle Freude. »Reizend, ganz reizend!« riefen die Unbefangenen und fügten höchstens bei: »Das hätte man dem Majir nie zugetraut!« Die Befangenen aber schwiegen oder murmelten höchstens: »Dahinter steckt etwas!« Fragte man sie aber ernstlich, was sie meinten, oder sagte ihnen: »Ein großes Talent – das steckt dahinter«, so zuckten sie die Achseln und verstummten.

Einen echten Künstler berauscht auch der Erfolg nicht. Majirs Antlitz wies keinen Triumph. Im Gegenteil, er spähte mit einer gewissen Ängstlichkeit um sich, und als ich auf ihn zutrat, um ihm zu gratulieren, schnitt er das Lob kurz ab und flüsterte ängstlich: »Der Korn lächelt immer so merkwürdig!« In der Tat – die drei Linien waren heute besonders scharf ausgeprägt, und um den Karpfenmund lag ein Zug, der wahrscheinlich Ironie bedeuten sollte. »Lassen Sie ihn,« sagte ich, »er wird bald genug weinen. Sie sind doch mit Stasia einig?«

»Morgen oder übermorgen«, erwiderte er, »wenn die Erbschaftspapiere da sind.«

Am Dienstag früh waren sie da, und am Nachmittag schon verbreitete sich das Gerücht von der Verlobung. Auf der Promenade harrte man gespannt dem Erscheinen des Brautpaares entgegen. Aber wohl gingen die beiden nebeneinander, während sich Korn mit dem Platz an des Vaters Seite begnügen mußte, aber noch nicht Arm in Arm. Noch nicht! Wer sah, mit welchem Ausdruck der Blick des schönen Mädchens auf ihrem Begleiter ruhte, konnte nicht daran zweifeln, daß die Papiere in Ordnung gewesen. Hingegen schien Majir seltsamerweise gedrückt. Das Lächeln, das seinen Mund umspielte, hatte etwas Krampfhaftes, und zuweilen wendete er den Kopf, als wollte er erlauschen, was sein Feind und Rivale mit dem Vater spreche.

Den Grund erfuhr ich am Abend. »Darf man gratulieren?« fragte ich. Da faßte er meine Hand, als wollte er sich daran klammern. »Geben Sie acht«, murmelte er, »morgen erlebe ich was von dem Pillendreher. Er hat eine Intrige gegen mich geschmiedet! Sie wissen doch, morgen ist Festkränzchen, Kaisers Geburtstag, da also will mir dieser Mensch was antun. Er ist schon heute hinter mir hergeschlichen wie diese – ich weiß nicht, wie sie deutsch heißen –, die Weiber, die einen immer verfolgen.« – »Deutsch heißen sie die Eumeniden!«

»Richtig, also wie die Miniden hinter dem Römer, der seine Mutter geheiratet hat.« – »Ödipus. Eigentlich war es ein Grieche. Aber das ist doch einerlei. Sie haben doch nicht Ihre Mutter geheiratet?«

»Nein!«

»Oder sonst etwas Böses begangen?«

Er seufzte tief auf. »Nein!«

»Warum fürchten Sie ihn also? Und woher vermuten Sie, daß er morgen beim Kränzchen einen Streich gegen Sie führen will?«

»Es kann ja nicht anders sein! Als ich heute auf das Postamt gehe, die Papiere zu beheben, steht er vor dem Amt auf der Straße und liest einen Brief. Wie er mich sieht, lacht er laut auf und sagt: ›Herr Majir, was da steht, wird Sie freuen!‹ – ›Möglich‹, sage ich, ›aber lassen Sie sehen!‹ Darauf blickt er mich einen Augenblick unschlüssig an und sagt dann: ›Herr Majir‹, sagt er, ›wir sind Nebenbuhler, aber ich habe sonst nichts gegen Sie. Glauben Sie, daß ich ein Ehrenmann bin?‹ – ›O gewiß!‹ sag' ich. – ›Nun, dann glauben Sie mir auch aufs Wort, wenn Fräulein Stasia diesen Brief liest, so wird sie nicht Ihre Frau!‹ – ›So, so!‹ sage ich lächelnd. ›Was steht denn so Schreckliches darin?‹ – ›Glauben Sie es mir aufs Wort, nichts Angenehmes für Sie! Versprechen Sie mir, daß Sie von der Werbung zurücktreten und noch heute abreisen, und ich gebe Ihnen nicht bloß den Brief, sondern auch mein Ehrenwort dazu, daß niemand etwas vom Inhalt erfährt!‹ – ›Mit Speck fängt man Mäuse‹, sage ich. – Darauf er: ›Der Brief ist von …‹ Da hält er ein und besinnt sich. – ›Nun!?‹ frage ich. – ›Nein‹, sagt er, ›Sie sind sehr schlau, Sie würden die Sache so zu drehen wissen, als ob Sie unschuldig wären. Was Sie sich eingebrockt haben, sollen Sie essen! Adieu!‹ Und geht. Was sagen Sie dazu?«

»Empörend! Aber woher wissen Sie, daß er gerade beim Kränzchen ...«

»Das weiß ich ja von meiner Braut – nämlich, unter uns gesagt, wir sind schon verlobt. Ich habe sie sogar schon geküßt!« Sein Antlitz überflog ein tiefer Schatten. »Nämlich, als ich meine Papiere habe, lege ich sie dem Alten vor, und er ruft die Stasia, und sie sinkt an meine Brust, und er segnet uns. Da klopft es – der Korn! Er sieht uns an und sagt dann: ›Auf ein Wort, Herr Bogdanowicz!‹ Und führt ihn ins Nebenzimmer. Nach einer Weile kommt der Alte zurück und sagt: ›Kinder, die Verlobung bleibt vorläufig, bis zum Kränzchen, unter uns. Erst in der Ruhepause, beim Souper, dürft ihr's sagen!‹ – ›Aber warum?‹

rufen wir. – ›Weil ich meine Gründe habe.‹ – Korn hat ihm nämlich gesagt, daß er bis dahin mit solchen Beweisen gegen mich vortreten wird, daß er mir seine Tochter nicht geben kann. Der Alte glaubt ihm zwar nicht ganz, aber er wartet doch. So hat mir die Stasia eben erzählt!«

»Aber, was kann es sein?« rief ich.

»Nichts! Aber wer ist gegen einen Filet sicher?«

Was sollte ich sagen? Er hatte recht, obwohl es ja deutsch Filou heißt.

Ach, er sollte auch recht behalten, weiß Gott, wie sehr! Noch krampft sich mir das Herz vor Mitleid und sittlicher Entrüstung zusammen, wenn ich daran denke. Und mit einem solchen zusammengekrampften Herzen schreibt es sich schwer.

Also kurz! Nur die Tatsachen und – die Anklage gegen einen sogenannten berühmten Komponisten, die ich bereits angekündigt habe.

Es war am 18. August 1865, abends neun Uhr, im Tanzsaal des Wirtshauses zu Lopuschna. Sämtliche Badegäste waren in ihren besten Kleidern und mit ihren schönsten patriotischen Gefühlen erschienen. Nur Anastasia fehlte. Sie sei nicht wohl, sagte ihr Vater dem entsetzten Bräutigam. War Majir schon bisher etwas blaß gewesen, so wurde er nun vollends grau.

Zur Eröffnung des Balles wurde die Volkshymne gespielt und gesungen. Dann eine Polonaise und nun – nun erklang wieder die liebliche Weise des »Sternes von Lopuschna«. Alle Welt tanzte, nur Majir nicht. Ein dröhnendes Beifallsklatschen und stürmische Dacapo-Rufe. Den lautesten Beifall spendete Herr Korn. Ich muß sagen, das gefiel mir nicht. Der Mensch soll nicht heucheln, was er nicht empfindet. Der Beifall dauerte fort. Aber statt zum Taktstock zu greifen, zieht Kupczanko ein Papier aus der Brusttasche und entfaltet es …

»Hört, hört!« ruft Herr Korn. »Hört, hört!« rufen andere. Endlich wird es still, und Kupczanko beginnt: »Meine Damen und Herren, ich habe Sie für eine Täuschung um Entschuldigung zu bitten, an der ich, freilich unschuldig, mitgewirkt habe. Heute vor einer Woche übergab mir ein Herr dieser Gesellschaft einen angeblich von ihm komponierten Walzer –«

»Angeblich?« rufen zehn Stimmen zugleich.

»Angeblich, meine Herrschaften. Natürlich studierte ich ihn sofort ein. Aber dabei war es mir immer, als hätte ich ihn, hm! – schon einmal gehört, als wäre es ein Walzer eines sehr bekannten Wiener Walzerkomponisten. Ein Herr schrieb an den Verleger dieses Komponisten und legte die Komposition bei. Hier die Antwort.«

Er entfaltete das Papier. Bis dahin hatte die rohe Menge gelacht, geschrien und auf ihr Opfer mit Fingern gewiesen. Da stand Majir und suchte sich verzweiflungsvoll einen Weg durch die Umstehenden zu bahnen, aber man ließ ihn nicht durch. »Bleiben Sie nur«, riefen die Barbaren, »der Brief wird Sie interessieren!« – »Er ist auch ganz kurz!« fuhr Kupczanko fort und las: »Sehr geehrter Herr! Ihre Vermutung ist richtig. Das mir eingesendete Manuskript, ›Der Stern von Lopuschna‹ überschrieben und angeblich von Frantisek Majir komponiert, ist eine Abschrift des in meinem Verlag erschienenen Walzers ›Aus dem Sophiensaal‹ von Johann Strauß. Die Abschrift unterscheidet sich von dem Original nur durch einige Schreibfehler, welche darauf schließen lassen, daß der Plagiator ganz unmusikalisch ist. Ich lege Ihnen Ihrem Wunsche gemäß sowohl das Manuskript als auch einen Abdruck des Straußschen Walzers bei, wofür Sie mir gefälligst einen Gulden und achtzig Kreuzer vergüten wollen. Hochachtungsvoll.«

»So, meine Damen und Herren«, schloß er, »nun wissen Sie die Wahrheit! Und nun wollen wir den Walzer nochmals spielen!«

Ein Beifallsorkan. Die Musik fällt ein, die Paare drehen sich im Tanze. Da erst gelingt es dem unglücklichen Tondichter zu entfliehen.

Niemand folgte ihm, niemand zweifelte an seiner Schuld. Auch ich – es soll meine harte, aber wohlverdiente Buße sein, daß ich dies ausspreche – war von dem Unverstand der Menge mitgerissen und widersprach nicht, als sie im Saal die giftigsten Reden gegen ihn führten. Erst im Morgengrauen, als ich heimging, ergriff mich der Gedanke: »Kann ein Mensch so viel lügen?! Und wenn dies vielleicht möglich ist, kann ein solches Künstlerhaar lügen?! Der Brief war vielleicht nicht echt. Vielleicht auch hatte da ein Zufall gewaltet! Wie oft begegnen sich zwei kongeniale Naturen in demselben Gedanken! Wie, wenn Majir unschuldig litt! Und wenn er diese unschuldig erlittene Schmach nicht ertrüge, wenn er –«

Ich stürmte nach dem Hause, wo er wohnte. Gottlob, er lebte noch und dachte an keinen unheimlichen Entschluß. Denn in seinem Zimmer schimmerte Licht, und vor dem Haus stand ein Fuhrwerk, auf welches der Hausknecht eben Majirs Koffer festschnürte. Einen neuen Koffer mit einer goldenen Lyra darauf. Ach …

Seine Stubentür stand halb offen. Als ich eintrat, packte er eben noch die Waschsachen in die Handtasche. Mir schien es, als erröte er bei meinem Anblick, vielleicht täuschte ich mich.

Einen Augenblick stand ich verlegen da und wußte nicht, wie ich beginnen sollte. Endlich fiel mir etwas ein, was gewiß keine Taktlosigkeit war. »Guten Morgen«, sagte ich.

»Guten Morgen«, erwiderte er.

»Sie reisen ab?«

»Wie Sie sehen!«

»Warum?!« Es war mir so entfahren, das war schon nicht mehr taktvoll, aber nun war's geschehen.

»Warum!« rief er. »Sie fragen! Und Sie wollen ein Dichter sein! Ich, Frantisek Majir, soll an einem Ort bleiben, wo man mich so behandelt?! Ist Lopuschna meiner noch würdig? Ja oder nein?!«

»Nein!«

»Nun also! Darum reise ich. Mich ekelt vor dieser ganzen Gesellschaft. Und wenn sie mich auf den Knien darum bitten würden, ich komme nie mehr her! Mich ekelt vor diesem Pillendreher und noch mehr vor diesem elenden Kupczanko. Denn er will selbst ein Künstler sein und ist an einem anderen Künstler zum Judas geworden. Verstehen Sie das?«

»Ich verstehe!«

»Und wissen Sie, vor wem mir geradezu graut? Vor dieser kleinen, dürren, häßlichen, bemalten, alten Person! Und wenn sie jetzt hereinkommt in dieses Zimmer da und sagt: ›Wenn Sie mich nicht nehmen, so gehe ich in den Sereth‹, ich antworte ihr: ›Bitte, Fräulein, nur zu!‹ Sie hat ja kein Herz! Und glauben Sie, daß sie eine Viertelmillion hat?! Schwindel! Es fehlen 20000 Gulden daran. Aber geht das mich noch etwas an?!«

»Nein!«

»Aber wissen Sie, vor wem mich am meisten ekelt? Vor diesem Johann Strauß! So ein elender, heimtückischer Ligator!«

»Ligator?!«

»Ja, ja! Ein frecher Ligator! Er hat mir ja meinen Walzer gestohlen!«

»Plagiator. Sie glauben, daß Strauß ein Plagiat begangen hat?!«

»Natürlich.«

»Er an Ihnen?«

»An wem sonst?! Was machen Sie für ein verdutztes Gesicht?! Glauben Sie vielleicht – ich an ihm?!«

»Behüte! Es kam mir nur so – so überraschend.« – »Oh, es wird auch der Welt überraschend kommen! Glauben Sie, ich werde schweigen?! Alles werde ich enthüllen, zugrunde werde ich ihn richten, und meine Nation wird mir dabei helfen!«

»So also erklärt sich die Sache!« rief ich. »So einfach! Aber muß deshalb Strauß ein Plagiator sein? Vielleicht ist er es ebensowenig wie Sie! Wie oft begegnen sich zwei Künstler in demselben musikalischen Gedanken.«

»Bis auf die letzte Note gleich?!« rief er. »Das ist noch nie vorgekommen, das kann niemand glauben!«

»Aber wie wäre er denn in den Besitz des Manuskripts gekommen?«

»Sie haben es ja gehört! Die Lumpen haben mein Werk nach Wien geschickt an den Verleger. Der liest es. ›Ha, ein Genie! Und ein Tscheche! Wenn der bekannt wird, ist mein Strauß totgeschlagen!‹ Nimmt sich einen Fiaker, fährt zum Strauß. ›Lesen Sie!‹ Der wird gelb und grün vor Neid. ›Da muß was geschehen!‹ – ›Aber was?‹ sagt der Verleger. Und darauf der Strauß: ›Es ist ja noch nicht gedruckt, der Majir ist noch unbekannt, drucken wir es noch heute als mein Werk, und er ist tot!‹ Und so haben sie es gemacht!«

»Schändlich!« rief ich. »Und wie wollen Sie es beweisen?«

»Mit Hilfe meiner Nation!« Er reichte mir die Hand, bestieg den Wagen und, verließ das undankbare Lopuschna.

Seither sind an dreißig Jahre vergangen. Johann Strauß ist immer berühmter geworden, nun auch als Opernkomponist. Von Majir hat die Welt nichts mehr gehört. Meine Lage bei dieser Enthüllung und Anklage ist also die denkbar ungünstigste. Aber ich sagte schon, es *muß* sein. Warum Majir schwieg, ist eine traurige, aber kurze Geschichte: weil seine Kraft gebrochen war.

Der tapfere Entschluß jener Nacht war gewissermaßen das letzte Aufflammen seiner Künstlerseele. Er wagte den Kampf nicht aufzunehmen, weil er um sich nur Hohn und Neid sah. Mich ausgenommen, glaubte kein Mensch in Czernowitz mehr, daß er ein Tondichter sei. Und vollends hielt, mich ausgenommen, niemand den gefeierten Strauß für einen Plagiator an Majir. Man lachte ihm ins Gesicht, wenn er davon sprach. Auch ich wurde deshalb viel verhöhnt. Man sagte mir,

»Aus dem Sophiensaal« sei schon im Fasching 1865 erschienen und –
»Frantisek Majir contra Johann Strauß«, das gab den Ausschlag, der
Unberühmte war und blieb das Opfer.

Auch seine Nation half Majir nicht, wahrscheinlich aus denselben
Gründen. Da erkannte er, daß sie seiner nicht würdig sei, und sagte
sich von ihr los. Er legte die blau-weiß-roten Sommerröcke ab, und,
im Winter verschwand mit dem Schnürrock auch die Pelzmütze à la
Hus. Er schaffte sich ganz gewöhnliche Kleider an. Noch mehr, nach
einem Jahr ließ er sich das Haar kurz scheren, und nach zwei Jahren
stand auf seinen Visitenkarten nicht mehr »Frantisek Majir«, sondern
»Franz Mayer«. Fragte man ihn nun, welcher Nationalität er sei, so
erwiderte er: »Ich bin ein Geschäftsmann!« Und wer die Rede auf seine
Kompositionen brachte, dem lief er davon. Kurz, er wurde ein Alltags-
mensch, der höchstens im Eisenhandel und namentlich in der Kunst,
den Bauern um teures Geld schlechte Sensen zu verkaufen, Hervorra-
gendes leistete. Diese Kunst trieb er lange. Jetzt, wo er es nicht mehr
nötig hat, hält er einen Geschäftsführer. In seinen Mußestunden spielt
er Tarock und erzieht seine Kinder. Er hat vier Jahre nach jenen
Sommertagen geheiratet, wo der »Stern von Lopuschna« aufgeflammt
und zerstoben. Seine Erwählte war schön wie Anastasia, sogar noch
ein wenig gereifter, aber bei ihr fehlte nichts zur Viertelmillion, und
ihr Vater konnte nicht stören, denn er war kein entlassener Zuchthäusler, sondern in der Strafanstalt gestorben.

Anastasia aber lebt noch, unvermählt und einsam. Die Sache mit
Herrn Korn zerschlug sich, und zwar, wie es heißt, der fehlenden
Zwanzigtausend wegen. Und darnach fand sich kein anderer mehr. So
ist das herzlose Geschöpf von einer gerechten Strafe heimgesucht
worden.

Johann Strauß aber ist bisher straflos ausgegangen.

Ich jedoch meine, daß es nicht so bleiben kann, und habe darum
jene böse Tat seiner Jugend enthüllt. Nur aus Rechtsgefühl; Majir-
Mayer weiß nicht davon. Ich wußte ja, hätte ich ihm von meiner Absicht geschrieben, er wäre dagegen gewesen. Entschieden dagegen. Der
gebrochene Mann hat entsagt, vielleicht sogar vergeben und verziehen.
Er hätte mich sogar angefleht, zu schweigen. Und da ich das nicht
kann, so habe ich ihn nicht erst gefragt.

Wird man mir meine Anklage glauben? Ich hoffe es. Die Stimme
der innersten Überzeugung hat einen Klang, dem man sich schwer

entziehen kann. Man wird mir glauben, ganz ebenso wie ich Majir vor dreißig Jahren geglaubt habe.

Auch ein Hochverräter

Es war ein Tag im Herbst, ein schöner, klarer Septembertag. Die Ofener Berge lagen in blauem Dufte schier wie zur Sommerzeit, die blaue Donau schimmerte im Sonnenstrahl, und am Pester Kai wogte der Strom geputzter Spaziergänger auf und ab. Es läßt sich gut wandeln hier am herrlichen Strom zwischen den beiden prächtigen Städten, und es gibt wenige Orte auf Erden, wo *ein* Blick des Auges soviel Farbenpracht und Fülle der Schönheit umfassen kann. Es gilt dies vor allem von dem Strom, dem Verkehr, den Bauten und ganz besonders von den Frauen. Aber alle Pracht tut auf die Dauer dem Auge weh. Und so ging ich an jenem schönen, stillen Tag am Fluß hin, und der Kai blieb hinter mir und die fashionable Promenade und die geputzten Menschen, und ich ging weiter und weiter, bis mir der sonderbare Blocksberg gegenüberlag. Hier bog ich in eine große öde Straße zur Linken ab, und dann nahm mich ein Gewirr von Gassen und Gäßchen auf, in dem ich mich kaum mehr auskannte.

Ein größerer Gegensatz zweier Stadtviertel ist kaum denkbar, als zwischen dem, woher ich kam, und jenem, in welchem ich nun umherirrte. Dort moderne Paläste und Zinsburgen, hier kleine, ärmliche, altertümliche Häuslein, dort lautes Wogen und Treiben, hier nur selten ein Mensch. Die kleinen Gäßchen lagen wie ausgestorben – es war just Arbeitszeit und die Bewohner in den Häusern oder auswärts. Wenn ich auf einen Haufen von Leuten stieß, so waren es eben kleine Leute mit blonden Haaren und blauen Augen und putzbedürftigen Näschen – junges, übermütiges Germanentum.

Der Dialekt, in dem sie sich sehr geräuschvoll unterhielten, wird freilich kaum irgendwo in deutschen Landen gesprochen, es ist eben ein sonderbares Gemisch aus bayrischen, schwäbischen, fränkischen, niederrheinischen und ganz besonders urwienerischen Elementen, das Zeug klingt zuerst fast unverständlich. Aber hätte ich auch daran gezweifelt, daß dies deutsche Kinder seien, so wäre mir dies gleich darauf sonnenklar geworden. Just als ich vorüberging, erklärten einige, »nicht mehr mitzutun«. Und richtig prügelten sie sich gleich darauf. Soviel ich bei flüchtigem Rückblick bemerkte, stand auch kein Bismarck unter ihnen auf. Im übrigen achtete ich ihrer nicht mehr und studierte die Schilder, welche hier und da, klein, buntfarbig, oft mit sonderbarster

Ausstattung und Schreibweise, an den Häusern hingen. Da war zum Beispiel ein phantastischer Stiefel mit einem Riesensporn, und darunter stand: »Schwemminger Janos«. Oder eine großmächtige Schere mit der Unterschrift »Haubele Mihály«. Im Hause daneben an einer kleinen Gassentür eine ockergelbe Brezel, ein zinnoberrotes Bierglas und ein giftgrünes Schnapsfläschchen und darunter ein Name, der schlimm dazu paßte: »Wassermacher Zsigmond« ...

Dann begegneten mir einige Mühlknappen, und als ich in eine Straße gelangte, wo von allen Seiten melodisches Kuhgebrülle an mein Ohr schlug, da würde mir zur Gewißheit, was ich bisher nur geahnt: ich war in der Franzstadt.

Es gibt wohl keine andere Stadt, deren Teile so grundverschiedenen Charakter aufweisen als die Hauptstadt Ungarns. Mehr oder minder findet sich dergleichen überall, nur wird es wenig beachtet. Dem flüchtigen Touristen sticht es nicht grell genug ins Auge, und der Einheimische nimmt es eben als Gewohntes hin, über das man sich weiter keine Gedanken macht. Wer aber Sinn und Auge für solche kleine Eigentümlichkeiten hat, kann ganz interessante und ergötzliche Studien machen, insbesondere in Budapest. Denn hier gleicht nicht allein eine Vorstadt der anderen, sondern jede derselben zerfällt noch überdies in sehr verschiedene Bezirke. So ist in dem kosmopolitischen Gewirr der inneren Stadt ganz deutlich ein kleines Gebiet mit spezifisch magyarischer Physiognomie erkennbar, so scheiden sich in Ofen die Bewohner nach den Nationalitäten, in der Josefstadt nach dem Besitztum und in der Franzstadt, die fast ganz von ärmeren Leuten deutscher Zunge bewohnt wird, nach der Berufsart. Da wohnen die Fiaker und Wäscherinnen, die Müller und die Milchmeier, die Schuster und die Schneider, die Wagenbauer und die Schmiede, und sie halten sich, ganz gegen alle Grundsätze moderner Volkswirtschaft, gern in eigenen Gassen zusammen. So kam ich in eine lange Zeile von Gärten, wo rechts und links an Stricken die gesamte Wäsche der vereinigten Hauptstädte schwankte, und wieder in eine andere Gasse, wo wohl an die dreißig Schuster wohnten, stattliche Schuhmacher und kleine, dürftige Flickschusterlein. Und wo ein Schild zu sehen war, da war gewiß ein kerndeutscher Familienname darauf und dazu ein kernmagyarischer Vorname. Es berührt dies den Deutschen eigen, und auch ich machte mir so meine Gedanken darüber an jenem stillen Herbstnachmittag.

Aber zu dem gebräuchlichen Manöver, dem Faustballen in der Tasche gegen den magyarischen Chauvinismus, konnte ich's nicht bringen. Etwas ist schon daran, aber ich denke, wir Deutschen hätten allen Grund, uns da auch an die eigene Nase zu fassen. Denn warum sind die Väter dieser Leute fortgezogen aus der liebvertrauten Heimat an der Donau, am Neckar oder am Rhein, fort ins fremde, wilde Land? Weil sie's daheim nicht mehr ertragen konnten, weil sie die Verhältnisse zu Boden drückten. Der eine wollte Meister werden und durfte es nicht – das Zunftrecht stand entgegen, der andere wollte heiraten und konnte es nicht – ein grausames Gesetz der Patrizier hinderte ihn daran, den dritten, einen Landmann, trieb sein Herr durch Fronden und Lasten schier zur Verzweiflung. So zogen sie fort. Und was nahmen sie mit? Etwa einen deutschen Staatsgedanken, ein deutsches Volksbewußtsein?! Ach, damals gab's kein Deutschland, selbst der Gedanke an den ideellen Zusammenhang aller Deutschen dämmerte nur in erleuchteten Köpfen, und was sie mitnehmen konnten, war höchstens ein reichsstädtisch Ulmsches oder kurfürstlich Mainzsches oder reichsritterlich Katzenellenbogensches Bewußtsein. Solch ein Bewußtsein aber verduftet leicht in der Fremde, und verduftet es nicht von selber, so ist man sehr gern geneigt, es freiwillig von sich zu werfen! Was die Väter wirklich aus der Heimat mitgebracht: deutsche Sprache, deutsche Sitte, deutsche Tüchtigkeit, das haben die Söhne meistens bis heute bewahrt. Aber weil es ihnen hier gut ging, weil sie hier gedeihen durften im Schutz verhältnismäßig freisinniger Gesetze, so nahmen sie gern den neuen Staatsgedanken an und damit zugleich – unglückseliger-, irrtümlicher-, aber sehr leicht begreiflicherweise! – das neue Nationalitätsbewußtsein.

Diese Leute fühlen sich als Magyaren, auch wenn sie magyarisch nur »Eljen!« zu rufen wissen und »hunczut a német!« Diese Erscheinung ist sicherlich sehr beklagenswert, und geradezu peinlich wäre sie, könnten wir uns nicht mit dem Worte trösten, das Grabbe seinen Hermann von den abtrünnigen Sigambrern sprechen läßt: »Blätterabfall der Eiche, die in Europas Mitte prangt. Sie kann viel entbehren und bleibt stark.« Aber wer darüber empört ist, der richte seine Empörung nicht gegen diese Leute, mit denen es ging, wie es gehen mußte, sondern gegen – die Schuldigen. Und die Hauptschuldigen sind nicht die Bekämpfer des Deutschtums, sondern diejenigen, die dafür eintraten, indem sie offiziell, wie man es eben verstand, »germanisierten«. »Du schwarzgelber Hund!« Laut und gellend klangen mir die Worte ins Ohr. Ich fuhr auf aus meinen Gedanken und blickte um mich. Ich war noch in der Gasse der Schuster. Daß der Schimpf mir galt, konnte ich nicht zweifeln, denn die Straße lag im hellen Sonnenschein verödet, nur weit oben balgten sich zwei flachshaarige Buben, und ein altes Weiblein hinkte an den Häusern dahin. Aber wie kam just ich zu dem Ehrentitel, den ich doch so wenig verdiene wie selten ein Mensch? Und wer war der Rufer? »Eljen Kossuth! Eljen Kossuth!« Ich wendete mich hastig um. Der Rufende mußte im kleinen Gassenladen stecken, vor dem ich stand. Es war die Werkstätte eines Flickschusters. Aber der alte Mann hockte mit überaus harmloser Miene auf seinem Dreibein und mühte sich emsig, eine lebensmüde Sohle zu fernerem Gang durchs Leben zu stärken. Er blickte erst auf, als ich dicht vor ihm stand. Derselbe nicht schmeichelhafte Zuruf klang mir gleichzeitig aus dem Hintergrund entgegen. Und nun konnte ich auch deutlich erkennen, daß das keine Menschenstimme war. »Ah, mein Starl«, lachte der Meister und rief in einen Winkel: »Hansl, halt's Maul!« Da saß der stahlgrau schillernde Übeltäter und blinzelte mich mit den klugen Äuglein an. »Er meint's nöt bös!« tröstete mich sein Herr. »Wissen S', er hat's amal so g'lernt!«

Ich mußte herzlich lachen. »Das ist ja ein seltenes Tier«, meinte ich dann, »man trifft kaum einen Star, der so viele Worte kann und dabei so deutlich.«

»Ja!« bestätigte der Schuster stolz, »a rares Stuck. ›Eljen Kossuth‹ kann er rufen und ›Du schwarzgelber Hund!‹« Und der Vogel bewies auch ununterbrochen, daß er das wirklich könne.

»Sie sind wohl ein guter Patriot?« frug ich.

»Na, freili!« Der Mann blickte mich stolz an. »Und ob! Und was für a Badhrot! Die Kontschtiduzion – dös is das Höchste!«

»Sie meinen wohl die von achtundvierzig?«

»Na, die neuche a, die vom siebenundsechz'ger Jahr.«

»Ich meinte, Sie wären von der Linken, weil der Vogel ›Eljen Kossuth‹! schreit.«

»Na, wissen S', dös kummt daher, weil i 's den Hansl noch im sechz'ger Jahr g'lernt hab'. Da war noch der Kossuth 's Höchste. Später, im siebenundsechz'ger Jahr, hätt' ich's gern g'sehn, daß er a ›Hoch der König!‹ lernt, oder weil er 's Eljen noch vom Kossuth kann, ›Eljen a Király‹! Aber da ist er z' dumm dazu – i hob mi eh g'nug gift! Ja, wann mei' Michel noch lebet! Der hätt's ganze Badernoster g'lernt, wenn i g'wollt hätt'. Aber der is g'storben, schon im sechsundfünfz'ger Jahr.« Der alte Mann wurde fast wehmütig in der Erinnerung an den toten Liebling. Aber gleich darauf setzte er grimmig hinzu: »Die schwarzgelben Hund haben ihn um'bracht!«

»Wen?« fragte ich erstaunt.

»Na, den Michl, wen denn sonst?«

»Und den haben die Schwarzgelben getötet?«

»Freili, ja! In Ofen haben s' ihn eingesperrt, und a Prozeß haben s' ihm g'macht und nachher umbracht. Wissen S' – wegen *Hochverrat*!«

»Wa–a–s? Einen Star?«

»Sie glauben's nöt? Wahr is doch! Fragen S' nur in der ganzen Pester Stadt! Wegen Hochverrat! So a liebs Tierl!«

»Aber wie ist das nur zugegangen?«

»Ja, sehen S', das war a so!« Der alte Mann nahm die Hornbrille von der Nase und erzählte:

»'s war grad a Tag wie heut, schön, zu heiß a nöt, da sitz i da mit mei' Michl, und wir plauschen halt. No ja, jemanden muß der Mensch zum Plauschen hab'n, i hab' kei' Weib, i hab' kei' Kind, also plausch i mit 'n Michel. I red', und er plappert, was er g'lernt hat: ›Du schwarzgelber Hund‹! und ›Eljen Kossuth‹! Ich sag' Ihna, der Michel hat verstanden, was er g'sagt hat, und mi hat er a vastanden, besser wie a Mensch. Und wie mir so sitzen und plauschen, stürzt auf amal a blutjunger Leitnant herein, rot wie a Indian, und schreit: ›Wo ist der Hund? Wo ist der Kerl, der mich beschimpft hat?‹, und dabei zittert er Ihna nur so vor Wut ... ›Herr Leitnant‹, sag' i, ›verzeihen S', mei Michel, das Starl!‹ – ›Wo?‹ schreit der Offizier, ›wo ist die infame Bestie, ich dreh' ihr den Hals um!‹ Da werd' i a fuchtig. ›Herr Leitnant‹, sag' i, ›a Beschtie ist der Michel nöt, und infam noch wen'ger und dös mit 'n Halsumdrehn – dös schon am wenigsten! Das Tierl g'hört mein, verstanden, Herr Leitnant?‹

Da gibt er mir an Stoß in d' Brust und schreit alleweil vom Erschießen und Hängen. Dann lauft er weg und schreit noch zurück: ›Du Rebell, ich will dich schon Mohren lernen!‹ – ›Meinstweg'n‹, schrei' i ihm nach, ›i bin a Pester Bürger, i fürcht' mi vor kan Mohren nöt!‹ Dann denk' i aber nach, 's war halt gar so a schwere Zeit, und die Böhmaken hab'n uns g'schunden, wie s' g'wollt haben, und a Gerechtigkeit war nöt z' finden, und da ist mir angst und bang wor'n. ›Michel‹, sag' i, ›paß auf, mit dem sein wir noch nöt fertig! Michel! Da hast uns alle zwei in an schöne Patsch'n einibracht!‹ Und der Michel hat's a g'spürt, der is ganz dasig dag'sessen. Und richtig! Zwei Stunden d'rauf komm'n so zwei Naderer, zwei vafluchte Böhmaken, und packen mich z'samm' und 'n Michel a und schleppen uns alle zwei über d' Brücken nach Ofen in d' Polizeidirektion. Und dort führen s' uns uma wie narrisch, bis m'r endlich z' an Kommissär kommen sein, z' an Herrn von M. Ich hab' ihn eh kennt, er war a Pester, aber mit die Schwarzgelben hat er 's g'halten – der Schuft.« Der Schuster spuckte verächtlich aus. »No, und der hat uns ausg'fragt, wie mir heißen und wie alt mir sein, der Michel und i, und wie lang i den Vogel hab'. ›Seit 'n siebenundvierz'ger Jahr‹, sag' i. ›Und wann haben S' ihm solche Niederträchtigkeiten g'lernt?‹, fragt er. Aber das war m'r z'viel! ›Niederträchtigkeit?!‹ sag' i. ›Im achtundvierz'ger Jahr war das ka Niederträchtigkeit nöt, und heut ist es auch ka Schlechtigkeit, und wann's damals a Niederträchtigkeit war, so sein Sie, Herr von M., a schlecht und niederträchtig g'wesen!‹ Wissen S', ich bin halt gach! Und dös war a Unglück für mi und mei Michel. Denn der Herr von M. ist fuchsteufelswild wor'n und hat g'schrien: ›In den Arrest mit ihm!‹ Und da haben's mi fortg'schleppt und – mein Michel hab' i sideradem nimmer g'sehn!« Dem alten Menschen traten wirklich und wahrhaftig die Tränen in die Augen.

»Und wie war's nachher?« frug ich nach kurzer Pause.

»I sag' Ihna, dumm und schlecht sein die Schwarzgelben g'wesen, 's is' nöt zan erzählen.« Aber dann erzählte er doch: »Acht Tag bin i in 'n Arrest g'sessen, und alle Tag haben S' mi ausg'fragt, und alle Tage hab' i's nämliche g'sagt: ›Im achtundvierz'ger Jahr, da hab' i 's dem Michel vorg'sagt, und damals is dös ka Sünd g'wesen.‹ Aber alliweil haben s' von mir a Geständnis g'wollt. ›Waß ja nix mehr‹, hab' i g'sagt, aber g'nutzt hat's nix. Und dem Michel haben s' gar an narrischen Namen geben: ›horpus dixi‹ haben s' ihn all'weil g'nannt. Und nachher haben s' mi ins Kriminal g'steckt, und erst drei Wochen drauf haben s' mi wieder aussag'lassen. ›Wo ist mei Michel?‹ frag i den Kerkermeister. ›Der bleibt in Untersuchungshaft‹, sagt' er, ›sein S' froh, daß die Herren Ihna laufen lassen!‹ – ›Herr Kerkermeister‹, wispel' i, ›hier haben S' an Zwanziger, sagen S' ehrlich: Wo is mein Michel?‹ – ›No‹, sagt er, ›wann S' g'rad wissen wollen: tot is er. Die Herren haben a Sitzung g'halten, und weil er so hochvorraterisch g'red't hat, so haben s' beschlossen: *hin* muß er wer'n. Und da hab' ich ihm Ratzenpulver ins Futter g'mengt ...‹ Segens – das war das End' von mein Michel!«

So erzählte der alte Mann, und ohne daß ich »die ganze Pester Stadt« zu fragen brauchte, konnte ich erkennen, daß er die buchstäbliche Wahrheit gesprochen. Es war eigentlich eine heitere Historie, die er mir erzählt, die Historie von dem Sturnus vulgaris, den im Jahre 1856 ein k. k. Gerichtssenat wegen hochverräterischer Reden zum Tod verurteilte. Aber ich weiß nicht – lachen konnte ich doch darüber nicht, als ich bei sinkender Sonne langsam wieder der Stadt zuschritt.

Der lateinische Kanonier

Es sind zwölf Jahre seitdem verflossen, lange volle, schwere zwölf Jahre, aber wär' ich ein Maler, ich könnte doch alles aufzeichnen, Zug um Zug, so überaus deutlich steht es vor meinen Augen. Sogar an das graue Röcklein weiß ich mich zu erinnern, das mein Nachbar zur Linken trug, der Moses Salzmann, und an die Stiefelhosen des Theodor Bohusiewicz. Aber ich bin leider nur ein Zeichner in Worten geworden und muß es daher so versuchen. Denkt euch also einen recht düstern, regnerischen Februartag und in seinem Licht ein recht düsteres, verregnetes Städtlein und in einer der koterfüllten Straßen ein großes, graues, unheimliches Haus und in diesem Hause eine große, graue, unheimliche Stube. Freilich zittert für mich, während ich dies niederschreibe, hellgoldiger Sonnenschein über dies düstere Bild, der Sonnenschein der Erinnerung an die eigene Jugend. Denn ich sehe ja auch mich unter den vielen fünfzehn-, sechzehnjährigen Jungen, die da auf niedrigen Schulbänken beisammensitzen in jener grauen Stube. Bang und klopfenden Herzens sitzen wir da und blinzeln nur zuweilen scheu nach dem Katheder hin, als stände dort ein Tiger oder ein Gespenst oder gar der Herr Direktor.

Es steht aber nichts Ähnliches dort, sondern im Gegenteil ein hübscher, freundlicher junger Mann, der eben lächelnd den Knoten einer Schnur löst, durch die ein Haufen von Heften zusammengehalten wird. Das ist der Professor des Latein, Herr Wilhelm Lang, und diese Hefte sind unsere Hauspensa. Er lächelt, weh uns, wir kennen dieses Lächeln. Wer die Aufgabe schluderhaft gearbeitet, erbleicht, und wer sie gar von anderen abgeschrieben, knickt zusammen wie ein Taschenmesser. Aber selbst durch die Reihen der ›Vorzugisten‹ geht leises Beben. Denn wer kann sich rühmen: »Ich bestehe vor Professor Lang«, und wer darf von sich sagen: »Ich bin ein Gerechter in seinen Augen?!«

Er lächelt – ach! Er lächelt immer stärker. Und nun ergreift er eines der Hefte und hält es hoch empor. »Raten Sie«, fragt er, »wer hat die Aufgabe am besten gearbeitet?«

Tiefste Stille. Nur einige Seufzer werden hörbar.

»Nun – niemand? Also, die beste Arbeit ist die unseres weisen Aristides, Aristides Lewczuk.«

Das ist ein Witz. Und darum wird in den ersten drei Bänken, wo die braven Schüler sitzen, pflichtschuldigst gelacht und in den mittleren Bänken, wo die minder braven Schüler sitzen, minder pflichtgemäß gekichert. In den letzten Bänken aber, wo die Trotzigen und die Faulen hocken, die verkannten Genies und die Spezies, denen immer »Unrecht« geschieht, dort lacht man nicht und kichert man nicht, wenn ein Professor einen Witz macht. Dort bleibt es grabesstill. Aber warum ist das mit dem weisen Aristides ein Witz? Und wer ist Aristides Lewczuk?!

Quintaner, Quintaner des Gymnasiums zu Czernowitz. Aber noch manches dazu. Seht ihn euch nur einmal an, den großen, plumpen, sechsundzwanzigjährigen Menschen – dort, nahe an der Wand, auf der hintersten Bank. Er hat den Spitznamen »das Faultier«, und wer ihn so in seiner Bank, in welcher er Alleinherrscher ist, lümmeln sieht, das gelblich aufgedunsene Antlitz mit den schwarzen, glotzigen Äuglein auf beide Arme gestützt, wird die Bezeichnung nicht so ganz unpassend finden. Er ist soeben durch einen freundschaftlichen Nasenstüber seines Vordermannes aus sanftem Dusel aufgewacht und blickt nun nicht sonderlich geistreich um sich. Geistreich sein ist überhaupt nicht seine Sache. Der arme Junge! Bis zu seinem vierzehnten Jahr hat er selig und zufrieden zu Mamornitza gelebt, dem schmutzigen Rumänendörflein an der Grenze, allwo sein Vater Ortsrichter ist, und kein Drang nach dem Höheren hat ihn gequält. Aber das war leider bei seinem Vater der Fall: Aristides mußte studieren und Priester werden. Und so ist der arme, dumme Junge zur Stadt gekommen und hat die Volksschule absolviert. Ach, nur Gott hat die Tränen und die Schläge gezählt! Darauf freilich hat Aristides dem Vater erklärt, ihm scheine, er habe »keinen Kopf für das Lateinische«. Aber der Herr Ortsrichter war anderer Ansicht, und so hat sich Aristides in sein Schicksal gefügt, eine Leuchte der griechisch-nichtunierten Christenheit zu werden. Freilich scheint sich gleichzeitig die Überzeugung bei ihm ausgebildet zu haben, besagte Christenheit habe es nicht so eilig. Denn er hat sich nicht überstürzt und genau acht Jahre für das Untergymnasium gebraucht. Und nun sitzt er in der Quinta, in der letzten Bank, der arme, tölpelhafte, vielgehänselte ›ultimus ultimorum‹ …

»Lewczuk!« sagt der Professor – Aristides erhebt sich zögernd und kratzt sich hinter dem Ohr. – »Daß ein anderer die Aufgabe abgefaßt hat, ist klar, denn sie ist nicht bloß grammatikalisch richtig, sondern in fast elegantem Latein geschrieben. Und darum begnüge ich mich nicht damit, Ihnen eine ›Dritte‹ einzuzeichnen und dazu die Note ›Hat zu betrügen versucht‹« – Aristides kratzt sich stärker –, »sondern ich frage Sie auch sehr ernst: Wer ist der Autor?! Ein Gymnasiast ist's nicht!« Aristides schweigt.

»Nun – wird's bald?«

»Ich kann nicht sagen, wer ist«, stammelt Aristides endlich weinerlich in seinem schwerfälligen Deutsch, »ich kann nicht.«

»Warum nicht?«

»Weil er kriegt sonst gleich fünfundzwanzig.«

Wir brechen in stürmisches Lachen aus, auch der Professor lächelt. Nur Aristides bleibt todernst. »Herr Hauptmann läßt ihm gewiß geben«, fügt er bestätigend hinzu.

»Kommen Sie her, Lewczuk!« ruft Lang ungeduldig. Aristides avanciert langsam, bis er endlich vor dem Katheder steht. »Ist denn Ihr bißchen Verstand auch noch rebellisch geworden? Wer hat die Aufgabe gemacht?«

»Der *lateinische Kanonier* hat gemacht … Ich weiß nicht, wie er heißt … Andere Soldaten sagen immer ›Lateiner‹. Herr Hauptmann ruft auch ›Lateiner‹.«

»Und wo haben Sie diese merkwürdige Bekanntschaft gemacht?«

»Bei uns – im Hof – bei der Frau Terlecka. Da wohnt auch Herr Hauptmann mit Pferde. ›Lateiner‹ ist Privatdiener vom Herrn Hauptmann, bedient Pferde …«

Die Klasse windet sich in Lachkrämpfen. »Und dieser Pferdeknecht hat die Aufgabe verfaßt?« ruft der Professor. »Wer ist denn dieser Mensch?«

»Sehr guter Mensch!« versichert Aristides. »Brave Seele, aber ist immer traurig, immer traurig, krank, so auf der Brust. Kommt er neulich zu mir, sagt: Sie sind Student? Sag' ich: Ja! Sagt er: Ich bitte, leihen Sie mir Bücher. Sag' ich: Ich hab' nur Schulbücher. Sagt er: Leihen Sie mir Schulbücher. Geb' ich Mathematik. Fragt er: Vielleicht Klassiker? Frag' ich: Können Sie Lateinisch, Griechisch? Sagt er: Ja! Geb' ich ihm Ovid, liest er Ovid. Geb' ich ihm Xenophon, liest er Xenophon. Geb' ich ihm Homer, liest er Homer. Ohne Wörterbuch – kann sehr gut! Frag' ich: Warum sind Sie gemeiner Soldat? Sagt er: Schon fünfzehn Jahre – erzählt mir – wegen Paket, wegen Spitzel, wegen schlechte Menschen.«

»Wie?« unterbrach ihn der Professor erstaunt.

»Wegen Paket«, wiederholte Aristides unerschütterlich, »wegen Spitzel, wegen schlechte Menschen. Wissen Sie – Prager Revolution. Hör' ich zu, Herz tut mir weh, sag' ich: ist traurig! Frag' ich: Aber können S' vielleicht diese Aufgabe machen? Sagt er: Ja! Sag' ich: Also machen S'. Macht er. Schreib' ich ab.«

Der Professor war ernst und nachdenklich geworden. »Wohnt jemand von Ihnen in der Nähe des Lewczuk?« fragt er dann. Ich meldete mich.

»Bitte, lassen Sie sich von Lewczuk hinführen. Sprechen Sie mit dem Mann, und berichten Sie mir dann darüber. Vielleicht läßt sich etwas für ihn tun.«

Die drei Schulstunden des Vormittags waren vorüber. Ich ging mit Lewczuk durch die kotigen, schmutzigen Gäßchen, auf denen der dicke Nebel lag, seiner entlegenen Wohnung zu – in der »Russischen Gasse«. Mein Mitschüler war so aufgeregt, als es nur überhaupt möglich war bei so glücklicher Naturanlage. »Verflucht, wann aufkommt«, meinte er in seinem sonderbaren Deutsch. »Hauptmann bekommt Wind – wird bös – läßt fünfundzwanzig geben – Mensch ist krank – wird hin – wer ist schuld? Ich!« Dann aber meinte er: »Was, ich? Nicht ich! Er selbst! Sag' ich ihm gleich: Ich bin kein Primus – ich bin kein Vorzugist – ich bin ein schlechter Schüler. Machen S' also Fehler hinein: vier Fehler – genügend – oder fünf – hinreichend – oder sechs – zur Not ausreichend. Aber – so er verspricht – macht doch ohne Fehler – natürlich! – Lang riecht Braten!« Ich erlaubte mir bescheiden zu fragen, warum mein geehrter Kollega nicht bestrebt sei, durch eigene Kraft nur sechs Fehler in einer Aufgabe zu machen. »Nützt nichts«, meinte er in fatalistischer Ergebung, »bin ja erstes Jahr in Quinta, muß ja ohnehin repetieren. Kein Kopf – zu dumm. Aber schadet nichts! Will ich denn ein Doktor werden? Nein! Oder Advokat? Nein! Oder Professor? Nein! Also – nur Pfarrer – Dorf, Bauern – Kopf gut genug!« Dieses Bekenntnis legte er mir an der Pforte seiner Wohnung ab. Wir wateten durch den Kot des Hofes. »Dort Stallung«, sagte Aristides und wies auf einen kleinen, halb verfallenen Bau, »dort wirst finden. Ich geh' Schlaf machen – bis Mittag. Servus!« Und fort war er.

Ich trat in die Stalltür. Zwei glänzend gestriegelte Pferde wieherten mir entgegen, an den Wänden hingen Waffen und Monturstücke. Schon wollte ich mich zurückziehen, da klang mir aus dem Hintergrund, wo ein Lager sein mochte, heftiges Husten entgegen und dann die Frage: »Was wünschen Sie?«

Ich blickte hin, vermochte aber im düstern Licht dieses Tages nichts wahrzunehmen. So rührte ich an den Hut und sagte so in die Dämmerung hinein: »Ich wünsche den Herrn lateinischen Kanonier zu sprechen.«

Der Mann erhob sich und trat mir entgegen. Er war ziemlich hoch gebaut, aber die Haltung war schlaff, die Gestalt verfallen. Er mußte sehr krank sein, hoffnungslos krank. Man sah es auch an dem Gesicht. Es war fahl und eingesunken und düster, so entsetzlich düster. Und noch etwas anderes las man aus diesem Gesicht: daß Reithose und Stalljacke nicht die rechte Bekleidung für diesen Menschen sind. Ich weiß nicht, wie es kam, aber – ich zog den Hut.

»Ich bin der Kanonier, den Sie suchen.« Ein leises, leises Lächeln spielte dabei um seine Mundwinkel. Hierdurch wurde ich erst inne, daß ich, der Wildfremde, ihn eigentlich bei seinem Spitznamen genannt. Dies machte mich so verlegen, daß ich die Erzählung von dem Hauspensum unseres Aristides und dem Auftrag Langs nur sehr verwirrt hervorbrachte.

Er sah mich dankbar an mit seinen traurigen blauen Augen. »Ich danke dem Herrn Professor für seine Freundlichkeit und Ihnen für die Mühe – ich danke Ihnen herzlichst. Es tut mir leid, daß der arme Lewczuk Verdruß gehabt hat, aber die ›sechs Fehler‹ habe ich wirklich vergessen. Ich hab's überhaupt nicht gern getan, aber ich war ihm auch Revanche schuldig für die Bücher, die er mir geliehen hatte. Und die Aufgabe war richtig?«

»Und wie! Der Herr Professor hat gleich gesagt: Das hat kein Gymnasiast geschrieben!«

»Ja«, sagte er, »wenn man einmal sein Leben an etwas gewendet hat, so vergißt man's nicht so leicht wieder.« Er hustete krampfhaft, und ich sah entsetzt, wie ihm einen Augenblick lang blutiger Schaum auf die Lippen trat. Dann ließ der Anfall nach, und er fuhr fort: »Seit fünfzehn Jahren habe ich kein lateinisches Buch in der Hand gehabt. Nur den Homer hatte ich.« Er ging nach seinem Lager und brachte mir das kleine, dicke, abgerissene Büchlein – eine alte Duodezausgabe der Iliade und der Odyssee. »Das hatte ich in jener Nacht vom 9. auf den 10. Mai 1849, da sie mich zu Prag aus dem Bett rissen, zu mir gesteckt und seitdem, wie durch ein Wunder, überall durchgeschmuggelt. Ich sollte dem Buch eigentlich zürnen«, fuhr er mit entsetzlichem Lächeln fort, »es hat mich am Leben erhalten.«

»Oh, ich weiß«, rief ich, »Sie waren bei der Prager Revolution!«

Er schüttelte den Kopf. »Nein! Ich habe mich nie um Politik gekümmert. Ich war ein stiller, fleißiger Student der Philologie, der nur seinen Studien lebte. Mein Verbrechen war ein anderes: Ich habe einmal einen gekannt, der sich um Politik kümmerte.«

»Wie?!« rief ich entsetzt. »Und darum hat man Sie so behandelt?«

»Ja, darum!« Dann aber meinte er ablenkend: »Sagen Sie, ich bitte nochmals, dem Herrn Professor, daß ich ihm herzlich danke, aber ich wüßte kaum, was sich noch etwa für mich tun ließe.«

»Aber, Sie sind ja krank! Sie können ja unmöglich länger hier bleiben – in dem feuchten Stall!«

»Es wird ja bald Frühling!« erwiderte er mit einem Lächeln, welches mir durchs Herz schnitt. »In der schönen Zeit wird mir immer besser. Und wenn nicht alle Zeichen trügen, mein junger Freund, so werde ich sogar in diesem Frühling gesund, ganz gesund!«

Mir schossen die Tränen in die Augen. »Sprechen Sie nicht so!« bat ich. »Es kann ja noch alles gut werden! Wir haben ja jetzt den Schmerling!« Ich erinnerte mich, wie drei Jahre vorher, Ende Februar 1861, die ganze Stadt und insbesondere das Gymnasialgebäude zu Ehren der Februarverfassung beleuchtet gewesen und wie wir Schüler auf Anweisung unseres Klassenlehrers damals ein riesiges Transparent angefertigt: ›Libertas et justitia Austriae fundamenta‹. Und darum fuhr ich fort: »Wir haben ja jetzt eine Konstitution. Jetzt darf niemand länger Unrecht geschehen. Jetzt ist ja Österreich auf Freiheit und Gerechtigkeit erbaut.«

Er lächelte, lächelte so sonderbar, daß ich stockte. Ich habe mich oft dieses Lächelns erinnern müssen – am 30. Juli 1865 – am 6. Februar 1871. Und wer weiß, wie bald mir wieder dieses Lächeln wird einfallen müssen?

»Vielleicht können wir«, schloß ich, »Ihnen einstweilen Ihr Los erträglicher machen. Sie wünschen Bücher?«

»Oh«, rief er erfreut, »das wäre freilich sehr schön! Wenn Sie diese Güte haben wollten! Sie wissen gar nicht, wieviel Sie da an mir täten!« Er war wie elektrisiert, seine Augen glänzten. »Wenn mir der Herr Professor einen tüchtigen Kommentar zum Homer leihen könnte! Oder ist vielleicht eine neue bedeutende Streitschrift über die Entstehung dieser Epen erschienen? Ich bin in dieser Frage ein Anhänger des Alten von Halle, Friedrich August Wolfs. Dann vielleicht Horaz. Sehen Sie, wie ich gleich unersättlich bin! Und dann: Schillers Gedichte möchte ich auch noch einmal gern lesen, bevor ich – bevor es Frühling wird!«

»Alles will ich besorgen«, versprach ich eifrig. »Die Klassiker hole ich nachmittags vom Herrn Professor, aber den Schiller habe ich selbst, den hole ich gleich!«

Ich lief heim und brachte ihm das Buch. Die Art, wie er danach griff und zitternd die erste Seite aufschlug und halblaut zu lesen begann, werde ich niemals vergessen.

Darauf ging ich zu Lang und erzählte ihm alles. Er war tief erschüttert und zeigte die lebendigste Teilnahme. Damals sah ich erst, wie edel und gut der Mann war und daß seine Schärfe gegen uns nur das Ergebnis eines vielleicht nicht ganz richtigen pädagogischen Kalküls. Er hätte mir gern gleich seine ganze Bibliothek mitgegeben. Beladen wie ein Maulesel trabte ich in die »Russische Gasse«. Gleichzeitig überbrachte ich eine Einladung des Professors, ihn doch ja baldmöglichst zu besuchen. Der arme Kanonier war bis zu Tränen gerührt. Alle Bücher schlug er auf und las die Titel und rief einmal über das andere: »Oh, daß ich das noch erlebe!« Dann brachten wir alles in Lewczuks Stube. Hier, im ärarischen Stall, waren die Bücher nicht vor Konfiskation sicher. Der wackere Aristides begriff zwar die Freude des armen Lateiners nicht recht, aber er teilte sie. »Freut sich über Bücher«, sagte er erstaunt zu mir, »ich freu' mich nie über Bücher. Aber wann sich nur freut – armer, kranker Mann – freu' ich mich auch!«

Auch die Einladung nahm der Kanonier dankbar an. »Am nächsten Sonntag«, sagte er, »wenn mein Hauptmann auf der Jagd in Zuczka ist.«

Ich führte ihn an gedachtem Tage in das Haus des Professors und durfte auch dableiben. Es war ordentlich rührend zu sehen, wie der gebrochene, todkranke Mann gleichsam neu auflebte im Verkehr mit einem gebildeten Mann, der lebhaftesten Anteil an ihm nahm und überdies dieselben gelehrten Studien betrieb wie einst er selbst. Und an jenem Tage erzählte er uns die Geschichte seines Leben, eine schlichte, hausbackene Geschichte und doch voll zermalmender Tragik.

»Ich heiße Franz Bauer und bin im südlichen Böhmen bei Budweis geboren. Meine Eltern waren sehr arme Leute, und ich mußte mich ganz durch eigene Kraft emporringen. Schon während der Gymnasialzeit erhielt ich mich von Privatlektionen und half mir dann auch durch die beiden philosophischen Jahrgänge und später auf der Universität auf gleiche Weise fort. Ich bezog die Prager Hochschule 1847 und studierte Philologie. Die Klassiker waren mir schon früher lieb und wert gewesen, jetzt vollends wurde mir mein Studium zur Leidenschaft, die mein ganzes Sinnen und Trachten ausfüllte. An der Bewegung von 1848 nahm ich so gut wie gar keinen Anteil, den Prager Junitagen stand ich ganz fern. Nicht etwa, als ob ich stumpf gewesen wäre für die Ideale, die man damals verfocht. – Es waren die Ideale der Nationalität und der Freiheit, und die hatten mir auch meine Alten gepredigt, wenn auch in ihrer Weise, aber ich war keine Natur, die für lautes Treiben, für Demonstrationen und Agitationen paßte. Ich war ein stiller, scheuer Mensch und kannte mich eigentlich nur in meinen Büchern aus. Damals begann ich auch die Vorarbeiten für eine große Abhandlung: ›Über die Entstehung der homerischen Epen‹. Der Winter verging mir in rastloser Arbeit, der Frühling von 1849 kam. Da entlud sich das Unglück über mich, jäh und plötzlich wie der Blitz.

Ich verkehrte damals hie und da mit einem Landsmann und Studiengenossen, der Mitglied der damaligen Burschenschaft ›Marcomannia‹ war. Er war ein braver, fleißiger Mensch, dabei schwärmerisch und den revolutionären Ideen mit Leib und Seele ergeben. Der kam nun eines Tages im März zu mir und erzählte mir, es habe sich ein großer Geheimbund gegen die ›schwarzgelbe Tyrannei‹ gebildet, dem auch er angehöre. Der Bund bestehe aus jungen Leuten aller Stände, Deutschen und Tschechen, und habe Fühlung mit dem Landvolk und durch einige Offiziere böhmischer Regimenter auch mit dem Militär. Zweck des Bundes sei, sich des Prager Hradschins und sämtlicher Festungswerke zu bemächtigen. Auf dieses Signal hin werde sich das ganze Land erheben. Er lud mich ein, dem Bund beizutreten, was ich rundweg abschlug. Auch warnte ich ihn, sich nicht in so gefährliche Dinge einzulassen. Er aber meinte, erstens sei es Pflicht, das Vaterland zu befreien, zweitens könne die Sache gar nicht fehlschlagen, denn der Prager Bund stehe nicht allein, er habe durch den russischen Agitator Bakunin Fühlung mit einer großen revolutionären Liga in Dresden und unterhalte Beziehungen zu Görgey, der ja die k.k. Truppen ununterbrochen schlage und sehr bald in Pest, bald auch in Wien sein werde. Überdies stehe der Bund unter der Leitung bewährter und erfahrener Patrioten.

Natürlich blieb ich trotzdem bei meiner Weigerung und Warnung, und er brach verstimmt ab, nachdem er mir noch das Versprechen abgenommen, nichts von den anvertrauten Geheimnissen zu verraten. Wir sprachen auch in der Folge nicht wieder über das Thema, und ich vergaß fast die Sache. Sonderlich viel interessiert hatte sie mich überhaupt nicht; sie war mir mehr als eine törichte, knabenhafte Schwärmerei erschienen denn als etwas Ernstes. Da sollte ich fürchterlich daran erinnert werden.

Mein Freund und Landsmann hatte mich auch in der Folge, während des April, mehrere Male besucht. Er pflegte mich gewöhnlich am späten Nachmittag abzuholen, worauf wir bis in die Nacht hinein einen größeren Spaziergang machten. So kam er auch in der Abenddämmerung des 9. Mai zu mir, wie wir schon früher verabredet. Er trug ein großes versiegeltes Paket unter dem Arm. ›Da bin ich‹, sagte er. ›Aber nun mußt du mich auf meine Stube begleiten, da will ich das Paket hier in Sicherheit bringen. Dann stehe ich zu deiner Disposition.‹ Da er aber in einem entlegenen Gäßchen der Kleinseite wohnte und wir einen Spaziergang in entgegengesetzter Richtung geplant hatten, so meinte ich lachend: ›Laß doch deinen Schatz bis morgen hier, hier ist er auch in Sicherheit. Was ist denn drin?‹ – ›Allerlei Papiere‹, erwiderte er und ging auf meinen Vorschlag ein. Wir gingen fort und verbrachten einige recht angenehme Stunden. Gegen zehn Uhr kehrte ich heim, las noch einige griechische Verse und schlief dann ein.

Es mochte gegen drei Uhr morgens sein, da weckte mich Gepolter an meiner Tür. Erschreckt fuhr ich auf. Ich hörte draußen den Jammerruf meiner alten Hausfrau, die barsche Frage: ›Wo schläft er?‹ und dazu das Geklirr von Waffen. ›Die Soldaten!‹ rief ich entsetzt und sprang auf. Mein erster Gedanke war das verhängnisvolle Paket. Das mußte ich beiseite bringen. Aber es war zu spät, da war schon die Patrouille im Zimmer. Ich ward verhaftet, meine Bücher flüchtig durchstöbert, meine Papiere, darunter das Paket, welches ich noch immer in der Hand hielt, zusammengerafft und fortgeschleppt. Dann zerrte man mich die Treppe herab und führte mich auf einem Wägelchen durch die dämmerigen Gassen zum Hradschin. An den Straßenecken der Stadt, die noch im tiefen Schlaf lag, war eine Proklamation angeschlagen, welche die Einführung des Belagerungszustandes verkündete. Auch ich sah, wie eben aus einem Haus eine Eskorte heraustrat, in ihrer Mitte ein junger Mensch, ein Student. Er war totenblaß, aber er hielt das Haupt aufrecht und seine Augen leuchteten. ›Hoch die heilige Sache!‹ rief er mir begeistert zu. Ich erwiderte nichts, ich war wie betäubt.

Droben waren die Kanonen auf die Stadt gerichtet, der Hradschin glich einem Feldlager … Ich ward in ein Gefängnis geworfen. Hier erst kam ich allmählich zum Bewußtsein meiner Lage. Kein Zweifel, jene Verschwörung, von der mein Freund gesprochen, war entdeckt, ich als Mitschuldiger verhaftet. Man hatte die Papiere bei mir gefunden. Ich wußte nicht, wie man darauf gekommen, aber ich war verloren. Dann aber richtete ich mich wieder auf. Ich war ja unschuldig, und wenn ein Gott im Himmel lebte, so konnte er nicht dulden, daß ich ein Verbrechen büßte, welches ich nicht begangen …«

Der Erzähler hielt inne. »Und ich habe es doch gebüßt!« rief er laut und verzweiflungsvoll. »Gebüßt mit meinem ganzen Leben.« Dann beruhigte er sich wieder und setzte hinzu: »Die näheren Umstände haben für Sie wohl wenig Interesse. Ich war durch jenen Freund ins Unglück gekommen, aber nicht mit seinem Willen. Er war kurz nach Mitternacht verhaftet worden. Er war noch wach gewesen, hatte die Tür verriegelt und in fliegender Hast einen Zettel an mich geschrieben: ›Vernichte die Papiere!‹ Den hatte er seinem gleichfalls aus dem Schlaf gestörten jammernden Hausherrn zur Besorgung übergeben. Und dieser, ein seltsamer Biedermann, hatte nichts Eiligeres zu tun, als ihn samt meiner Adresse dem Führer der Patrouille zu übergeben. Es ging sehr rasch.

Nicht so rasch ging es mit dem Verfahren gegen mich. Erlassen Sie es mir, Ihnen meine Qualen zu schildern, glauben Sie mir, es würde Ihnen das Herz schwer machen. Die Verhandlung rückte langsam vor, und ich erfuhr eigentlich erst während der unzähligen Verhöre vom Auditor, was für ein gefährlicher Mensch ich war. Meine Unschuld kam nicht an den Tag. Die Herren vom Kriegsgericht sprachen mich schuldig. Ich ward zum Tod verurteilt. Die Strafe ward im Gnadenweg zu zwanzigjährigem Dienst im Fuhrwesenkorps gemildert. Was so die Menschen Milde und Gnade nennen!

Fünf Jahre später lernte mich mein Hauptmann kennen. Er war Vorsitzender eines Militärgerichts, welches mich wegen Aufhetzung meiner Kameraden – ich hatte ihnen meine Geschichte erzählt – zur Versetzung in eine Strafkompanie verurteilte. Mein Schicksal rührte ihn, er nahm mich als Privatdiener zu sich und behandelt mich ziemlich menschlich, das heißt, wenn er nüchtern ist. Sehen Sie, das ist mein Leben!« Und leise, sehr leise, fügte er noch hinzu: »Ach! Wenn es nur schon Frühling wäre!«

Ich will nicht beschreiben, was wir beiden Zuhörer bei dieser Erzählung empfanden. Der Professor suchte das Los des Mannes zu mildern, wo er nur immer konnte, und ich trug ihm wenigstens fleißig Bücher zu, da ich doch nichts andres für ihn zu tun vermochte. Seine Ahnung, seine Hoffnung, er werde im Frühling genesen, hat ihn nicht getäuscht.

An einem sehr schönen Maitage – es war ein Sonntag – ging ich mit mehreren Mitschülern die »Russische Gasse« hinab. Wir wollten nach dem Wäldchen von Horecza. Da kam uns Aristides entgegen. Er schlenderte der Stadt zu. »Hei«, riefen wir, »komm mit, Lewczuk!« Er war uns als Sündenbock immer willkommen. Aber Aristides schüttelte ernst das Haupt. »Ich geh' auf Begräbnis«, sagte er, und zu mir gewendet fuhr er fort: »Komm mit, ›Lateiner‹ ist tot, armer, kranker Mann, tut nichts mehr weh. Donnerstag bekommt Blutsturz – Hauptmann läßt ihn in Spital schleppen – Freitag früh gestorben. Heute, vier Uhr, ist Begräbnis – ich hab' Sanitätssoldat Schnaps gezahlt – hat mir erzählt.«

Wir gingen zum Militärhospital. Punkt vier Uhr kam der traurige Zug geschritten – der Leichenzug eines gemeinen Soldaten. Nur ich und Aristides mochten Leid empfinden. Die Zeremonie auf dem Friedhof war sehr kurz. Der Seelsorger sprach ein kurzes Gebet, dann ward der Sarg ins Grab gesenkt, und zwei tschechische Sanitätssoldaten schaufelten es lustig zu. Ich kann nicht sagen, was ich dabei empfand. Auch Aristides war sehr bewegt. »Wegen Paket«, murmelte er, »warum hat Gott zugelassen?« Warum? Ich weiß keine Antwort darauf. Aber der liebe Gott wohl auch nicht und ebensowenig die – österreichische Regierung.

Mein Onkel Bernhard

Mein Onkel Bernhard ist eigentlich nicht mein Onkel gewesen, noch hat er Bernhard geheißen. Seine Schwester hatte einen entfernten Vetter geheiratet. Das war die ganze Verwandtschaft. Aber wenn nicht nach dem Blute, so war er doch nach dem Herzen unser aller Onkel. Die ganze Familie, soweit sie noch kurze Kleider oder Knabenjacken trug, wendete sich an ihn, wenn sie etwas haben wollte. Denn er war stets von der Notwendigkeit bunter Bilderbücher und schöner Puppen tief überzeugt, oder er gelangte doch leicht zu dieser Überzeugung: durch einen einzigen bittenden Blick aus Kinderaugen. Und wenn jemand etwas nicht haben wollte, Schläge oder Schelte, so flüchtete er gleichfalls zu diesem kleinen, stillen Manne. Der Onkel Bernhard schüttelte den Kopf, hielt eine kurze, aber gewichtige Rede und ging dann als Vermittler zu den Eltern. In der Regel glückte es ihm auch, das Gewitter abzuwenden, denn, von den gütigen Müttern abgesehen, auch kein Vaterherz in der Sippe konnte ihm widerstehen, wenn er in seiner milden, ernsten Weise sagte: »Schlag' die Kinder nicht! Freue dich, daß sie dir leben und erblühen! Nicht jeder hat es so gut!«

Es war dies vielleicht nicht sehr logisch, noch lag darin besondere pädagogische Weisheit. Aber, wie gesagt, kein Herz widerstand diesen Worten, und geschadet haben sie wohl keinem seiner Schützlinge. Der ungebärdigste Range schämte sich, den Onkel Bernhard zu oft für sich bitten zu lassen, und schmerzlicher als die schneidigste Rute tat es jedem, wenn ihm dieser Mann endlich zürnte. Warum er so großen Einfluß auf uns hatte, war uns selbst nicht klar. Denn imponierend war er nicht, weder in seiner Erscheinung noch in seiner Lebensstellung. Ein dürftiges, gedrücktes Männchen mit langem, hagerem, furchenreichem Antlitz, welches durch einen grauen Spitzbart nur noch länger und hagerer erschien. Dieser Spitzbart wurde allmählich weiß, aber im übrigen änderte sich das Antlitz nicht, und auch die Kleidung war ewig dieselbe: ein langer, dunkelgelber Rock, im Sommer aus Nanking, im Winter aus Wolle. Außer dem Onkel Bernhard trug kein Mensch in der ganzen Stadt Czernowitz einen solchen Rock, und kein Mensch führte auch eine solche Lebensweise.

Am frühen Morgen und am späten Abend machte er lange, einsame Spaziergänge, und den Tag über saß er in seinem Stübchen und schrieb auf längliche Papierstreifen krause hebräische Zeichen. Das seien Beiträge für die hebräischen Zeitungen, erzählten die Leute, politische Artikel, und es sei eigentlich ewig schade, daß der kleine Mann das Deutsche nicht so gut erlernt, um für die Wiener Blätter arbeiten zu können, denn er sei nicht bloß ein großer Talmudist, sondern auch ein »scharfer Schreiber«. Und ein anderer, wirklich Onkel, Salomon Brunnstein, pflegte immer zu sagen: »Der Zar in Petersburg soll täglich Gott danken, daß unser Bernhard nicht Deutsch kann!« Von dem Ertrag dieser Arbeiten und den Zinsen eines kleinen Vermögens lebte der Mann und ersparte noch so viel, um alle Kinder, die er kannte, häufig durch Geschenke zu erfreuen. Das war aber auch die einzige Freude in seinem dunklen, einsamen Leben, und wenn wir, ein halbes Dutzend Rangen, auf seine Stube rückten, so konnte er mit uns spielen und fröhlich sein und so herzlich lachen, daß ihm die Tränen ins Auge traten. Wir begriffen gar nicht, warum die Erwachsenen immer sagten, der Onkel Bernhard sei doch eigentlich der unglücklichste Mensch, den diese Erde trage.

Kinder sind selten scharfe Beobachter. Vielleicht waren auch jene Tränen, die ihm so jählings über die Wangen rannen, keine Freudentränen. Vielleicht zuckte sein armes, zertretenes Herz nie schmerzlicher, als wenn er mit den fremden Kindern lachte und spielte.

Alles an diesem Manne hatte seine Geschichte: die Furchen im Antlitz, der lange, gelbe Rock und die länglichen Papierstreifen. Es soll auch alles erzählt werden und sorglich der Reihe nach; nur von dem langen, gelben Rock berichte ich zuerst. Dieses sonderbare Kleidungsstück war aus einem Kompromiß hervorgegangen, welchen der Onkel mit seiner Schwester Henriette abgeschlossen. Er hatte im Schnitt gesiegt und sie in der Farbe. Als er vor manchem Jahr aus seiner Heimatstadt in Russisch-Podolien nach Czernowitz gekommen, weil er nun niemand mehr auf Erden hatte als eben diese Schwester, da trug er jenen langen, schwarzen Talar, wie ihn die Juden des Ostens zu tragen pflegen, und nannte sich, wie er seit seiner Geburt hieß, Berisch Reinmann. Aber die Schwester lebte nicht umsonst bereits seit fünfzehn Jahren in der deutschen Stadt, sie war aus einer schlichten Hendl Reinmann eine emanzipierte Henriette Schwarzenthal geworden und mühte sich, nun auch den Bruder mit den Segnungen einer vorgeschrittenen Kultur zu beglücken. »Du mußt Bernhard heißen«, sagte sie ihm, und der kleine Mann remonstrierte ein wenig und fügte sich dann und hieß Bernhard. »Du mußt einen deutschen Rock tragen«, gebot sie; aber dem setzte er hartnäckigen Widerstand entgegen, nicht aus Abneigung gegen die Kultur, sondern weil er sein Leben lang den langen, weiten, bequemen Rock getragen. Aber sie fuhr fort, ihn zu bestürmen, und so ließ sich Bernhard seinen neuen Talar aus dunkelgelbem Stoff machen. Das war keine »jüdische« Tracht mehr, und Henriette war zufrieden.

Weitere Versuche, ihren Bruder »deutsch« zu machen, unterließ sie. Er selbst aber rang freilich still und verschämt nach demselben Ziele, ohne daß es jemand genau wußte. Er nahm Unterricht in der Sprache, die er bisher nur in einem korrumpierten Jargon gesprochen. Der alternde Mann wendete lange Jahre daran, das Hochdeutsche zu erlernen. Viele mögen nach diesem Quell westlicher Bildung sehnsüchtig gedürstet, viele mögen schmerzlich danach gerungen haben, aber vielleicht noch nie ein Mensch so innig, so eifrig wie dieser kleine »jüdische Schreiber«. Warum? Ihn trieb nicht der Durst nach Wissen, nicht die Hoffnung, das mühsam Errungene einst gut verwerten zu können, ihn trieb keine Eitelkeit – sondern sein *Herz*, das zertretene Herz, welches sich rächen und andere warnen wollte. Bernhard Reinmann wollte ein »deutscher Schreiber« werden, er wollte in deutschen Zeitungen gegen Rußland schreiben. »Was habe ich davon«, seufzte er, »wenn ich für den ›Hamagid‹ und den ›Ibri‹ arbeite? (Die beiden Hauptblätter in hebräischer Sprache.) Palmerston liest nicht den ›Hamagid‹, und Thiers liest nicht den ›Ibri‹. Ja, wenn ich für die ›Ostdeutsche Post‹ schreiben könnte, oder gar für die ›Augsburger Allgemeine‹!« Aber dieser Herzenswunsch ging nie in Erfüllung. Er erlernte das Hochdeutsche so weit, um jedes Buch lesen und verstehen zu können, zum Schreiben kam er nicht, sei's, daß ihm der Mut fehlte, oder daß er wirklich zu spät begonnen, um die Schwierigkeiten bewältigen zu können. Je älter er wurde, desto tiefer nagte diese vergebliche Sehnsucht an seinem Herzen. »Was«, fragte er oft seine Besucher, indem er wehmütig von den krausen Schriftzeichen aufblickte, »was tue ich jetzt? Ich flüstere! Ich aber möchte schreien, daß mich die Gewaltigen dieser Erde hören und sich ihrer Brüder erbarmen!«

Nun quält ihn dieses Dürsten längst nicht mehr, und seine Seele ist befreit von jedem Weh, auch von dem bittersten, das sie bedrückt: der nagenden Erinnerung an das gemordete Glück. Denn mein Onkel Bernhard ist tot, schon lange, lange Jahre. Die Kinder weinten sehr, als man ihn begrub, denn Kinder sind egoistisch in ihrer Liebe. Aber die älteren Leute und seine Freunde meinten: »Ihm war der Tod ein Erbarmer! Nun sieht er Weib und Kinder wieder, nach denen er sich so sehr gesehnt!« Auch mein Onkel Brunnstein sprach so, nur fügte er noch hinzu: »Der Zar in Petersburg kann sich freuen, daß Berisch Reinmann gestorben ist, ehe er in der ›Ostdeutschen Post‹ seine Geschichte erzählt hat.«

Mein Onkel Brunnstein war ein guter und kluger Mann, aber ich glaube, daß er da doch diese Geschichte überschätzt hat. Ich, der ich sie nun erzähle, bin fern davon. Und was gar den Zaren in Petersburg betrifft, so hat sie gar keinen Bezug auf ihn. Aber ich glaube, es ist doch der Mühe wert, zu erzählen, *wie* Berisch Reinmann der unglücklichste Mensch wurde, den die Erde trug.

Wie? Im Grunde nur durch ein Mißverständnis. Aber wehe dem Staate, in welchem ein solches Mißverständnis passieren kann. »Das ist der schlimmste Fluch schlechter Menschen«, sagt ein Weisheitsspruch des Orients, »daß sie nicht gut werden können, selbst wenn sie wollen.« Das ist der Fluch tyrannischer Staaten, daß sie nicht gerecht sein können, selbst wenn sie wollen, daß sie auch da zermalmen müssen, wo sie sich mühen, zu erheben und zu beglücken …

Unzählige wissen, gleich mir, um die Geschichte dieses Mannes. Wäre die Wahrheit nicht ohnehin allimmer die einzige Göttin, der ich diene, so zwänge mich schon dieser äußere Grund, nichts hinzuzufügen, nichts zu verschweigen.

Berisch Reinmann war bis in sein vierzigstes Jahr ein glücklicher Mensch. Armer Eltern Sohn, hatte er sich aus eigener Kraft ein ansehnliches Besitztum, einen fröhlichen Hausstand geschaffen. Er war Getreidehändler in einer kleinen Stadt des russischen Podoliens, dicht an der österreichischen Grenze. Das ist ein Handel, zu dem viel Klugheit und Glück gehören. Die Ernte wird, bei den verlotterten Verhältnissen der dortigen Edelleute, die nicht zuwarten können, gewöhnlich schon im Frühling an den Händler verkauft, so daß ihn, nicht den Grundbesitzer, alle Not eines Mißjahres trifft, freilich auch aller Segen eines guten Jahres. Man kann da, trotz aller Vorsicht, arm werden, freilich auch in kurzer Zeit zu Reichtum gelangen. Reinmann wurde reich. Zudem hatte er ein liebes Weib und zwei blühende Kinder. Das Weib war kränklich, die Ehe war lange Jahre kinderlos geblieben, um so ängstlicher hegte und pflegte der Mann den Segen, der ihm so spät, fast nicht mehr erhofft, gekommen. Auch sonst hatte er allen Grund, mit seinem Geschick zufrieden zu sein. Er hatte einen ausgezeichneten Ruf unter seinen Mitbürgern und war sich bewußt, ihn durch Wohltätigkeit und Ehrlichkeit vollauf verdient zu haben. Mit den Behörden kam er gut aus, weil er die Welt nahm, wie sie ist. Er wußte, daß die beiden Gewaltigen seines Heimatstädtchens, der Richter und der Polizeimeister, nicht berechtigt seien, Geschenke von ihm zu fordern, aber wenn sie es taten, so gab er ihnen den gewünschten, nicht eben niedrig bemessenen Tribut. Er hatte keinen Grund, sie zu fürchten, aber er wußte, daß sie ihm leicht das Leben sauer machen konnten, wenn sie wollten. »Jeder tut's«, dachte er, »ich werde Rußland nicht anders machen.«

Da starb der alte Polizeimeister, ein neuer trat an seine Stelle. Ich würde den Namen gerne nennen, aber er ist mir im Laufe der Jahre entfallen. Der Mann war eine habgierige Bestie; wer es gelinder ausdrücken wollte, würde lügen. Er hatte in der Armee gedient und war da seiner Trunksucht und einer schmutzigen Geschichte wegen entlassen worden. Aber einer der mächtigsten Beamten des Gouvernements Podolien war sein Vetter. Wer einen solchen Vetter hat, braucht in Rußland nicht zu sorgen; der schimpflich Entlassene erhielt jenes Amt, welches ihn auch in Ehren reichlich nähren konnte. Zu einem ausschweifenden Leben, wie er es führte, reichten freilich die regelmäßigen Einnahmen nicht hin, auch jener ungesetzliche Tribut nicht, den ihm die Leute, wie dem Vorgänger, ohne Widerrede zollten. Er erhöhte den Tribut, er ließ sich jede Amtshandlung, zu der er verpflichtet war, bezahlen – die Leute murrten, aber sie fügten sich. Reinmann war der reichste Jude im Orte, er hatte darum mehr zu leiden als die anderen, er mußte nicht bloß die größten Summen opfern, sondern auch im Vergleich zu seinem Vermögen größere als die anderen Glaubensgenossen; aber er war gleichwohl der einzige, der nicht murrte. »Ich werde Rußland nicht anders machen«, wiederholte er resigniert sein Sprüchlein und zahlte. Aber gerade diese Resignation ward ihm zum Verderben. »Wenn dieser Jude«, dachte der Polizeimeister, »tausend Rubel zahlt, ohne eine Miene zu verziehen, so wird er jammern, wenn ich zweitausend von ihm verlange, aber er wird sie bezahlen.« Und danach handelte auch der Edle bei der nächsten Gelegenheit, die er vom Zaune zu brechen wußte.

Er irrte. Der Jude jammerte nicht. Wohl aber sagte er, nachdem er das Geld auf den Tisch gezählt: »Herr, Sie richten mich zugrunde. Das ist keine Übertreibung, ich kann es Ihnen nachweisen. Ich will nicht Ihre Großmut anrufen, aber seien Sie klug! Ein kluger Wirt schlachtet nicht die Kuh, die ihm Milch gibt!«

Der Polizeimeister wurde verlegen. Dann half er sich durch einen feinen Scherz: »Ihr seid ja keine Kuh, Berisch, sondern ein Jude, also ein Schwein! He! He!«

Berisch verzog keine Miene. Wer als Jude in Rußland und Polen aufwächst, wird solche Scherze gewohnt. »Beherzigen Sie meine Worte«, sagte er nur noch zum Abschied.

Der Polizeimeister beherzigte sie wirklich – durch volle vier Wochen. Dann schickte er zu Reinmann und ließ ihn um ein kleines Darlehn bitten.

»Wieviel?« fragte der Jude den Boten.

»Tausend Rubel!«

»Die gebe ich nicht. Geht!«

Der Bote, ein junger, untergeordneter Beamter, stand starr vor Staunen. So hatte noch nie ein Jude mit ihm zu sprechen gewagt, wenn er im Auftrage des Gewaltigen kam. »Bist du verrückt?« fragte er.

»Geht!«

Es war etwas in dieser Stimme und dem Ausdruck der Augen, was den jungen Menschen fast unheimlich berührte. Er ging rascher, als er gekommen.

Der Polizeimeister schäumte vor Wut. Eine Stunde darauf erhielt Reinmann eine offizielle Vorladung, sofort auf dem Amte zu erscheinen.

Er kam auch sogleich.

»Warum leihst du mir die tausend Rubel nicht?« begann der Polizeimeister.

»Wenn ich darum amtlich vorgeladen bin«, war die Antwort, »so will ich Ihnen den Grund zu Protokoll sagen.«

»Ich werde dich zugrunde richten!«

»Das haben Sie ohnehin halb getan. Für die andere Hälfte will ich mich wehren!«

»Wehren? – Gegen *mich*! Weißt du, wer mein Vetter ist!«

»Der Zar ist er nicht!«

Der Jude wurde entlassen; dem Polizeimeister fiel es nämlich, trotz allen Nachdenkens, nicht ein, warum er den Mann eigentlich amtlich hatte vernehmen wollen.

Einige Tage darauf – es war gegen Ende Juni – wußte er es. Eine verschollene, längst nicht mehr gehandhabte Verordnung verbietet es den Juden, christliche Diener und Taglöhner zu halten. Reinmann beschäftigte das ganze Jahr hindurch an fünfzig christliche Schaffner und Fuhrleute und zur Erntezeit oft ein halbes Tausend Mäher.

Als ihm der Polizeimeister das Verbot publizierte, erbleichte er, faßte sich aber rasch.

»Ich werde an das Gouvernement rekurrieren«, erklärte er. »Um meinetwillen wie um meiner Leute willen. Ich werde gänzlich ruiniert, aber auch sie werden brotlos. Und sie sind ja rechtgläubige Christen!«

Die Entscheidung kam bereits nach einer Woche; der Polizeimeister habe nach dem Gesetze gehandelt. Dem unbefugten Querulanten wurde eine Mutwillensstrafe auferlegt.

Der Jude war verzweifelt, aber die Teilnahme seiner Glaubensgenossen rettete ihn aus der Not. Sie standen ja gut mit dem Polizeimeister, sie durften christliche Arbeiter halten. So übernahmen sie dann alle Rechte und Pflichten Reinmanns. Er kam dabei nicht ohne schweren Verlust weg, aber das Schlimmste war vermieden.

Bis zum Herbste blieb alles ruhig. Der Polizeimeister schien des tödlich gehaßten Mannes nicht mehr zu gedenken. Da wurde in einer Oktobernacht des Juden Haus von Polizisten umstellt und durchsucht, er selbst aus dem Bette gerissen und ins Gefängnis geschleppt. Mit Ketten gefesselt lag er dort acht Tage auf faulendem Stroh bei Wasser und Brot. Endlich erfuhr er, wessen er beschuldigt wurde: er habe seinem Nachbar, dem Küster, ein Säckchen Getreide gestohlen. Dasselbe war bei der Haussuchung im Keller vorgefunden worden, und der Küster hatte durch Eid erhärtet, daß das Säckchen Weizen sein Eigentum sei und ihm kürzlich abhanden gekommen.

Das war auch gewiß kein Meineid. Aber ebensowenig zweifelte jemand, wie das Säckchen in des Juden Haus gekommen: durch die Polizisten selbst, bei der Haussuchung.

Die Familie des Unglücklichen bot alles auf, ihn aus dem Kerker zu befreien, oder mindestens aus den Händen seines Todfeindes. War in der Tat seine Schuld so offenkundig, so hatte die Polizei kein weiteres Anrecht auf ihn, sondern die judizielle Instanz, der Stadtrichter. Ein tragisches Zusammentreffen spornte noch diesen Eifer der Verwandten. Das Weib Reinmanns, ohnehin immer kränklich und hinfällig, war einige Tage nach seiner Verhaftung an den Folgen des Schrecks und aus Kummer verschieden. Sie mühten sich daher doppelt, den beiden verwaisten Kindern mindestens den Vater baldmöglichst zurückzugeben.

Der Stadtrichter war ihnen dabei behilflich, vielleicht auch nicht ohne äußere Gründe – gleichviel! er bestand energisch auf seinem Rechte, den Gefangenen ausgeliefert zu erhalten. Der Polizeimeister tat es gleichwohl erst dann, nachdem er von den Verwandten fünfhundert Rubel hierfür erhalten.

Die Untersuchung dauerte kurz. Der Angeschuldigte wurde, trotz des corpus delicti, freigesprochen. Das Gericht, hieß es in dem Urteil, habe gleichwohl die Überzeugung gewonnen, daß ein Mann von dem Charakter und Vermögen Reinmanns sich unmöglich soweit habe vergessen können, seinem Nachbar ein Säckchen Weizen zu stehlen.

Auch dies Urteil mag, trotz der Unschuld Reinmanns, einiges Bargeld gekostet haben; es ging aber nicht anders.

Als der Jude wieder in sein Haus trat und den Tod seines Weibes erfuhr, entlud sich sein Schmerz in heißem, tagelangem Weinen. Dann aber wurde er merkwürdig ruhig, so ruhig, daß es den Kindern und Verwandten fast unheimlich war. »Jetzt will ich erst mein eigentliches Recht suchen«, sagte er, und wenn sie ihm sein eigenes weises Sprüchlein vorhielten: »Du wirst Rußland nicht anders machen«, so schüttelte er den Kopf und sagte: »In diesem einen Stück muß ich es versuchen, wenn nicht um meinet-, so doch um Gottes willen. Er, der Ewig-Gerechte, soll auch hier nicht zuschanden werden!«

Was er plante, erzählte er niemand. Man erfuhr es erst später, daß er habe nach Petersburg gehen und dem Zaren seine Geschichte erzählen wollen.

Ein Zufall, scheinbar günstig, ersparte ihm die Reise. Ein Mitglied des kaiserlichen Hauses sollte in den nächsten Tagen auf seinem Wege aus dem Ausland nach Kiew ein Nachbarstädtchen passieren und daselbst Nachtruhe halten. Dem Großfürsten ging ein guter Ruf voraus; man sagte ihm nach, daß er ebenso edel wie energisch sei; man freute sich, daß ihm ein wichtiger Verwaltungsposten in Kiew zugefallen.

Der Ruf trog nicht, das sollte auch Berisch Reinmann erfahren. Es kostete ihn viel Geld und Mühe, noch am späten Abend eine Audienz bei dem hohen Herrn zu erhalten; aber als er vor ihm stand, da schien auch alles gewonnen. Der junge Prinz hörte ihn trotz der Ermüdung leutselig an und geriet in tiefste Erregung. »Entsetzlich«, rief er und rang die Hände; die Tränen traten ihm in die Augen. Seine rein menschliche Anteilnahme wie sein Patriotismus hatten gleichen Anteil an dieser Erregung. »Ich danke Ihnen!« rief er. »Sie haben recht, derlei darf die Sonne nicht bescheinen!« Er notierte sich alles ausführlich. »Ich werde den Fall untersuchen lassen, strengstens, sofort, wenn ich in Kiew anlange. Ich werde das Gouvernement anweisen.«

»Das Gouvernement?« fiel ihm der Jude ins Wort. Und er erzählte ihm die Geschichte von dem Vetter.

Wieder geriet der Fürst in tiefste Erregung. »Das ist ja furchtbar!« rief er. »Dann sind ja auch jene Verleumdungen, welche elende Buben im Auslande –«

Er stockte. Es übermannte ihn, daß ja dann jene Männer im Exil keine »elenden Buben« seien und ihre Anklagen keine Verleumdungen.

Er wendete sich ab. Dann trat er das gebückte Männchen hart an. »Lügen Sie nicht?« fragte er und bohrte ihm die blitzenden Augen ins Antlitz.

Der Jude hielt den Blick ruhig aus. »Es ist alles wahr«, sagte er feierlich. »So wahr, als mir meine Kinder teuer sind; so wahr, als ich hoffe, dereinst wieder mit meinem Weibe vereinigt zu sein!«

»Gut«, sagte der Großfürst nach einer Pause. »Ich werde die Untersuchung von Kiew aus direkt führen!«

Drei Wochen waren seit dieser Unterredung vergangen, da erhielt der Polizeimeister eines Morgens ein Telegramm aus Kiew aus der Kanzlei des Großfürsten. Es lautete: »Der Kaufmann Berisch Reinmann ist zum Zwecke amtlicher Untersuchung unter strengster Bewachung sofort hierher einzuliefern.«

Der Unhold jubelte. Nun hatte er ja sein Opfer wieder in den Krallen. Das Telegramm legte er sich so aus, daß das Obergericht das freisprechende Urteil des Stadtrichters bemängelt habe und die Untersuchung wegen Diebstahls neuerdings eröffne.

Er ließ Reinmann verhaften, fesseln und stellte ihm einen Zwangspaß aus: »Inquisit, von Kiew requiriert.« Dann beorderte er zwei Kosaken, die den Unglücklichen von Station zu Station, das heißt: von Gefängnis zu Gefängnis, befördern sollten. »Besonders gefährlich«, schrieb er noch überdies hinein, und um jeden Fluchtversuch unmöglich zu machen, befahl er auch zugleich, wie die Kosaken den Mann eskortieren sollten: zwischen den beiden Pferden, die beiden Arme an die Steigbügel gebunden.

Das war alles, was er vorläufig für seinen Todfeind tun konnte. Aber für dessen Kinder konnte er mehr tun. Es waren dies ein sechsjähriger Knabe und ein vierzehnjähriges Mädchen. Die blieben nun ganz verlassen, die Mutter war tot, der Vater in Haft. Das Gesetz schreibt vor, daß in solchen Fällen sich die Behörde der Verlassenen annehmen müsse. Der Polizeimeister nahm sich ihrer an und versorgte sie. Den Knaben steckte er in das nächste griechisch-orthodoxe Kloster. Welchem Hause er aber das Mädchen anvertraute, das zarte, reine, bisher ängstlich behütete Kind, das – sträubt sich die Feder, niederzuschreiben.

Es dauert lange, bis man von der Grenze nach Kiew kommt, besonders wenn man die Reise in der Art machen muß, wie Berisch Reinmann. Hätte ihn nicht eine wilde, verzweifelte Energie aufrecht erhalten, er wäre wohl den unsäglichen Mühsalen dieser Wanderung erlegen.

Endlich, endlich war Kiew erreicht. Zwei Tage saß er dort im Kerker, da trat am dritten Morgen in aller Frühe ein junger Offizier, ein Adjutant des Großfürsten, in seine Zelle.

»Kommen Sie!« rief er ihm atemlos entgegen. »Der Großfürst ist trostlos über das Mißverständnis, dessen Opfer Sie geworden sind. Er erwartet Sie in seinem Schlosse!«

»Ein Mißverständnis!« murmelte der gebrochene Mann und ließ die Tränen fließen, die ihm ungestüm aus den Augen brachen. Alle Qual hatte er tränenlos ertragen, die jähe Rettung warf ihn fassungslos nieder.

Auch der Adjutant war erschüttert. Er geleitete den Wankenden sorglich zum Wagen und hob ihn hinein. »Der Großfürst wird Ihnen alles aufklären«, sagte er. »Ich bin überzeugt, Sie werden die glänzendste Genugtuung erhalten.«

Der Jude nickte stumm. »Mein armes Weib wird doch nicht wieder lebendig«, dachte er, »und was ich gelitten habe, kann mir auch niemand ersetzen und vergüten.«

Laut aber fragte er: »Gnädiger Herr, wie ist es zugegangen?«

Der Adjutant konnte es ihm ganz genau erzählen.

»Ein Mißverständnis!« betonte er. Es war in der Tat nur ein solches. Als der Großfürst in Kiew ankam, erinnerte er sich seines Versprechens und ließ den Präsidenten des Tribunals zu sich bitten, um den Fall mit ihm zu beraten. Der Präsident empfahl, den Juden nach Kiew kommen zu lassen, um vor allem ein sicheres Substrat der Anklage zu gewinnen und ferner, weil dieser Hauptzeuge hier unbeeinflußt bleiben könne. Denn er erinnerte sich aus seiner Praxis manchen Falles, wo derartige Untersuchungen zu keinem Resultate geführt – man hätte nämlich inzwischen auf die Beschädigten durch Drohungen oder Geld so energisch eingewirkt, daß sie sich urplötzlich nicht mehr für beschädigt erachteten. Der Großfürst meinte, er glaube nach dem Eindruck, den ihm der Mann gemacht, wohl nicht an eine solche Gefahr, stimme aber im übrigen zu, daß er hierher gebracht werde.

In seinem Eifer übernahm er es selbst, dies zu veranlassen, und sagte seinem vortragenden Rat: »Sorgen Sie dafür, daß der Kaufmann Berisch Reinmann aus B. sich baldmöglichst hier einfindet.« Aber ein vortragender Rat führt natürlich solche Aufträge nicht selbst aus. Er sagte darum einem der Departements-Chefs der Kanzlei: »Der Großfürst wünscht, daß der Kaufmann X. baldmöglichst hierher gebracht wird. Sie bürgen mir für die genaue Ausführung, es ist eine Amtssache.« Worauf der Departements-Chef seinem Sekretär auftrug: »Lassen Sie den Kaufmann X. sofort unter allen Vorsichtsmaßregeln und strengster Bewachung zum Zwecke amtlicher Untersuchung hierher schaffen.« Der Sekretär aber wendete sich natürlich sofort telegraphisch an jene Behörde, welcher die Vollziehung solcher Aufträge für ihren Sprengel oblag, an das Polizeiamt von B.

Der Jude schwieg, als ihm der Adjutant diese Geschichte auf dem Wege zum Schlosse erzählte, und nickte nur immer, als verstünde sich alles von selbst, was da geschehen, und als müßte er es billigen. Dann, nachdem er eine Weile mit geschlossenen Augen dagesessen, schlug er sie plötzlich voll auf und sagte mit lauter, harter Stimme einen hebräischen Spruch vor sich hin.

»Was heißt das?« fragte der Offizier.

»Ein Spruch unserer Väter«, war die Antwort. »Übersetzen läßt er sich schwer.«

Dieser Spruch aber, einer der düsteren, dunklen Sätze der Kabbala, lautete: »Aus Fluch wird Fluch, und aus Sünde wird Sünde bis ins letzte Glied. So aber die Sünder fühlen, daß ihr Maß voll ist, und ihnen grauet vor Gottes Gericht und sie wollen büßen und sühnen, so wird er ihren Verstand verwirren, und aus der Sühne wird wieder Sünde werden, auf daß sich an ihnen erfülle, was sie verdient.«

Der Großfürst empfing ihn freundlich und doppelt freundlich, als er sah, wie furchtbar der Unglückliche sich in den wenigen Wochen verändert. »Es soll Ihnen Gerechtigkeit werden«, versprach er und hielt auch sein Wort, so weit er konnte.

Acht Tage später stand der abgesetzte Polizeimeister in Kiew vor dem Großfürsten. Auch der Jude war zugegen. Anfangs leugnete der Mann heftig, je Erpressungen geübt zu haben, und »hielt es unter seiner Würde, sich gegen einen solchen notorischen Dieb zu verteidigen.« Aber mitten während des Verhörs wurde dem Großfürsten ein Telegramm überbracht, welches eben aus B. angelangt. Die Polizisten hatten dem dorthin entsendeten Untersuchungskommissar gestanden, daß sie jenes Säckchen mit Getreide vom Polizeimeister vor der Haussuchung erhalten und mitgenommen, um es dann geschickt im Keller zu »finden«.

Da leugnete der Elende nicht mehr, sank in die Knie und winselte um Gnade.

Schon zwei Tage darauf stand er vor den Richtern. Reinmann wohnte der Verhandlung auf der Zeugenbank bei.

Die Prozedur war kurz. Das Urteil lautete auf zwanzigjährige Zwangsarbeit in den sibirischen Bergwerken und Ersatz der erpreßten Summen an Reinmann.

Nach der Publikation erbat sich der Ruchlose das Wort. Er sagte: »Ich weiß, daß es keine Appellation gegen das Urteil gibt, und nehme es an. Um aber dem hohen Gerichtshofe zu beweisen, daß ich im Grunde meines Herzens doch ein guter Mensch bin, will ich den Juden hier aus der Besorgnis reißen, die ihn gewiß um seiner Kinder willen erfüllt. Ich habe gut für sie gesorgt, mein Herzensfreund!«

Der Jude beugte sich zitternd vor und heftete seine Augen in Todesangst auf das Antlitz des Feindes.

»Sehr gut!« fuhr dieser langsam fort. »Was zunächst deine Tochter betrifft, so habe ich sie zu einer Frau gegeben, die sich bereits manches vereinsamten jungen Mädchens angenommen hat, zur alten Iwanowna – du kennst sie, Berisch?«

Er kannte sie. Seiner Brust entfuhr ein Schrei, so wild, so schrill, daß die Richter entsetzt von ihren Sitzen auffuhren.

»Und was deinen Sohn betrifft«, fuhr der Unhold fort, »so mußt du mir gleichfalls dankbar sein! Er wird nicht in der Hölle braten wie du, ungläubiger Jude! Die hochwürdigen Mönche haben ihn getauft, er wird in Christi Reich eingehen!«

Da griff sich der Unglückliche ans Herz und sank ohnmächtig zu Boden.

Man fürchtete anfangs, er werde wahnsinnig werden oder sterben vor Schmerz. Aber das Menschenherz kann mehr erdulden, als man gewöhnlich glaubt. Berisch Reinmann blieb leben.

Der Großfürst sorgte dafür, daß ihm die Tochter sofort zurückgegeben wurde. Den Sohn konnte auch er dem Vater nicht zuwenden, hier hatte seine Macht ihre Grenze. Wer in den Schoß der herrschenden, rechtgläubigen Kirche in Rußland aufgenommen worden, darf ihr nicht wieder entzogen werden. Schon der Versuch ist ein Kapitalverbrechen, welches mit dem Tode bestraft wird – noch heute!

Berisch Reinmann blieb in B., weil sie ihm die Tochter sterbenskrank ins Haus gebracht, und harrte ihrem Tode entgegen. Er wußte, daß sie nicht genesen könne – sie hatte zu Furchtbares erduldet ... Nach ihrem Tode übersiedelte er nach Czernowitz. Das ist die Geschichte von meinem Onkel Bernhard.

Die »Gezwungenen«

Es war im Jahre 1871, im vollen Frühling. Auf der Promenade von Odessa blühten die Akazienbäume und draußen, im weißblinkenden Villenviertel, die seltsamen Blumen des Südens. Selbst über die arme Heide ging ein Dufthauch, und auf der gelblichen Düne hob der Strandhafer schüchtern sein zartbefiedert Haupt. Und dazu Tag für Tag lenzfröhlicher Sonnenschein über der jungen, schönen Stadt und dem Hafen und der tiefblauen Meerflut; es schien, als gäbe es keine Wolke mehr in jenem Mai.

Alles war schön, alles. Aber es nützte mir nichts; ich mußte fort und heim.

So schied ich denn mindestens des Abends, wo all die Herrlichkeit verschleiert war. Am nächsten Morgen war ich in Balta, einer ansehnlichen Stadt, was, aus dem Südrussischen übersetzt, bedeutet, daß dort sehr viele Holz- und Lehmhütten beisammen standen. Hier verließ ich die Bahn, oder vielmehr sie mich. Eine Endstation; wer damals von Odessa nach der Bukowina wollte, mußte von Balta ab durch das podolische oder bessarabische Gouvernement die kaiserliche Post benutzen, sofern er nicht wohlweislich einen Lohnwagen vorzog. Denn mit der Post fährt in Neu-Rußland nur der Unkundige, und kundig wird, wer sie einmal verkostet. Diese Post ist nicht so schrecklich wie ihr Ruf; sie ist noch viel schrecklicher. In Alt-Rußland steht es damit besser, in mancher Gegend ganz gut. Aber im Süden kann man den kaiserlichen Marterkarren nicht einmal angehenden Selbstmördern empfehlen. Denn wer den Willen zum Leben noch so energisch verneint, findet doch angenehmere Gelegenheit dazu als das Totgebeuteltwerden.

Ich mietete mir also die »Britschka« des Nüssan Goldkäfer aus Hussiatyn. Man darf dabei kaum an das gleichnamige Fuhrwerk denken, welches auch im westlichen Österreich, besonders in Mähren, gebräuchlich ist. Das ist eine so idealisierte und zivilisierte Kutsche, daß sie mit jener meiner Heimat in der Tat kaum mehr gemein hat als den Namen. Es ist schwer, dieses anmutige Gefährt zu schildern, dessen Hauptzweck es zu sein scheint, den Magen des Reisenden fortwährend in gelinder Erschütterung zu erhalten – oft auch in ungelinder, es kommt eben auf den Weg an. Am leichtesten gewinnt der Leser ein Bild davon, wenn er sich auf einem plumpen Gestell mit vier gleich großen Rädern einen offenen Sarg befestigt denkt, an dessen vorderem Ende ein Brettchen angenagelt ist – der Kutschbock – und über dessen hinterem Ende eine Plache in Form einer umgestürzten Mulde gespannt ist, unter welcher der Reisende ruht.

So viel zur Erklärung der »Britschka«. Zur Erklärung des Nüssan Goldkäfer aber die Bemerkung, daß, wer im Osten daheim ist, immer den jüdischen Lohnkutscher dem christlichen vorziehen wird. Der Christ ist billiger und williger, das ist wahr. Aber der Jude hat, wenige Ausnahmen abgerechnet, zwei gute Eigenschaften: Er hinterläßt keinem Vetter am Wege als Souvenir ein Gepäckstück des Reisenden, und er betrinkt sich nicht bis zur Bewußtlosigkeit. Ach, was ein Rausch ist, weiß man doch eigentlich nur in Halb-Asien! In diesem zahmen Europa ist man ja geneigt, auch schon eine kleine Erheiterung so zu nennen, welche in einer einzigen Nacht ausgeschlafen ist! Aber wer, wie ich, einmal volle dreißig Stunden in einer elenden Waldschenke hat halten müssen, weil der Kutscher, ein rumänischer Schlingel aus Bessarabien, nicht aus seiner Betäubung aufzurütteln war, der weiß, bis zu welcher Größe ein Rausch gedeihen kann, und hütet sich künftig vor diesen willigen, billigen Burschen. Auch die Juden haben im Osten ein wenig von dieser allgemeinen Feuchtigkeit angezogen, aber sie sind doch die mäßigste Nation in jenem Völkergewirr. Nur in der dunklen, wüsten Sekte der »Chassidim« finden sich Trunkenbolde; der Aberglaube, der Fanatismus, der Müßiggang haben dort zu diesem Laster geführt, wie leider zu manchem anderen auch.

Aber mein Nüssan war kein »Chassid«; er gehörte zu den »Misnagdim«, den Oppositionellen, den Bibelgläubigen. Während die Chassidim die Kabbala über den Talmud stellen, achten die Misnagdim nur Bibel und Bibelkommentare und verwerfen die Kabbala. Sie verachten die Wunderrabbis, werden gern Handwerker, Fuhrleute, Gastwirte, Krämer, sind strenggläubig, jedoch nicht fanatisch. So werden sie es zum Beispiel als eine Todsünde meiden, eine Fleisch- und eine Milchspeise hintereinander zu genießen, aber sie hassen niemanden um des Glaubens willen, und die Aneignung fremder Bildung scheinen ihnen lobenswert. Sie sind (*mutatis mutandis!*) die – Altkatholiken des Judentums; trotz aller dogmatischen Strenggläubigkeit sehen sie sich von einer Majorität überflügelt, welche immer neue Dogmen als Staffeln emportürmt – zum Himmel, wie sie glaubt, zum Gipfel des Blödsinns, wie andere glauben …

»Gottlob, ich bin kein Chassid!« sagte mir also mein Herr Goldkäfer grimmig, schon als wir an den letzten Hütten von Balta vorbeifuhren. Eine dieser Hütten war nämlich ein chassidisches »Beth-ha-mid-rasch«, was man, natürlich überaus frei, mit »Volksbibliothek« übersetzen könnte. Ein großer, verwahrloster Raum, in welchem auf den Tischen schmutzige Folianten liegen und auf den Bänken Knaben, Männer und Greise sitzen, denen gleichfalls größere Sauberkeit nicht schaden könnte. Die verehrliche Versammlung schaukelt sich entweder, halblaut in den Folianten lesend, mit der Regelmäßigkeit eines Perpendikels hin und her, oder sie erörtert in gellender Diskussion die Dinge von jener Welt, oder sie widmet sich, wozu die Gelegenheit sich oft genug bietet, einem Ding von dieser Welt, dem Branntwein. Brutstätten des Müßiggangs, in welchen ein wirklich gelehrter Mann sich so häufig findet, wie ein weißer Rabe, wie denn überhaupt die jüdischen Gelehrten nicht unter den Chassidim zu finden sind.

»Kein solcher!« rief also Nüssan grimmig und schwang seine Peitsche in unzweideutigster Weise gegen das fromme Haus. »Sondern ein echter Jude, ein Misnagid, ein Mann, ein ehrlicher Mann, ein Fuhrmann!« Und dann begann er, mir seinen Standpunkt des näheren zu erläutern.

Ich weiß nicht, warum er es tat; auch im Osten führen die Kutscher in der Regel keine religiös-philosophischen Gespräche. Vielleicht weil er mich durch lebhafte Unterhaltung dafür schadlos halten wollte, daß er einen blinden Passagier, einen feisten Landmann aus der Ukraine, aufgenommen, der nun breit neben ihm auf dem Bock saß. Oder weil er mir beweisen wollte, daß man ein Fuhrmann sein und doch in uraltem Wissen bewandert sein könne. Jeder Mensch, die Zeit der Flegeljahre ausgenommen, die freilich bei manchem bis ins Siebzigste reicht, sucht sich eben gerne seinem Nächsten von der günstigsten Seite zu präsentieren. Und sein Talmudwissen hielt dieser rechtgläubige Jude natürlich für seinen schönsten Schmuck.

Ich mußte, während er eifrigst sprach, daß die Zitate nur so niederhagelten, auf ihn blicken und dann auf seinen Nachbar, und sonderbare Gedanken kamen über mich. Die beiden Leute waren einander ungefähr gleich in Vermögen und Lebensweise, in ihrem Verhältnis zur europäischen Kultur, von der sie wohl beide gleich wenig wußten. Auch ihre Kleidung war dieselbe – Zwillichröcke und darüber Schafpelze, der Hitze wegen nach außen gekehrt. Nur daß der eine am Leibe ein

Amulett trug, ein Säckchen mit Knoblauchknollen, welches ihm sein Pope zu Ostern um fünfzig Kopeken geweiht; der andere aber eine Art Westchen, an dem die Schaufäden hingen. Und doch – welche ungeheure Kluft trennte den Gedankenkreis dieser beiden Landsleute, bloß deshalb, weil der eine das Knoblauchamulett trug und der andere das Westchen! Der Russine haftete mit slawischer Zähigkeit an der Scholle, und von der Vergangenheit seines Volkes wußte er wahrscheinlich nur, daß bereits sehr viele Russinen gestorben. Der Jude aber – wohl fuhr er auf der podolischen Landstraße hin und her, aber dieses Land war nicht seine Heimat. Seine Heimat war ein fernes, fernes Land, welches er nie gesehen, welches so, wie er es sah, nicht mehr auf Erden bestand: Heute fließen Milch und Honig nicht mehr im Jordantale ... Und all sein Wissen, all sein Denken, alles, was ihn zum Menschen erhob, wurzelte in jenem Lande und seinen Geschichten. Der Staub der Jahrtausende hat sich darüber gelegt; ihm war es die ewig junge, die einzige Welt. Jeder talmudisch erzogene Jude ist eigentlich – *sit venia verbo!* – ein gelehrter Mensch, aber diese Gelehrsamkeit ist tot und starr; sie beweist nichts als die große Bildungsfähigkeit dieser Rasse; sie nützt nicht ihm noch den Völkern, unter denen er wohnt ...

Der Zitatenhagel kam strichweise; bald lichtete er sich, bald ward er wieder stärker. Und nun kam schließlich ein zitatloses Argument. »Aber was kommt dabei heraus? Abfall! Gottlosigkeit! Zuerst zu fromm und dann ganz gottlos! Wenn ein Chassid aufhört, es zu sein, was wird er? Ein ›Meschumed‹ (Abtrünniger)! Ißt Schweinefleisch! Oder Braten und Milchreis von derselben Schüssel. Aber Gott wird wissen, was er mit den Hunden zu tun hat, welche von dem Glauben abfallen, in dem sie geboren sind. Mit allen! ... Das heißt« – er stockte und fuhr dann zögernd fort – »hm, mit allen? ... Ich weiß nicht, da fallen mir diese Leute ein ...«

Er verstummte und starrte nachdenklich vor sich hin.

»Welche Leute, Nüssan?«

»Hm – es ist mir nur so eingefallen, weil wir heute an einem solchen Hause vorbeifahren müssen ... Ich meine die ›Gezwungenen‹ ...«

»Die Gezwungenen?!« ... Ich dachte an eine neue Sekte. Es ist sonst im Osten just keine große Bewegung der Geister, aber in Glaubenssachen ist dort sehr häufig eine sonderbarliche Neugeburt zu verzeichnen. »Sind es Christen oder Juden?«

»Nicht Christen noch Juden, sondern eben ›Gezwungene‹. O Herr, das ist ein großes Elend! Und ein großer Frevel! Unsere Kinder wenigstens werden nichts mehr davon wissen, denn neue Opfer kommen nicht hinzu, und auf den Ehen dieser Menschen lastet ein Fluch: Sie bleiben unfruchtbar. Aber was rede ich nur! – Es ist kein Fluch, sondern ein Segen, eine Barmherzigkeit Gottes! – Soll sich das gräßliche Elend auch noch vererben? ... Die ›Gezwungenen‹ haben keine Kinder; Gott weiß, was er will! ... Aber man soll nicht davon reden; ich Tor, ich Sünder, was schwatze ich da! ...«

Und er hieb grimmig auf die Pferde ein, daß der Wagen ruckweise weiterflog. Ich tat keine Frage mehr, ich kenne diese Leute; was sie für eine Sünde halten, tun sie doch nicht; um keinen Preis.

Aber ich sollte doch noch am selben Tage von den Leuten hören, denen Gott seine Barmherzigkeit erweist, wenn er sie einsam dahinsterben läßt ...

Wir fuhren weiter gegen Westen, immer der Sonne entgegen, durch das waldreiche, sanft gewellte Wiesenland, welches zwischen den grauen, abenteuerlich geformten Kalkfelsen des Dniestertales und dem schwarzen fetten Ackerland der Ukraine liegt. Die Landschaft ist spärlich bewohnt und schlecht bebaut; man kann stundenlang fahren, ohne ein Haus zu gewahren, einen Acker oder sonst eine Spur der Menschenhand, außer der Straße da, welche auch nicht danach aussieht, als ob sich der Menschen Hand viel mit ihr beschäftigte. Kamen wir an eine besonders schlechte Stelle, so stiegen wir aus und gingen neben den Pferden her, und Nüssan fluchte jüdisch, der Landmann russinisch und ich deutsch. Dann setzten wir uns in den Wagen und fuhren schweigend weiter.

Als uns die Sonne zu Häupten stand, machten wir in einer Schenke Rast, welche am Rande eines meilenweiten Forstes lag. Diese Wälder gehören einem Potocki, ich glaube dem Grafen Adam, dem ehemaligen österreichischen Minister. Das ist ein guter Wirt. Auch dieser Forst zeigte Spuren von Kultur, und die Schenke war in gutem Bestand.

Freilich sah es drinnen ebenso wüst aus wie in allen diesen »Karczmas«. Aber daran war nicht der Graf Adam schuld, sondern die Wirtsleute, die da hausten. Und vielleicht auch nicht diese Leute, sondern die sonderbaren Reinlichkeitsbegriffe des Ostens. *Tout comprendre, c'est tout pardonner*; es hat mich sehr betrübt, daß die Wirtin, ein schönes, üppiges, junges Weib, sich offenbar nicht alle Tage das Gesicht wusch, aber grollen konnte ich ihr deshalb nicht.

Außer dieser Frau waren noch vier lebendige Wesen in der großen Schenkstube mit den graugrünen Wänden: ein Paar Besitzer unsterblicher Seelen und ein Paar ohne solche. Zwei Viehhändler, ein Moskowiter und ein Kleinrusse, und ihre Köter. Die Köter würgten einander, und die Herren taten dasselbe. »Du Russe!« rief der eine. »Du Russine!« rief der andere, und das in einem Ton, als wären dies die größten Schimpfwörter.

Das junge Weib saß schläfrig hinter der Schenkbarre und schaute dem Streit zu. Ihm war die Sache jedenfalls nicht so interessant, als sie sicherlich einem slawischen Bruder aus Österreich gewesen wäre. Ich glaube, Hunde und Katzen haben einander lieber als die einzelnen slawischen Stämme in Rußland.

Durch unseren Eintritt nahm der Kampf eine neue Wendung. Der russinische Landmann, der mit uns gekommen, fragte nicht erst, wer im Rechte war, sondern warf sich auf den Großrussen und begann dessen hintere Partien kräftig zu gerben. Der Moskowiter, so zwischen zwei Feuer geraten, zog sich schleunigst in eine Ecke zurück und bombardierte seine Gegner nur noch mit den ehrenrührigsten Ansichten über ihre Nationalität und über ihre – Mütter. »Du Sohn einer Hündin!« Das war noch das relativ Sanfteste, was er hinüberrief. Auch die Russinen sprachen mit großer Sicherheit ihre Ansichten über die ihnen doch gewiß persönlich unbekannte Gebärerin ihres Gegners aus. Aber schließlich knurrten beide Teile nur noch leise und ihre Köter desgleichen.

Ich verständigte mich mit der Frau über mein Mittagessen, oder vielmehr: ich versuchte dies, denn sie verstand mich nicht und ich sie nur sehr schwer. Die Juden Südrußlands sprechen freilich auch noch Deutsch, aber das ist nicht bloß von der Sprache Luthers und Lessings, sondern auch von dem Jargon verschieden, welchen die Juden Galiziens und Rumäniens sprechen. Eine Menge slawischer Wörter ist eingewoben, und eine fremdartige Aussprache macht das Ganze fast unverständlich. Ich setze als Sprachprobe die Antwort der Wirtin möglichst getreu hierher. »*Rajd pomale; Kardunisch her jech swair. Jech ob nor jajzis w dome in maith. Efscher zan impes jajisnice in potem brutne ziwilis.*« Das heißt zu Deutsch: »Redet langsam (slawisches Wort); Deutsch

(›Kardunisch‹, d. h. die Sprache, die hinter dem Kordon[1] gesprochen wird: in Österreich also die deutsche Sprache) verstehe (»höre«) ich schwer. Ich habe nur Eier im Hause (Slawisch) und Met. Vielleicht zum Imbiß Eierspeise und später gebratene Zwiebel.« Ein Satz, der sich dem Hochdeutschen mehr nähert als der vorstehende, dürfte sich aus diesem maßlos korrumpierten Jargon kaum zusammenstellen lassen.

Auf »*brutne ziwilis*« glaubte ich verzichten zu sollen und begnügte mich mit »*jajisnice in maith*«. Die schöne Frau setzte sich zu mir und suchte den Gast zu unterhalten. Da auch sie »*pomale*« sprach, so erriet ich, was sie mir mitteilte. Ihr Gatte sei sechzehnjährig und derzeit noch in der Talmundschule, beim Rabbi von Belz. Die Hochzeit habe vor vier Jahren stattgefunden, sie sei damals siebzehn Jahre alt gewesen. Hier, bei den Schwiegereltern, habe sie es sehr gut und bedaure nur ihren armen Mann, der sich noch immer, fern von ihr, in der Schule so sehr anstrengen müsse. Vielleicht klingt dies dem Leser unglaublich ins Ohr. Aber es gibt unter den Juden des Ostens manche ähnliche Ehe …

In diesem Hause war es, wo ich dem ersten »Gezwungenen« begegnen sollte.

Wir hatten im Plaudern das Rollen eines Wägelchens überhört, welches langsam vor die Schenke gefahren kam. Erst als es hielt, blickten wir auf. Es war ein ärmlicher Bauernkarren, auf dem ein Fäßchen und ein Korb standen. Ein magerer Klepper zog mühsam das leichte Fuhrwerk. Ein Bauer lenkte es, vor dem Tor sprang er ab.

Die junge Wirtin erhob sich hastig. »Was will er?« flüsterte sie. Eine leichte Blässe jagte ihr über die Wangen. Noch auffallender benahm sich mein Kutscher. »Herr, Herr!« rief er mich laut, fast ängstlich an. Und dabei streckte er die Hand gegen die Tür vor, als wollte er sich eine nahende Gefahr vom Leib halten.

»Was habt Ihr?« fragte ich erstaunt. Aber er schüttelte nur heftig den Kopf und starrte dem Eintretenden entgegen.

Es war dies ein ältlicher Bauer, gekleidet wie alle russinischen Landleute. Von dem Gesicht konnte ich nicht viel sehen, der Strohhut beschattete es.

»Wirtin«, wendete er sich an die junge Frau, »möchtet Ihr mir etwas abkaufen? Ich habe alten Weichselschnaps und Holzlöffel, Holzschüs-

1   Grenze.

seln, Pfefferbüchsen, Nadelbüchsen, Salzschalen, Holzbecher – eine große Auswahl, gedrechselt oder geschnitten, gutes hartes Holz, alles sehr billig ...«

Fast flehend sagte er dies, aber langsam und ohne den Blick zu erheben. An seiner Aussprache war leicht zu merken, daß er kein Russine war, sondern ein Pole. Denn er sprach immer statt des »h« ein »g« und verschluckte die Endvokale.

Die Frau blickte ihn scheu an. »Ihr wißt, mein Schwäher hat es verboten«, sagte sie zögernd. »Wegen Eurer Frau ... Aber er ist nicht zu Hause –«

Sie stockte und wendete sich zum Kutscher: »Reb Nüssan, werdet Ihr mich nicht verraten? Ihr kommt häufig des Weges ...«

Der »Misnagid« zuckte die Achseln und wendete sich ab. »Tut, was Ihr wollt«, brummte er grimmig.

»Dann«, sagte die Frau hastig zu dem Bauer, »dann bringt mir nur eine Schüssel und zwölf Löffel. Ich will dem Schwäher schon was aufbinden ...« Und als der Mann gegangen war, seinen Korb zu holen, fuhr sie fort: »Ihr dürft es mir nicht übelnehmen, Reb Nüssan. Es sind gar so arme Leute.«

»Freilich! Sehr arme Leute!« erwiderte dieser milder. »Im Leben Hunger und Elend! Und im Tode die Hölle! Und alles unverdient!«

Aber da stand schon der Mann mit seinem Korb wieder in der Stube. Die Frau wählte, feilschte und bezahlte endlich die wenigen Kopeken.

Ich trat heran und besah mir die Ware; es waren sehr sauber geschnitzte Sächelchen darunter.

»Ich habe auch Zigarrendosen«, sagte der Mann und zog demütig den Hut.

Aber sein Antlitz war mir vorläufig interessanter als seine Ware. Man sieht selten solche Züge; so viel Leid auch auf Erden wühlen mag, man sieht sie selten. Auf diesem blassen, verhärmten Gesichte lag düsterer Trotz wie eingemeißelt, und die Augen hatten einen Blick, der unwillkürlich ans Herz ging; müd, fast starr, und doch voll leidenschaftlichster Trauer ...

»Sie sind ein Pole?« fragte ich.

»Ja – aus Litauen.«

»Aber Sie wohnen hier in der Gegend?«

»In der Dettimer Schenke; acht Werst von hier. Ich bin dort Wirt.«

»Und daneben Drechsler?«

»Man muß sich helfen, wie man kann. Wir haben selten Gäste im Hause.«

»Ihre Schenke liegt abseits?«

»Dicht an der Hauptstraße, Herr! Er war einst das beste Wirtsgeschäft zwischen Bug und Dniester. Aber bei uns kehren die Fuhrleute nicht gern ein ...«

»Warum nicht?«

»Weil – weil sie es für eine Sünde halten. Besonders die Juden.« Und hastig fügte er hinzu: »Wenn Sie etwas kaufen wollen – diese Dose hier ...« Das hübsche Büchschen, welches er mir anbot, liegt vor mir, während ich dieses schreibe. Auf dem Deckel ist die Ansicht eines stattlichen ländlichen Hauses eingeschnitten. Auch heute freut mich die schöne Arbeit, damals aber überraschte mich diese Feinheit der Ausführung so, daß ich ungläubig ausrief: »Und das haben Sie selbst gemacht?«

»Ja – alles, mit Drechselbank und Messer.«

»Dann sind Sie ja ein Künstler!« rief ich. »Wo haben Sie das Holzschneiden gelernt?«

»In Kamieniec-Podolski.«

»Auf der Festung?«

»Ja. Von einem Mitgefangenen, während des Aufstandes von achtzehnhundertdreiundsechzig.«

»Sie waren unter den Insurgenten?«

»Nein. Aber man fürchtete, ich könnte zu ihnen gehen. Darum schleppte man mich und die anderen ›Gezwungenen‹ auf die Festung, als der Aufstand losbrach, und ließ uns erst frei, als alles vorbei war.«

»Ohne Veranlassung?«

»Ohne die geringste. Ich bin nicht bloß heute ein gebrochener Mann, ich war es schon damals. Mir hat, noch als ich ein Jüngling war, die Arbeit in den sibirischen Bergwerken das Mark in den Knochen vergiftet. Auch hatte ich während der fünf Jahre meiner Ansiedlung – ich bin seit achtzehnhundertachtundfünfzig Wirt in jener Schenke – nie den geringsten Grund zum Verdachte gegeben. Aber ich war ein ›Gezwungener‹, und das genügt ...«

»Ein ›Gezwungener‹ – was heißt das?«

»Nun, ein Mensch, der eben zu allem gezwungen wird, was andere frei wählen dürfen: Wohnort, Gewerbe, Gattin und Glauben!«

»Entsetzlich!« rief ich. »Und Sie haben sich gefügt?«

Ein bitteres Lächeln zuckte um seinen Mund. »Geht Ihnen das so nahe?« fragte er. »Wir ertragen sonst sehr leicht die schwersten Leiden, welche andere erdulden.«

»Das sagt La Rochefoucauld«, meinte ich erstaunt. »Haben Sie ihn gelesen?«

»Ja, ich habe die französische Literatur einst sehr geliebt. Aber verzeihen Sie meine Bitterkeit. Ich bin an Teilnahme so wenig gewöhnt – und was könnte sie mir auch jetzt noch nützen?« Er starrte schmerzlich vor sich hin und ich schwieg gleichfalls; ich fühlte wohl, daß diesem Menschen gegenüber irgendein Wort leichten Bedauerns eine Roheit wäre. Es war eine peinliche Pause.

»Haben Sie nach einer Vorlage gearbeitet?« fragte ich endlich und deutete auf den Schnitt des Deckels.

»Nein – aus der Erinnerung.«

»Ein sonderbarer Baustil!«

»So sind alle Herrenhäuser in Litauen. Nur der alte Wartturm ist auffällig. Es war eben ein sehr altes Haus.«

»War? Steht es heute nicht mehr?«

»Es ist niedergebrannt, schon vor sieben Jahren. Die Russen haben es ausgeplündert und angezündet. Sie ahnten nicht, daß sie da selbst gegen ihr Eigentum wüteten. Das Haus war seit langen Jahren konfisziert und Krongut seit achtzehnhundertachtundvierzig.«

»Und Sie haben die Umrisse noch so fest im Gedächtnisse?«

»Natürlich! Denn es ist mein Geburtshaus, ich bin da aufgewachsen und habe es bis zum achtzehnten Jahre selten verlassen. Dergleichen vergißt man nicht. Es sind über zwanzig Jahre her, aber in all diesen Jahren kein Tag, wo ich nicht an das Haus gedacht hätte. Ich wußte wohl, daß meine Mutter tot sei und meine Cousine schlimmer als tot. Ich wußte: das alte Haus steht öde, nur der russische Verwalter haust darin, und wenn er Packleinwand braucht, so nimmt er eines der Familienbilder von den Wänden. Aber ich habe mich doch nach dem alten Hause gesehnt – weiß Gott, wie sehr! Und als es niederbrannte – ich hätte mich ja eigentlich freuen sollen, daß es nun auch der Feind nicht mehr hatte – und dennoch, mir kamen Tränen, als ich es erfuhr. Die ersten Tränen seit langer Zeit und wohl auch meine letzten. Mich kann nichts mehr treffen ...«

Ich schreibe, was er sagte. Aber wie er's sagte, kann ich nicht schreiben. Ich glaube, dem härtesten Menschen mußte es ans Herz gehen.

Mein Nüssan war kein weicher Mann. Aber dennoch war er leise herbeigeschlichen und nickte nun ernst und wehmütig mit dem bärtigen Haupte.

»Erlauben Sie, Pani Walerian«, sagte er, »auf Ehre, es ist eine traurige Geschichte. Gewiß, sehr traurig. Will ich Ihnen aber doch etwas sagen. Nämlich, sehen Sie mich an. Ich – das heißt: *nicht ich*, Gott behüte, aber sagen wir: ich – fahre allein durch einen großen Wald. Da kommt ein Mann. Schimpft mich. Will mich prügeln. Sagt: ›Du Judenhund!‹ Macht sich daran, mir den Bart auszureißen. Werde ich es mir gefallen lassen? Nein! Sondern? Ich werde mich wehren! Gut! Wenn aber hundert solche Leute kommen? Werde ich mich mit ihnen stellen? Verrückt möcht' ich sein! Sondern ich werde sie im stillen verfluchen bis in ihres Ururgroßvaters Knochen, aber laut werde ich sagen: ›Meine Herren Wohltäter![2] Ein schäbiger Judenbart ist wirklich gar nicht wert, von Ihnen ausgerissen zu werden!‹ Und werde schauen, im Frieden mit den Hunden auszukommen. Also das ist die ganze Geschichte von Polen. Die ganze Geschichte, das ganze Unglück. Nämlich: der Pole ist nicht so klug wie ich. Nämlich: wäre er so stark wie der Russe – prügle dich in Gottes Namen! Aber der Russe ist hundertmal stärker – also, Pani Walerian, was reizen Sie ihn, was stellen Sie sich mit ihm?«

Ich mußte lächeln. Aber der arme »Gezwungene« lächelte nicht und würdigte diese Abhandlung über praktische Politik überhaupt keiner Antwort. Nur zu mir gewendet sagte er nach einer Pause: »Aber ich habe mich nicht einmal ›mit dem Russen gestellt‹! Ich habe nur die Strafe des Verbrechers, ohne das schöne Bewußtsein, wirklich ein ›Verbrecher‹ gewesen zu sein und alles für mein Volk gewagt zu haben. Ich war so jung, als sie mich nach Sibirien schleppten, wenig über neunzehn! Mein Vater war früh gestorben, ich hatte die Aufsicht über das kleine Gut. Dann war eine Cousine im Hause, ein schönes, sechzehnjähriges Mädchen – wahrhaftig, ich dachte nicht an Politik! Höchstens, daß ich polnische Tracht trug, unsere Dichter las, besonders

---

2   ›Herr Wohltäter‹ ist eine Höflichkeitsfloskel des Ostens, etwa so, wie man in Wien jedermann adelt.

Mickiewicz und Slowacki, und in meinem Zimmer ein Bild des Kosciuszko hatte. Und um solcher Hochverrätereien willen hätten mich selbst die Russen in normalen Zeitläuften nicht zertreten. Aber es war im Jahre achtzehnhundertachtundvierzig, und Nikolai Pawlowitsch hatte nicht umsonst geschworen: ›Und wenn ganz Europa brennt, ich halte mein Land feucht, daß kein Funke aufkommt!‹ Und er hielt es feucht – durch Ströme von Blut und Tränen! Wo ein junger polnischer Edelmann lebte, der allenfalls unter Umständen Revolutionär hätte werden können, da ward Haussuchung gehalten, und fand man zum Beispiel nur ein einziges verbotenes Buch, so hieß es: ›Pascholl, nach Sibirien!‹ Auch mit mir kam es so, blitzschnell, sinnverwirrend – ich war schon in Sibirien und glaubte noch immer nicht an mein Elend! Ach, mir war's auf der ganzen Reise, als rotierte ein Kreisel in meinem Gehirn! Dann hoffte ich, sie müßten mich freilassen, denn ich war ja unschuldig, und damals« – er lächelte; es war ein entsetzliches Lächeln –, »damals glaubte ich noch an Gott! Als ich zu hoffen aufgehört, begann ich zu rasen, und schließlich ward ich stumpf. Es war ein entsetzlicher Zustand, oft war wochenlang alle Erinnerung in mir getilgt, höchstens wußte ich noch, wie ich hieß! Das ist buchstäblich wahr, Herr – dieses Sibirien ist eine ganz besondere Gegend! ...«

Der Mann war auf eine Bank gesunken, und seine Arme lagen ihm lasch im Schoße – so furchtbar müde hab' ich all meine Tage kein Menschenantlitz gesehen. Endlich fuhr er fort: »Zehn Jahre waren so verflossen, wenigstens sagten es mir die Leute; ich hatte es längst aufgegeben, die Tage meines Jammers zu zählen. Wozu auch? Ich war schon so weit herabgekommen, daß ich nicht einmal mehr Mitleid mit mir selbst hatte. Da ward ich eines Tages mit einigen Gefährten zum Inspektor beschieden: Wir seien begnadigt und dürften Kolonisten in Südrußland werden. Des Zars Gnade werde jedem einen Wohnort zuweisen, ein Gewerbe und ein Eheweib, gleichfalls eine Begnadigte. Nur müßten wir uns natürlich zur griechisch-orthodoxen Kirche bekehren. Daran lag uns wenig, Herr, schrecklich wenig! Wir willigten ein, trunken vor Glück – aus Sibirien geht man gerne fort, gleichviel wohin, selbst in den Tod geht man gerne. Und wir hatten ja eine Gnade erfahren! Alexander Nikolajewitsch ist ein gütiger Herr: In Sibirien sind die Bergwerke überfüllt und in Südrußland die Steppen leer! Oh, ein Menschenfreund, ein Beglücker – *decus et deliciae generis humani!* Übrigens, vielleicht tue ich ihm unrecht! ...

Wir traten die ungeheure Reise an und fuhren langsam gegen Südwest – nach acht Monaten waren wir in Mohilew. Da hielten sie uns nur noch in gelinder Haft und ließen vor allem den Popen auf uns wirken. Das war sehr schnell überstanden. Eines Morgens trieben sie uns in einen Saal zusammen, wohl an die hundert Männer und Frauen. Dann kam der Pope, ein baumstarker, schmutziger Mensch, der sich offenbar zu dem heiligen Werke sehr gestärkt hatte, denn er roch auf zwanzig Schritte nach Schnaps und hielt sich mühsam auf den Beinen. ›Ihr Lumpenhunde!‹ grölzte er. ›Ihr Läuse der Menschheit, ihr sollt jetzt rechtgläubige Christen werden, aber viele Mühe werde ich mir mit euch wahrhaftig nicht geben. Denn was meint ihr, was ich per Kopf kriege? Zehn Kopeken! Da soll ein Hund Missionär sein – ich tue es heute wirklich zum letztenmal! Zwar hat unser Väterchen Alexander Nikolajewitsch einen Rubel für den Kopf in den Tarif einstellen lassen, aber der Direktor, der Schuft, stiehlt neunzig Kopeken, und mir läßt er einen Zehner! Für heute habe ich es aber noch übernommen, weil man mir gesagt hat, daß ihr viele seid! Also hört! Ihr seid bis jetzt Katholiken, Protestanten, Juden! Das ist sehr gefehlt! Denn jeder Jude ist eine Wanze, jeder Protestant ein Hund und jeder Katholik ein Schwein! Das sind sie im Leben. Was aber sind sie im Tode? Aas, ihr lieben Leute, Aas! Und wird sich Christus ihrer am Jüngsten Tage erbarmen? Wahrhaftig nein! Wird ihm nicht im Traume einfallen! – Und bis dahin? Die Hölle! – Also, liebe Leute, wozu habt ihr das nötig? Bekehrt euch! Wer also zustimmt, ein rechtgläubiger Christ zu werden, der soll jetzt das Maul halten! Wer sich muckst, kriegt die Knute und muß nach Sibirien zurück! Also, liebe Brüder und Schwestern, wollt ihr rechtgläubige Christen werden?‹ Wir schwiegen. ›Gut!‹ fuhr der Pope fort. ›Nun paßt auf! Wer ohnehin schon Christ ist, braucht bloß die Schwurfinger aufzuheben und mir das Glaubensbekenntnis nachzubeten. Das wird schnell gehen. Aber mit den verdammten Juden hat man immer einen besonderen Verdruß, so auch hier; die Juden muß ich also vorher noch taufen. Juden, treten vor – das andere Lumpenpack kann stehenbleiben, wo es eben steht!‹ Und in dieser erhebenden Weise vollzog sich die Zeremonie!«

Der Erzähler hatte dies alles vorgebracht, ohne eine Miene zu verziehen, und auch mir kam kein Lächeln auf die Lippen, so drastisch auch der Bericht war.

»Am nächsten Tage«, fuhr Walerian fort, »folgte der zweite Akt: die Wahl des Berufes. Sie war ebenso spontan wie jene des Glaubens, nur daß man hier notgedrungen doch etwas mehr individualisieren mußte. Drei junge Gouvernementsbeamte hatten die Aufgabe, unsere Wünsche zu Protokoll zu nehmen und sie soweit zu berücksichtigen, als dies ›im öffentlichen Interesse ratsam und möglich‹. Der Mann, vor den ich gerufen wurde, war besonders jung, überdies von jener Sorte, die noch mit grauen Haaren bübisch bleibt. Ein äußerlich sehr feines, innerlich entsetzlich rohes Bürschlein, borniert und grausam, ohne eine Spur menschlichen Empfindens. Er machte sich einen Spaß mit uns, einen köstlichen Spaß, der gewiß auch seine Kameraden und seine Mätresse sehr erheitert hat, wenn er es ihnen am Abend erzählt. Der Bube erkundete auf das sorglichste unsere Wünsche und ordnete dann just das Entgegengesetzte an! Da war eine vornehme Frau unter uns, eine Polin von uraltem Geblüt, eine edle, blasse, unglückliche Frau, die in ihrer hilflosen Gebrochenheit dem Rohesten Respekt und Mitleid einflößen mußte. Die Frau war zu alt, um an einen ›Gezwungenen‹ verheiratet zu werden, sie mußte selbst einen Erwerb wählen und bat, als Lehrerin in einem Institut für Offizierstöchter verwendet zu werden; es war auch dringender Bedarf nach solchen Kräften. Aber der junge Herr beorderte sie als Wäscherin in die Garnisonskaserne von Mohilew. Da war ein alter Jude, der nach Sibirien geschickt worden, weil er bei Eydtkuhnen verbotene Bücher über die Grenze geschmuggelt. Er hatte einst eine Buchdruckerei besessen und war auch des Handwerks völlig mächtig. Vielleicht könne er in einer kaiserlichen Druckerei verwendet werden, bat der Greis und hatte daneben nur den flehentlichen Wunsch, in einer Ortschaft leben zu dürfen, wo es wenige oder gar keine Juden gebe. Denn er hatte ja nur gezwungen seinem Glauben entsagt, an dem er mit allen Fasern seiner Seele hing, und zitterte vor dem Gedanken, daß ihn seine ehemaligen Glaubensgenossen nun doch als einen Sünder betrachten und verabscheuen würden. Der junge Beamte nahm dies gewissenhaft zu Protokoll und machte den Mann zum Polizeiagenten in Miaskowka, einem kleinen Städtchen im Gouvernement Podolien, welches ausschließlich von Juden bewohnt wird. Da war ein Schulmeister aus Litauen, ein hektischer, todkranker Mensch, welcher auf den Knien eine letzte Gnade erflehte: irgendwo auf einem Dorfe ruhig sterben zu dürfen; die Landluft tue seiner wunden Brust wohl. ›Natürlich, das ist ein bescheidener Wunsch‹ sagte der nichtswürdige Bube und schickte ihn als Aufwärter in ein Inquisitenspital. Brauche ich ihnen da erst noch zu erzählen, wie es mir erging? Auch ich ließ mich von der heuchlerischen Miene des Schuftes täuschen und offenbarte ihm meine Bitte, irgendwo als Meier auf ein ganz abgelegenes Krongut zu kommen, wo ich mit möglichst wenig Menschen zu verkehren brauchte. Und darum wurde ich Schnapswirt an einer vielbefahrenen Heerstraße ...«

Der Unglückliche sprang auf und ging erregt in der Stube auf und ab.

»Aber nun kommt das beste!« rief er verzweiflungsvoll. »Der dritte Akt: die Wahl der Gattin!«

Doch als er nun wieder ansetzte, um zu sprechen, da konnte er nicht, die wildschmerzliche Entrüstung schnürte ihm die Kehle zu. Er schwieg, aber eine jähe, schwere Träne jagte über seine Wange herab und kündete, wie bitter er noch in der Erinnerung jenen schmachvollen Moment durchlitt.

»Es war entsetzlich!« stöhnte er.

Endlich faßte er sich.

»Herr! Herr!« rief er. »Seit die Sonne aufgeht, hat sie manches entsetzliche Spiel beschienen, welches der Mächtige mit dem Ohnmächtigen getrieben, aber eine wüstere Farce als die Art, wie wir zusammengekoppelt wurden, hat sie wohl noch nie gesehen. In meiner Jugend habe ich einmal in einer Geschichte der Französischen Revolution gelesen, wie Carrier in Nantes die Royalisten mordete. Er ließ den erstbesten Mann an irgendein Weib binden und auf Kähnen die Loire hinabführen. Mitten im Fluß ward die Falltür am Boden aufgezogen, und die Geknebelten verschwanden in den Wellen. Aber dieser Wüterich war ein Engel im Vergleich zu den Beamten des Zars und die ›republikanischen Hochzeiten‹ eine Wohltat im Vergleich zu jenen, die man uns schließen ließ! Denn in Nantes fesselte man die Opfer doch nur zu gemeinsamem Tode, uns aber zu gemeinsamem Leben! ...

Da führten sie uns eines Morgens wieder in jenen Saal, wo wir rechtgläubige Christen geworden. Etwa unser Dreißig waren wir; dann wurden ebenso viele Weiber hineingetrieben. Mit ihnen kam jener Nichtswürdige, der uns in so humaner Weise unseren Beruf angeordnet. ›Meine Damen und Herren‹, begann er näselnd, ›Seine Majestät haben Ihnen allen von Herzen vergeben und wünschen, Sie glücklich zu wissen. Der Einsame ist selten glücklich, und darum sollen Sie heiraten. Jeder Herr hat das Recht, eine Dame zu wählen, vorausgesetzt, daß sie damit einverstanden ist. In Berücksichtigung des Umstandes, daß keiner von Ihnen, meine Herren, in der Lage ist, eine Dame zu erkiesen, die seiner unwürdig wäre – denn auch die Damen kommen sämtlich teils aus den Strafkolonien, teils aus den Korrektionshäusern –, da Ihnen Seine Majestät ferner väterlich einen Nahrungszweig zugewiesen, so können und dürfen Sie bloß Ihr Herz sprechen lassen. Hier ist also das Ideal verwirklicht, welches unserem sehr berühmten Landsmann Alexander Herzen vorgeschwebt. Meine Damen und Herren! Sie sind in der Lage, den Traum der sozialistischen Normalehe zu verkörpern! Also ans Werk, verkörpern Sie! Und da ferner jede echte Liebe rasch entglimmt, ›jäh wie der Blitz und sanft wie Frühlingssäuseln‹, wie unser Lermontow singt, so halte ich eine Stunde Zeit für genügend, um Sie wählen zu lassen. Bedenken Sie auch, daß Ehen im Himmel geschlossen werden, und vertrauen Sie getrost Ihrer inneren Stimme. Meine Glückwünsche im voraus, meine Damen und Herren!‹

Dann legte der junge Schurke seine Uhr vor sich hin, setzte sich auf die Estrade und grinste uns schadenfroh mit seinen grünen Fischaugen an. Den vollen Hohn seiner Rede hatten übrigens die wenigsten verstanden, denn wir waren eine sehr bunte Gesellschaft. Unerhört bunt! Die verwegenste Phantasie hätte sich keine grelleren Gegensätze ersinnen können. Da stand neben dem vertierten bessarabischen Hirten, welcher im Rausch einst sein Weib und Kind massakriert, der hochgebildete Gelehrte aus Wilna, welchen der idealste Trieb der Menschenbrust, die Liebe zu seinem Volk, nach Sibirien gebracht. Da stand der abgefeimte Gewohnheitsdieb aus den Moskauer Kaufläden neben dem polnischen Adeligen, der im tiefsten Unglück noch seine Ehre als das Höchste schätzte, und der junge Exprofessor aus Charkow, welchen seine kommunistischen Träume hierhergeführt, neben dem Straßenräuber vom Don, dem Banknotenfälscher aus Odessa, dem betrügerischen Kridatar aus Cherson! Da stand ich und mir zur Rechten ein Deserteur aus Lipkany, zur Linken ein Baschkire, der schon am Fuß des Galgens begnadigt worden, obwohl er einmal eine Judenfamilie in einem Dorfwirtshaus bei lebendigem Leibe rösten geholfen. Eine Gesellschaft, so wahnsinnig wirr zusammengewürfelt, daß es mir noch in der Erinnerung im Hirn wirbelt! Neben dem schönsten Adel der Menschenbrust die niedrigste Verworfenheit, neben der höchsten Bildung die tiefste, die absolut tierische Verkommenheit!

Und die Frauen! Die schamlose Dirne, welche man gern aus der Korrektionsanstalt entlassen, weil sie ihre verworfenen Genossinnen noch verworfener gemacht, neben der unglücklichen Polenfrau, deren reine Seele nie ein Hauch der Gemeinheit vergiftet, deren stilles oder stolzes Glück keine Ahnung eines Kummers getrübt, bis ein Brief, eine Kokarde, eine milde Gabe an einen exilierten Landsmann sie ins Elend gebracht – hierher! Da lehnte die französische Gouvernante, welche mit ihrem jungen Freund, einem Seminaristen, von einer Moskauer Revolution und den ›Vereinigten Staaten von Europa‹ geträumt, neben der Kindesmörderin aus dem russinischen Heidedorf, neben der Diebin aus Mohilew, neben der Geliebten des Straßenräubers aus der Krim. Da drängte sich neben das zarte, jungfräuliche Mädchen, welches kein anderes Verbrechen begangen, als daß es von einer sündigen Mutter in einer Strafkolonie geboren worden, die Gattenmörderin, die Giftmischerin, die infame Kupplerin. Vielleicht waren hier die Gegensätze noch greller, denn nichts ist so gut wie ein edles Weib und nichts so schlecht wie ein verworfenes! ...

Und diese Menschen sollten nun einander heiraten – und eine Stunde Zeit war ihnen gegönnt, sich kennenzulernen und zusammenzufinden! O Herr! Vielleicht begreifen Sie nun, warum es mir die Kehle zusammenschnürte, als ich davon berichten sollte! O Herr, das war der scheußlichste und zugleich sonderbarste Frevel, der je auf Erden geschehen!«

Er verstummte und ging totenblaß, fast zitternd, in der Stube auf und ab. Auch die junge Wirtin starrte wie verloren vor sich hin, und Reb Nüssan hielt das Haupt gesenkt wie ein Mitfühlender.

Dann faßte sich der Unglückliche wieder und fuhr ruhiger fort: »Es wird gewiß ein interessantes Schauspiel gewesen sein, wie wir sechzig Menschen uns in jener Stunde betrugen. Selbst des blasierten Unholds auf der Estrade bemächtigte sich eine fieberhafte Spannung; bald sprang er auf, bald fiel er auf den Stuhl zurück und trommelte mit zitternden Fingern auf das Tischchen. Aber wie es zuging, kann ich Ihnen nicht genau beschreiben – ich bin nicht ganz unbefangen gewesen in jener fürchterlichen Stunde. Nur das weiß ich, daß wir zuerst in zwei Gruppen geballt zusammenstanden, hier die Männer, dort die Frauen, und daß in der ersten Minute kein Blick von einer Gruppe zur anderen flog; kein Blick, geschweige denn ein Wort. Wir starrten alle vor uns hin, als hätte uns der Blitz getroffen, selbst die dumpfsten und frechsten. Eine Stille war im Saal, eine Totenstille, nur zuweilen ein schwerer Seufzer oder ein krampfhaft hastiges Atmen ...

Die Minuten verrannen, gewiß nur wenige Minuten, mich dünkten sie eine Ewigkeit. Da sagte plötzlich eine laute, heisere Stimme: ›Auf, ihr Bursche – es sind ja ganz hübsche Weibsen da!‹ Wir blickten auf; es war jener Moskauer Dieb, ein hagerer, verdorrter Mensch mit dem häßlichsten Gesicht, welches ich je gesehen. Er ging auf die Frauen zu und prüfte in seiner Weise, welche die begehrenswerteste sei. Hier empfing ihn ein derber Stoß, dort ein frecher, einladender Blick, wieder andere, die Besseren, zogen sich zitternd vor ihm zurück. Ihm folgte der Baschkire; wie ein plumpes Raubtier tappste er auf die Weiber zu und grölzte: ›Ich will eine Dicke – die Dickste will ich!‹ Vor dem wichen aber selbst die Häßlichsten und Frechsten zurück; dieser Freier war gar zu scheußlich. Der dritte war der Kosak vom Don, ein hübscher, schlanker Junge – wie er auf die Weiber zugeschritten kam, tänzelte ihm eine freche Dirne entgegen und warf sich ihm an den Hals, aber er schob sie zurück und ging auf jenes üppige, hübsche Ruthenenmädchen zu, welches ihr Kind gemordet. Die Dirne, die er verschmäht, warf ihm ein Schimpfwort nach und hing im nächsten Augenblick an meinem Hals. Ich schüttelte sie ab, sie wiederholte die Prozedur bei meinem Nebenmann, dem ehemaligen Professor, ohne auch da glücklicher zu sein. Ihr Beispiel wirkte: die Frechen und Verderbten unter den Weibern drehten den Spieß um und suchten uns Männer heim.

Nach zehn Minuten bot der Saal einen ganz anderen Anblick als zuerst: In der Mitte stand ein Haufe Männer und Weiber in eifrigster Unterhandlung, kreischend und schäkernd; ein oder das andere Paar, welches sich bereits gefunden, zog sich in die Fensternischen zurück, und hier und da zerrte ein Mann an einer Unglücklichen, die sich verzweiflungsvoll seinen Armen zu entwinden suchte. In einen Winkel hatten sich jene Frauen geduckt, denen noch ein Hauch von Weiblichkeit geblieben, und in einem anderen Winkel lehnten wir drei, der Exprofessor, Graf S. und ich, die wir uns instinktiv zusammengefunden, und starrten in das wahnwitzige Treiben. Wir dachten nicht daran, auch selber zu wählen – mir mindestens kam dieser Gedanke keinen Augenblick ...

›Noch eine halbe Stunde, meine Damen und Herren‹, scholl die näselnde Stimme unseres Peinigers. ›Noch zwanzig Minuten!‹ – ›Noch fünfzehn Minuten!‹

Aber ich stand still, wie eingewurzelt, und starrte vor mich hin. Fast brachen unter mir die Knie; mein Herz schlug langsam in dumpfen, schweren Schlägen; aber ich rührte mich nicht. Wohl schlug mir, sooft jene Stimme vernehmbar ward, eine wilde, schwere Blutwelle gegen Kopf und Hirn; aber ich tat keinen Schritt, ich wollte nicht. In mir tobte es fürchterlich – der tiefste Ekel, die bitterste Verzweiflung, die wildeste Entrüstung, die vielleicht je ein armes, dunkles Herz durchschnitten! Nein, rief es in mir, noch bin ich ein Mensch, noch muß ich meine Menschenwürde wahren – *ich* darf nicht auf die Freite gehen, in diesem Saal, unter den Augen jenes Menschen! Das stand fest in mir; aber einen anderen wilden Wunsch und Willen konnte ich kaum zurückdämmen, denn er war fast stärker als ich. Ich wollte mich auf den Peiniger stürzen und ihn erdrosseln …

Warum ich es schließlich doch nicht tat? Weil ich mein eigenes Leben liebte und nicht am Galgen sterben wollte. Es war die qualvollste Stunde meines Lebens, und doch hatte ich nicht die Kraft, diesen honetten Ausweg, den Selbstmord durch Rache, zu wählen. Ach, Herr, die Quelle des größten Jammers auf Erden ist doch dieser dunkle, heiße Trieb der Erhaltung! Ohne ihn wäre ich heute schmerzlos, seit manchem langen Jahr! …

So stand ich in meiner Ecke und preßte die Hände auf die Brust und hielt die Bestie in mir gefangen, die Bestie oder – das edlere Teil! Es kam nicht zur Ausführung jenes Gedankens. Aber mein Blick mochte verraten, was in mir tobte. Einmal begegnete er sich mit dem des Unholds, und ich sah, wie das Herrchen zusammenfuhr und ergrünte. Dann, nach einer Weile, blinzelte es scheu und tückisch zu mir herüber. Ich wendete mich ab und drückte die Augen zu.

›Noch fünf Minuten, meine Damen und Herren! Wer es noch nicht getan, wird hiermit gebeten, innerhalb dieser Frist sein Herz zu entdecken. Sonst werde ich genötigt sein, die Herrschaften von Amts wegen zusammenzufügen. Ich werde dies zwar nach bestem Wissen und Gewissen tun, aber Sie sind dabei doch immer von der Gefahr bedroht, statt einer Ehe aus Neigung eine Vernunftheirat zu schließen. Also – vorwärts – verlieben Sie sich!‹

Wieder schlug mir alles Blut gegen das Hirn, aber ich regte mich nicht. Mir war's, als machte ich mich zum Mitschuldigen dieses entsetzlichen Frevels, wenn ich nun in der Tat binnen fünf Minuten ›mein Herz entdeckte‹. Aber da begann ein anderer Gedanke an mir zu rütteln – jäh und übergewaltig: ›Es liegt in deiner Hand, mindestens das Schlimmste von dir abzuwehren! Wer weiß, mit wem dich sonst der Schurke zusammenkoppelt! Wähle selbst, wähle!‹

Ich tat einen Schritt vor ... ich riß die Augen auf ... Aber ich konnte nichts sehen. Wie eine rote Wolke lag es mir vor den Augen – mein Blut war so wild empört! Ich taumelte vorwärts – ich suchte die Gestalten um mich zu unterscheiden ...

O Herr«, schrie der Erzähler plötzlich gellend auf, »welche Szenen habe ich da gesehen! ... Ich bin nicht feig, aber ich ... ich wage es nicht, davon zu sprechen ...

So irrte ich verzweifelnd umher – kaum zwei Minuten, aber ich könnte tagelang davon berichten, was mir während der Zeit durch Herz und Hirn gegangen, und erzähle es doch nicht aus ... Da sah ich in einer Ecke eine Ohnmächtige lehnen, ein junges, schmächtiges Geschöpf, mit blondem Haar – ich habe später erfahren, daß es jenes vaterlose Mädchen gewesen, welches eine verworfene Mutter in einer Strafkolonie geboren. Ein plumper Gesell mit listigen, verschmitzten Zügen, der Banknotenfälscher, beugte sich über die Hingesunkene, suchte sie in seinen Armen aufzurichten und bedeckte den bleichen Mund mit gierigen Küssen. Ich sah es, und mir war's, als führe mir ein Blitz durchs Hirn und erleuchtete es. Ich sprang auf den Menschen zu, riß ihn empor, gab ihm einen Faustschlag auf den Magen, daß er zehn Schritte weit flog, und nahm die Ohnmächtige auf meine Arme wie ein Kind. Ich war entschlossen, sie bis auf den letzten Blutstropfen zu verteidigen.

Aber es folgte kein weiterer Angriff. Wohl raffte sich der Fälscher auf und wies mir die Fäuste, aber er hatte nicht den Mut, näher zu kommen. Wie er so dastand, hängte sich ihm ein Ersatz an den Hals, ein ekler Fettklumpen, eine Mädchenhändlerin. Er schaute sie etwas verdutzt an, ließ sich aber ihre Freundlichkeiten gefallen ...

›Meine Damen und Herren! Die Uhr schlägt keinem Glücklichen – aber ich muß Sie doch bitten, die Erklärung entgegenzunehmen, daß die Stunde abgelaufen. Ich bitte die einzelnen Paare vorzutreten und mir ihre gegenseitige Neigung zu gestehen. Ich weiß, das tut tiefe, keusche Liebe nicht gern – ich bitte Sie um Entschuldigung, aber mein Amt legt mir diese Pflicht auf. Vor allem bitte ich jene Herren dort, mit ihren Damen vorzutreten.‹

Er deutete auf mich und den Fälscher. Wieder krampfte sich mir das Herz in der Brust zusammen. Aber ich trat vorwärts, meine Last auf den Armen.

›Haltet euren Kantschu bereit!‹ sagte der Schurke zu den Kosaken, die um ihn standen.

Dann wendete er sich zu mir: ›Mein Herr Wohltäter, ist es Ihre feste Absicht, die Dame hier nicht bloß in diesem Saal, sondern auch durchs ganze Leben auf Ihren Armen zu tragen?‹ Ich nickte. ›Und Sie, mein verehrtes Fräulein?‹ Aber die Unglückliche lag in tiefster Ohnmacht. ›Sie ist bewußtlos‹, stammelte ich. ›Dann tut es mir leid, mein Herr Wohltäter‹, fuhr der Beamte fort, ›aber ich muß Ihnen leider die Einwilligung verweigern. Im Interesse der Humanität und Menschenwürde muß ich darauf bestehen, daß der beiderseitige Wille durch ein lautes, vernehmliches »Ja!« deklariert werde. Da ich übrigens nicht aus Neugierde, sondern teils aus Pflicht, teils aus rein menschlicher Anteilnahme den Vorgängen in diesem Saal mit gespannter Aufmerksamkeit gefolgt bin, so kann ich Sie auf das bestimmteste versichern, daß nicht Sie es sind, dem die Neigung dieser jungen Dame gehört. Ich will damit Ihren persönlichen Vorzügen nicht nahetreten, aber es ist eben einem andern vor Ihnen gelungen, dies Herz sich zuzuwenden – jenem Herrn dort!‹

Er deutete auf den Fälscher. ›Nur im Übermaß des Glücks, von ihm erwählt zu sein, ist die junge Dame vorhin zusammengebrochen. Darum bitte ich Sie, mein Herr Wohltäter, nicht zwei Herzen zu trennen, die sich fest und innig fürs Leben gefunden! Ihnen winkt ein schönerer Ersatz: jene reife, begehrenswerte Schönheit, welche nur widerwillig am Arme Ihres Nebenbuhlers hängt. Also – *changez, messieurs!*‹

›Hund!‹ schrie ich und wollte mich auf ihn stürzen.

Aber da sauste ein furchtbarer Hieb auf mein Haupt herab. Blutend, bewußtlos stürzte ich nieder …

Als ich erwachte, ordneten sie eben den Hochzeitszug zur Kapelle. Die Vettel, welche mir der Schurke zugewiesen, kniete neben mir, wusch mir das Blut vom Haupt und hielt mir Essig unter die Nase.

›Du gefällst mir‹, krächzte sie, ›du sollst es gut bei mir haben!‹ Sie richtete mich empor, legte meinen Arm in den ihrigen und zerrte mich vorwärts. Ich war noch immer halb betäubt und folgte willenlos. Sie schleppte mich in die Reihe, die sich eben langsam zur Kirche in Bewegung setzte. Ich litt nicht mehr, während ich so hingezerrt wurde – es war zuviel über mich gekommen –, ich hatte kaum mehr die dunkle Empfindung meiner selbst.

Aber während ich mich so mechanisch weiterschleppte, fühlte ich, wie mich eine schwere Hand am Kragen ergriff. ›Bruder‹, grunzte mir eine grobe Stimme ins Ohr, ›deine Dicke gefällt mir. Möchtest du nicht mit mir tauschen? Die meinige ist nicht so dick, aber dafür jünger.‹ Es war mein Hintermann, der Baschkire. Die er vorwärts zerrte, war ein mageres, häßliches, schwarzhaariges Weib, ohnmächtig oder einer Ohnmacht nahe. Der Ausdruck einer grenzenlosen Verzweiflung lag auf ihren Zügen und machte sie vielleicht noch häßlicher. Aber just dies zog mich an. Das Weib, welches so entsetzlich leiden konnte, hatte doch mindestens ein Herz, war doch mindestens nicht ganz verderbt, und darum – gleichviel, was sie hierhergebracht – meiner doch mehr würdig als die grinsende Vettel an meiner Seite.

Ich rüttelte mich zusammen. ›Abgemacht!‹ raunte ich dem Baschkiren zu ...

Wir überschritten eben die Schwelle der Kapelle, der Zug staute sich einen Augenblick. Wir nutzten den Moment. Wohl krächzte die Vettel auf, aber der Baschkire wußte sie zur Ruhe zu bringen, und als sie ihn näher anschaute, schien er ihr sogar zu gefallen. Das Weib aber, welches nun ich am Arme führte, hatte in seiner dumpfen Verzweiflung den Wechsel wohl kaum bemerkt. So gelang es. Wir wurden getraut. Erst als wir aus der Kapelle traten, wurde unser Peiniger der Änderung gewahr. Dann ließ er mich freilich dafür büßen« – der unglückliche Mann preßte die Zähne aufeinander und wurde noch blasser –, »er ließ mich furchtbar dafür büßen, aber er konnte es nun doch nicht mehr ändern. Der Pope hatte es ja unter Anrufung Gottes ausgesprochen, daß uns nur der Tod noch trennen könne!«

Der Erzähler verstummte.

»Und wer war das Weib, mit dem Sie getraut wurden?« fragte ich endlich.

»Gleichfalls eine Deportierte, welche begnadigt worden. Eine Jüdin, namens Gittel Reismann – sie hatten ihr in der Taufe den Namen Xenia gegeben.«

»Und warum« – eine neue Frage schwebte mir auf den Lippen, aber ich wagte es nicht, sie auszusprechen.

»Was das Verbrechen meiner Frau gewesen? Auch das kann ich Ihnen erzählen, und es ist in ihrer Art eine kaum minder lustige Geschichte als die meine!«

Reb Nüssan hatte bisher still und teilnahmsvoll zugehört. Aber nun, wo von seiner Glaubensgenossin die Rede war, richtete er sich auf und rückte unruhig hin und her. Die Gittel hieß nun Xenia, aber ein jüdisch Kind war sie doch. Es war ihm offenbar peinlich, daß nun ein Christ von ihr sprechen wollte, gleichviel, daß es der eigene Gatte war.

»Pani Walerian!« sagte er und kratzte sich hinter dem Ohr. »Die Geschichte von Polen und wie es Ihnen gegangen ist, das können Sie erzählen. Aber was wissen Sie von der Jüdischkeit? Jüdischkeit ist etwas ganz Besonderes. Verzeihen Sie, Pani Walerian – verstehen Sie denn, warum die Gittel ins Unglück gekommen ist? Mir scheint, das können Sie nicht verstehen!«

»Laßt nur!« wehrte ich ab. »Ich werde es mir schon zurechtlegen.«

Aber Reb Nüssan ließ sich nicht so abweisen.

»Sie?« fragte er. »Verzeihen Sie – aber was für einen Rock tragen Sie da? Einen deutschen Rock! Und haben Sie Schaufäden an der Weste? Verzeihen Sie – aber Sie haben keine. Also – was werden Sie viel von der Jüdischkeit verstehen?«

»Laßt nur!« wiederholte ich. »Ihr dürft ja dann auch sprechen.«

»Dann sprechen? Gut! Im Wagen! Aber kommen Sie in den Wagen! Pani Walerian, leben Sie hundertundzwanzig Jahre und seien Sie gesund und glücklich, aber wir müssen jetzt fort, mein Herr und ich. Denn heute ist Freitag, und in den Sabbat hinein fahre ich nicht, und bis Czapowka haben wir noch acht Werst.«

Und erst als dieser dritte Sturm siegreich abgeschlagen war, konnte Walerian erzählen.

»Vielleicht hat der Jude recht«, begann er, »vielleicht ist wirklich etwas in diesem Schicksal, was sich ein Mensch anderen Glaubens schwer zurechtlegen kann. Denn die Schwesterliebe allein kann es doch wohl nicht gewesen sein, welche dieses junge scheue Geschöpf dazu stählte, in Kampf und Gefahr zu gehen. Auch der Glaube wird da mitgespielt haben. Und dieser Glaube ist so dunkel, so geheimnisvoll! ...

Die Gittel war das Kind eines reichen Mannes in einer Stadt Podoliens, welche fast nur von Juden bewohnt wird, in Belz. Sie werden den Namen gewiß oft gehört haben, es ist eine Art Mekka der Juden in Podolien und Wolhynien, und sie pilgern im Herbst in Scharen dahin, um dort, in der uralten Synagoge, die großen Feiertage zuzubringen. Besonders soll das Gebet am Versöhnungstag, wenn man es in jenem Gotteshaus verrichtet, von aller und jeder Sünde reinigen.«

»Was reden Sie da?« fiel ihm der Kutscher ins Wort. »Verzeihen Sie, aber das verstehen Sie nicht! Die Betschul' in Beiz ist gewiß ein heiliges Haus, aber deshalb ist sie doch auch nur Stein und Mörtel. Nicht deshalb fährt man zu den Feiertagen dorthin, sondern weil in dieser Stadt ein heiliger Rabbi sitzt. Zwar auch nur so ein Chassid, aber doch wirklich ein hochheiliger Mann.«

»Auch die Juden in Belz«, fuhr Walerian fort, »stehen im Rufe besonderer Frömmigkeit, und nirgendwo werden die tausend Vorschriften des Talmuds so ängstlich befolgt und gewahrt. Auch der alte Naftali, der Vater der Gittel, war sehr fromm; er gehörte sogar zu den Frömmsten. Und da er, wie gesagt, auch sehr begütert war, so erfreute er sich großen Ansehens. Die Gittel, sein ältestes Kind, war kaum zehn Jahre alt, als sich schon Bewerber um sie einfanden, wenn nicht zur Heirat, so doch zur Verlobung. Aber Naftali übereilte sich nicht. Er war Witwer und hatte außer der Gittel noch ein Kind, einen Sohn, der um sechs Jahre jünger war. So konnte er seiner Tochter auch eine große Mitgift bestimmen, und darum war ihm kein Freier gut genug. Als die Gittel dreizehn Jahre alt war, traf ihn ein schweres Unglück: er erblindete. Aber dies erschütterte weder seinen Stolz noch sein Gottvertrauen. ›Ich kann doch zufrieden sein‹, pflegte er zu sagen. ›Naftali Reismann tauscht auch als Blinder mit keinem Menschen!‹«

»Verzeihen Sie, aber lachen muß ich!« rief Nüssan. »Hat er sich selbst bei dem Namen genannt, welchen ihm die Christen gegeben haben?! ›Naftali Reismann‹ - es ist ihm gewiß nicht eingefallen! An diesen Namen erinnert man sich wirklich nur, wenn man einen Paß braucht oder - Gott behüte! - zu Gericht gehen muß oder - Gott behüte! - zur Assentierung. Aber sonst? Nie! Sondern er wird gesagt haben: ›Naftali Feigeles‹, weil seine Mutter Feige geheißen hat - oder ›Naftali der Belzer Oscher‹ (Krösus von Belz), denn so hat man ihn genannt -«

»Nüssan«, gebot ich entschieden, »alles übrige im Wagen!«

»Verzeihen Sie, Naftali Reismann, hehe!«

Aber das Lachen klang sehr gezwungen, und grollend schob er sich zur Seite.

»Die Leute fühlten sich als Kinder des Glücks«, fuhr der Pole fort, »und wären es geblieben, läge nicht eben Belz in Rußland. Ihr Unglück kam in der Tat nur aus einer echt russischen Veranlassung. Es geschah dies im Jahre achtzehnhundertfünfzig; die Gittel war damals siebzehn, ihr Bruder Ruben elf Jahre alt. Elf Jahre – das gilt sonst in der ganzen Welt nicht als das militärpflichtige Alter. Im Reich der Knute war es sonst auch nicht der Fall, sondern just eben nur in jenen Jahren. Nikolai Pawlowitsch brauchte Soldaten; beim Löschen des ungarischen Brandes waren viele Ströme Blutes vergossen worden; nun sollte überdies der Türke dran. Man rekrutierte im ungeheuren Reich mit fieberhaftem Eifer. Damals waren Konskription und Dienstzeit noch nicht reguliert. Man ging also sehr einfach zu Werke: Man umstellte das Dorf oder die Stadt, trieb die Jünglinge zusammen, wählte die Tauglichen aus und steckte sie auf Lebenszeit in den Militärrock. Das heißt: den Alternden oder Invaliden ward dieser Rock doch wieder ausgezogen, und sie hatten die freie Wahl, hinter jeder ihnen beliebigen Hecke sich aufzuhängen oder Hungers zu sterben. Kurz: Soldat werden hieß und heißt noch heute in Rußland, bei lebendigem Leibe tot sein. Darum wurde und wird niemand gerne Soldat, wes Standes und Volkes er auch sei, nicht einmal der vertierte moskowitische Bauer, dem doch eine gewisse hündische Anhänglichkeit an den Zar durch dasselbe Mittel beigebracht wird, durch welches man den Jagdhund anhänglich macht: durch den Stock. Aber am bittersten traf jene Maßregel die Polen und die Juden, wenngleich beide aus sehr verschiedenen Gründen. Den Juden war dies Reich nicht aus nationalen Motiven verabscheuenswert, nicht darum der Dienst für den Zar bitterer als der Tod; aber die Juden nehmen überhaupt nicht gern tödliche Waffen zur Hand –«

Doch da war Nüssan wieder da.

»Hören Sie!« sagte er. »Das werde ich doch nicht erst im Wagen sagen, sondern gleich hier, Ihnen ins Gesicht. Was sind Sie? Pani Walerian, ein Pole sind Sie, und darum hassen Sie den Juden. In Sibirien waren Sie, und ein ›Gezwungener‹ sind Sie, aber Pole bleibt Pole. Sie sagen, die Juden sind feig. Kommen Sie her, ich werde Ihnen zeigen, ob ich feig bin! Aber im guten! – Ich werde Ihnen erklären, warum wir nicht gern Soldat werden, besonders bei dem Moskowiter nicht. Erstens, was geht uns der Zar an? Er ist gegen uns, als wären wir Hunde – sollen wir gegen ihn sein, als wäre er unser Vater?! Zweitens, ein Soldat ist kein Jude mehr, er muß christlich essen und selbst am Versöhnungstag exerzieren, so verliert er das Jenseits. Und was hat er in diesem Leben? Er hat es schlechter als ein Hund; er ist tot für seine Verwandten und seine Verwandten für ihn. Aber die Hauptsache, sage ich Ihnen, ist doch: er muß leben, als wäre er kein jüdisch Kind!«

Wieder würdigte Walerian die Rede keines Wortes, den Sprecher keines Blickes.

»Die Juden werden nicht gerne Soldaten«, sprach er weiter, »die Tatsache war auch dem Zar kein Geheimnis. Und er wußte wohl, daß hier jene Mittel nichts nützten, welche er dagegen bei anderen mit Erfolg angewendet. Wohl wurden auch die Judenstädtchen umzingelt, aber man fand die Vögel zum größten Teil ausgeflogen. Das Geld hatte den Schlauen den Weg zu den Regierungskanzleien geöffnet, und sie wußten schon mehrere Wochen vorher, welche Maßregeln man plante. Von den Gefangenen aber machte sich mancher durch Geld wieder los, und was zurückblieb, war armes, schlechtgenährtes, halbverkrüppeltes Gesindel.

Dagegen half, wie gesagt, kein gewöhnliches Mittel, und der Zar wählte ein außergewöhnliches. Es war furchtbar brutal, es sprach aller Menschlichkeit hohn, aber es verbürgte den gewünschten Erfolg. Man fuhr fort, auch auf die militärpflichtigen Juden Jagd zu machen, aber mit noch größerem Eifer griff man auf sieben- bis zwölfjährige Knaben und schickte sie nach der Assentierung in die neugegründeten Soldatenkolonien. Damit war ein Doppeltes erreicht: Man wurde der Knaben leichter habhaft, weil ein Kind schwer aus dem Elternhaus flüchten kann, und man konnte diese verkümmerten Sprößlinge einer weichlichen Rasse zweckmäßig erziehen und willige, robuste Kriegsmaschinen aus ihnen machen. Drakonische Maßregeln gegen die Bestechung förderten die Ausführung. Kurz – der Zar konnte zufrieden sein, obwohl die Sterblichkeit unter den kleinen, bejammernswerten Rekruten schrecklich groß war und nur jeder zweite, oft nur jeder dritte die Kolonie erreichte und heranwuchs. Aber dem beugte man dadurch vor, daß man gleich von vornherein die doppelte Anzahl der Pflichtigen aushob. Ein ganz schlichtes Mittel, und daß dadurch doppelt so viele

Existenzen geknickt wurden, als just unbedingt notwendig – was lag daran?!

Kein Wort kann wohl die Verzweiflung schildern, welcher sich damals der polnisch-russischen Judenschaft bemächtigte. Aber es war keine stumpfe Verzweiflung, welche die Hände im Schoß ruhen ließ. Alle Sehnen dieser energischen Volksseele spannten sich; ging es doch um das, was ihnen das Heiligste war, um Gott und ihre Kinder!

Solange die Kinder in Rußland blieben, gab es kein Entrinnen. Denn es war damals in der Geschichte jenes Reiches wohl der einzige Fall, wo selbst der Rubel viel von seiner Allmächtigkeit einbüßte, der Rubel, welcher doch sonst in diesem tüchtigen, sittlichen Staatswesen ein noch absoluterer Herrscher ist als der Zar. Aber wohin mit den Kindern? Nach Österreich, nach Preußen? Beide Staaten lagen damals in den Banden des ›großen Nikolaus‹, des ›Pfeilers der Ordnung‹, und ließen darum an ihren Grenzen von ihren Soldaten und Beamten nicht bloß die eigenen, sondern auch die russischen Polizeigeschäfte verrichten.

So blieb denn Rumänien als die einzige Zuflucht, und bald entwickelte sich längs der Pruthgrenze ein geheimes, verwegenes Treiben. Durch das podolische und bessarabische Gouvernement wurden in den Zwischenräumen von vier bis fünf Meilen Stationen eingerichtet: in einsamen Dorfwirtshäusern oder in einer Kellerei vor der Stadt oder im Vorhof einer abgelegenen Betschule. Gelang es dem jugendlichen Flüchtling, unbehelligt eine dieser Stationen zu erreichen, so war er auch so gut wie gerettet. Denn zwischen diesen Zufluchtstätten bestand ein regelmäßig organisierter Verkehr. Die Knaben blieben den Tag über geborgen und wurden nachts immer um eine Station weiter geführt, gewöhnlich noch überdies mit Tuch umwickelt, als Warenballen. Bei Lipkany war die letzte Station, von da wurden sie auf Kähnen über den Fluß geführt, nach der Moldau, wo ihre Glaubensgenossen sie empfingen und für sie sorgten.«

»Obwohl es fremde Kinder waren«, schaltete Nüssan ein, »und obwohl es schon reichere Leute auf der Welt gibt als moldauische Juden. Wir müssen doch nicht gar so böse Hunde sein, wie die Polen sagen!«

»Auf die Dauer«, fuhr Walerian fort, »konnte es natürlich den Russen nicht entgehen, daß eine geheime Macht ihre Absichten durchkreuzte und ihnen just die besten Bissen entführte. Ein hoher Preis wurde auf die Enthüllung des Geheimnisses gesetzt, aber obwohl vielleicht hunderttausend Menschen darum wußten, so muß man doch der Wahrheit die Ehre geben und konstatieren, daß sich kein Verräter darunter fand. Die Entdeckung wurde zufällig herbeigeführt.«

»Ja, hier ganz in der Nähe«, fiel ihm Nüssan ins Wort. »Der Kutscher hat Roth-Moschele geheißen. Der fährt ganz gemächlich nachts auf der Straße am Dniester, und drinnen liegen zehn Knaben in Kotzen eingewickelt. Begegnen ihm auf einmal dreißig Kosaken. ›Was fährst du da?‹ – ›Pferdedecken‹, sagte Moschele ganz ruhig. – ›Lade sie ab.‹ – Moschele erschrickt nicht, wirft die zehn Ballen auf die Erde, und von den Kindern muckst sich keines, sie sind ohnehin halbtot vor Schreck. Aber da sticht ein Kosak mit seiner Pike in einen Ballen, und das arme angestochene Jüngel schreit. So ist das Ganze aufgekommen. Wie der Russe erst eine Station gewußt hat, hat er auch alle anderen erfahren, und das Retten hat aufgehört. Zwanzigtausend Menschen sind deshalb ins Unglück gekommen, die Jungen unter die Soldaten, die Alten nach Sibirien. Zwanzigtausend!«

»Die Zahl ist zu hoch gegriffen«, bemerkte Walerian, »aber nach Tausenden mögen die Opfer jener nächtlichen Enthüllung immerhin zählen. Und durch eine Tücke des Zufalls trat nun erst, nachdem jener Rettungsweg abgeschnitten war, nachdem sich selbst des Mutigsten und Schlauesten tiefste Hoffnungslosigkeit bemächtigt, die Gefahr an das Haus Naftalis heran. Bisher hatte er nur aus Mitleid an der Not seiner Glaubensgenossen regen Anteil genommen und sie durch Geldspenden unterstützt, aber er selbst hatte für seinen Rüben nichts zu fürchten, sowohl der Polizeimeister als der Militärkommandant von Belz waren durch pekuniäre Verpflichtungen völlig in seiner Hand. Da mußte der Offizier abmarschieren, und der Beamte kam in eine Untersuchung, welche ihn Amt und Freiheit kostete. Und bei ihren Nachfolgern war die Furcht größer als die Geldgier. Der alte reiche Mann geriet in tiefste Verzweiflung; er mußte tatlos zusehen, wie ihm die Gefahr immer näher kam, den einzigen Sohn zu verlieren. Er selbst war blind, und unter seinen Glaubensgenossen fand sich niemand, der es versuchen wollte, den Knaben nach der Moldau zu schmuggeln; um alles Geld der Welt wollte es niemand mehr tun. Da nahm die Gittel ihr Herz in beide Hände und erklärte dem Vater, sie werde es versuchen.

Es war dies ein ungeheurer Entschluß für ein zartes, scheues, siebzehnjähriges Mädchen, welches bisher, die Tochter eines reichen Hauses, zärtlich behütet, in weichem Wohlleben aufgewachsen war.

Und, wie gesagt, all ihre Liebe zu Vater und Bruder reicht nicht aus, solchen Heroismus zu erklären; hier hat offenbar auch die Überzeugung mitgewirkt, daß das Werk um Gottes willen geschehe, geschehen müsse. Der alte Mann sträubte sich lange, aber in seiner hilflosen Verzweiflung willigte er endlich ein. Der Knabe wurde in Mädchenkleider vermummt, was freilich nach dem jüdischen Gesetz eine Sünde war. Aber diesmal schien der Zweck das Mittel genügend zu heiligen.

Die Kinder traten die Reise an. Die Details dieser verwegenen Fahrt hat mir die Unglückliche oft genug erzählt und sich dabei bitter angeklagt, sie sei nicht vorsichtig genug gewesen. Doch glaube ich, daß sie sich da schweres Unrecht tut. Ich glaube nach allem, was sie mir berichtet, daß sie damals eine Klugheit und einen Heldenmut bewiesen, wie sie bei einem so zarten, weltfremden Geschöpf geradezu bewundernswürdig genannt werden müssen.

Freilich – es nützte alles nichts! Bis Lipkany kam sie glücklich, also bis hart an die Grenze. Nur noch der Fluß trennte sie von ihrem Ziel, und er schien leicht passierbar. Denn der Pruth hat dort sumpfige, dicht mit Weiden bestandene Ufer.

Aber sie wurden noch in Lipkany abgefaßt. Durch einen sonderbaren Zufall. Sie kamen des Abends an und wollten nachts die Kahnfahrt antreten. Sie stiegen in einem Wirtshaus ab und beteten dort in ihrem Kämmerchen inbrünstig, daß ihnen auch das Letzte gelingen möge. Das Kämmerchen lag zu ebener Erde; ein Russe ging vorbei und besah sich neugierig die betenden Mädchen. Und dabei fiel es ihm auf, daß sich das kleinere genauso beim Beten bewege wie die Knaben der Chassidim; es beugte sich nach rechts und links und vorwärts, die drei Bewegungen folgten sich regelmäßig wie die Stöße einer Maschine. Das ältere Mädchen aber stand unbeweglich, wie dies der Jüdin beim Gebet vorgeschrieben. Dem Russen gingen die letzten Ukase durch den Kopf und die hohen Belohnungen, welche für Entdeckung eines Flüchtlings ausgesetzt waren. Er ging zum Polizeimeister. Eine Stunde darauf waren beide verhaftet. Am nächsten Morgen wurde Rüben in die Soldatenkolonie abgeschoben, Gittel nach Sibirien ...«

Der Erzähler verstummte.

»Kommen Sie«, bat Nüssan, »die Sonne sinkt, in drei Stunden ist Sabbat.«

Aber ich hatte noch eine Frage auf dem Herzen. »Es ist nicht müßige Neugier«, bat ich, »aber hat Sie Ihre Ehe zu trösten vermocht?«

»Zu trösten?« lächelte er schmerzlich. »Für Schmerzen, wie die meinen und die meines Weibes, gibt es keinen Trost. Aber wir sind zwei Menschen, welche man in denselben Kerker gesperrt, und wenn auch nicht in unserer Liebe, so verstehen wir uns doch in unserem Haß. Wir gehen still und dumpf nebeneinander her, wissen wenig von dem, was in des anders Brust lebt, und sind ängstlich bestrebt, einander sowenig wehe zu tun als möglich. Übrigens, ich bin sehr leidend, es wird wohl nicht lange mehr dauern.«

Wir schieden.

Nüssan trieb die Pferde heftig an, gab aber daneben gleichwohl einen ausführlichen Kommentar zur Erzählung des Polen. Aber ich achtete nicht darauf, mir tat das Herz weh vor ohnmächtigem Mitleid.

In der Dämmerung kamen wir an einem einsamen Haus vorbei, aus dem ein dürftiges Licht strahlte. »Das ist die Dettimer Schenke«, sagte Nüssan.

»Haltet!« befahl ich.

»Aber der Sabbat«, jammerte Nüssan.

Er mußte dennoch gehorchen. »Nur einige Minuten«, beruhigte ich ihn und ging auf das Haus zu.

Im Schenkzimmer brannte ein Licht, ich schaute hinein. Es war ein großer düsterer Raum, in einer Ecke brannte vor einem Heiligenbild eine Lampe. Hart daneben stand ein Tisch, auf dem zwei Kerzen standen, die man eben anzündete. Eine Frau beugte sich über sie.

Ich konnte ihr Antlitz sehen, es waren harte, gramdurchfurchte Züge. Selbst im Gebet verklärten sie sich nicht. Denn die Frau betete; ich sah es an der Bewegung der Lippen und der Hände. Und an den letzteren konnte ich auch erraten, welches Gebet es war: der Segensspruch, welchen das Judenweib am Freitagabend über die Sabbatkerzen spricht.

Ich starrte lange in dieses Antlitz und nach den drei Lichtern, bis mich endlich Nüssans jammerndes Bitten abrief ...

Das war im Jahre 1871. Aber ich habe nicht vergessen können, was ich an jenem Frühlingstag auf der podolischen Landstraße gehört und gesehen. Und dann hat es mir als Pflicht geschienen, davon zu berichten.

Gouvernanten und Gespielen

Wer den Titel dieser Zeilen liest, erwartet vielleicht eine Schilderung der segensreichen Tätigkeit, welche die »Kulturträgerinnen« aus dem Westen in Rußland und Rumänien, in Galizien und Ungarn entwickeln, erwartet ein liebliches Genrebild, wie das fremde Mädchen im wilden Karpatental zur Beglückerin der ganzen Gegend wird und dafür wärmste Verehrung genießt. Das wäre ein Irrtum; denn nicht einen Hymnus will ich hier anstimmen, sondern einen Warnruf, von dem ich wünsche, daß er allen, die es angeht, erschütternd durchs Ohr ins Herz hineinklinge.

Es gehen jährlich Tausende von Bonnen, Gouvernanten und Gesellschafterinnen aus dem Westen nach Halb-Asien. Eine verläßliche Statistik darüber gibt es nicht; nach flüchtiger Schätzung handelt es sich um jährlich drei- bis sechstausend Seelen. Einzelne Fachleute geben weit höhere Zahlen an; so viel ist gewiß, daß der Export wohl ein beständiger, aber gleichwohl von verschiedener Stärke ist. Die oben gegebenen Ziffern sind also dahin zu verstehen, daß in Jahren geringer Nachfrage mindestens dreitausend, in denen stärkeren Bedarfs mindestens sechstausend alleinstehende Mädchen und Frauen als Bildnerinnen nach dem Osten gehen. Am stärksten sind Bonnen begehrt, nächst diesen Gouvernanten, »Gesellschafterinnen« am wenigsten. Noch geringer ist die Zahl der »Gespielen«: Knaben, die gleichsam als lebendige Grammatiken der französischen Sprache nach dem Osten exportiert werden. Von ihnen soll hier zunächst nicht weiter die Rede sein; sprechen wir zunächst nur von den Damen. Faßt man ihre Heimatländer ins Auge und gruppiert diese nach den Zahlen, mit denen sie an dieser Auswanderung beteiligt sind, so ergibt sich folgende Reihe: die Schweiz, Frankreich, Belgien, England, Deutschland, Österreich, Italien. Spanierinnen, Holländerinnen und Däninnen trifft man fast nirgendwo, und dann gewiß nur in Häusern ihrer eigenen Landsleute.

Diese Länderskala ist schon deshalb von Wichtigkeit, weil sie auf die Richtung der Kulturbestrebungen im Osten Licht wirft. Die Gebildeten und Halbgebildeten dieser interessanten Nationalitäten blicken nach Paris als dem Mekka der Zivilisation, halten die Kenntnis der französischen Sprache für das Haupterfordernis, oft genug für das einzige Erfordernis der Bildung und wählen daher die Erzieherinnen hauptsächlich unter dem Gesichtspunkte, daß sie ihren Kindern vor allem das Französische beibringen. Darum stehen die drei Länder mit französischer Verkehrssprache obenan. Denn auch die Schweiz ist ihnen beizuzählen, weil nur ihre westlichen Kantone an diesem Export beteiligt sind; daß sie sogar die erste Stelle einnimmt, erklärt sich teils aus den sozialen Verhältnissen dieses Landes, teils daraus, daß die Französin und nun gar die Pariserin nur ungern ihre Heimat verläßt, endlich auch daraus, daß die Schulbildung in der Schweiz eine bessere und gründlichere ist als in Frankreich. So kommt's, daß dieser große Staat erst an zweiter Stelle steht und auch diese gegen das kleine Belgien nur mühsam behauptet. Die beiden germanischen Staaten, die nun folgen, sind mit wesentlich geringeren Zahlen beteiligt. Seit etwa 1870 sind diese übrigens in stetem Wachsen begriffen, insbesondere liefert Deutschland bereits ein stattliches Kontingent, das jenes Englands bald überflügeln dürfte. Nur sehr wenig sind hingegen Österreich und Italien bei diesem Export beteiligt.

Beantworten wir nun die nächstliegende Frage, wie sich das Geschick dieser Frauen an den Stätten ihrer Wirksamkeit gestaltet, so kann die Antwort nur eine traurige sein. Von all den Schmerzen, die nur sentimentale Herzen empfinden könnten, sehen wir natürlich ab. Wer einen Posten annimmt, der dreihundert Meilen weit von der Heimat liegt, und dann darüber jammert, daß dies gar zu weit sei, mit dem können wir nicht klagen. Das will eben früher überlegt sein. Aber ist der Schmerz über die Vergeblichkeit der eigenen, ebenso ernstgemeinten wie geübten Tätigkeit etwa auch nur eine Sentimentalität? Muß ihn nicht vielmehr jedes warme Gemüt empfinden, und zwar desto stärker, je ehrlicher es ist?! Nun wird es aber wohl nur wenige Erzieherinnen geben, denen während ihrer Wirksamkeit im Osten dieses peinliche Gefühl erspart geblieben wäre. Der Grund liegt in der geistigen Atmosphäre, in die sie geraten, dieser konsequent betriebenen Kulturheuchelei, die den Schein für das Sein nimmt, die Form will und sich um den Inhalt nicht kümmert. Die Gouvernante, die in ein russisches, rumänisches, polnisches, magyarisches Haus berufen worden ist, wird in den meisten Fällen binnen kurzer Frist erkennen, daß man von ihr gar nicht fordert, sie möge ihren Zöglingen gründliches Wissen beibringen. Die jungen Fräulein sollen das Französische famos parlieren können, mit der Lektüre der französischen Klassiker darf man sie nicht langweilen oder gar mit den trockenen Daten der Geographie und

Geschichte. Sie sollen einige Sensationsstückchen auf dem Klavier pauken können, aber daß ihnen der Sinn für Adel und Schönheit der Tonkunst aufgehe, wäre überflüssige Quälerei. Entweder fügt sich nun die Gouvernante in diese Bildungsmaximen, und dann muß sie wohl Unbehagen über die Art empfinden, in der sie ihren Beruf erfüllt; oder sie fügt sich nicht, und dann kann sie eben in ihre Heimat zurückkehren, wo man so pedantische Erzieherinnen nicht bloß duldet, sondern sogar schätzt. Wenn nur die Rückkehr nicht gar so schwer wäre! Man wende mir nicht ein, daß ich dabei nur solche Frauen im Auge habe, die ihren Beruf ideal auffassen, und daß ihre Zahl gering ist. Ich denke, so viel Idealismus hat doch fast jede Erzieherin, um es schmerzlich zu empfinden, wenn sie ihre Aufgabe nicht gründlich, sondern oberflächlich, nicht gewissenhaft, sondern gewissenlos lösen muß!

Freilich ist dieser Übelstand noch der geringere; weitaus schwerer wiegt die unwürdige soziale Stellung der Gouvernante in jenen Familien, die, nach europäischen Begriffen, schmähliche Behandlung, die sie dort erduldet. Es gibt auch erquickliche Ausnahmen, das gebe ich zu und darf es getrost, weil ich sie selbst beobachtet habe, aber anderseits könnte ich, gleichfalls auf Autopsie gestützt, Geschichten über die Mißhandlung solcher unglücklichen Damen berichten, die den gleichgültigsten Leser zur Entrüstung hinreißen müßten. Ich unterlasse es, weil es doch wieder Ausnahmen nach der entgegengesetzten Seite sind und ich hier nur die Regel zu schildern habe. Die Regel ist, daß die Gouvernante im Hause des rumänischen Bojaren, des magyarischen Magnaten, des moskowitischen oder polnischen Edelmanns so gehalten und behandelt wird, wie sich die deutsche Hausfrau gegen ihr »Mädchen für alles« benimmt. Vor körperlicher Mißhandlung ist sie bewahrt, aber man erteilt ihr jeden Befehl kurz und barsch, man betrachtet sie als ein Wesen, dem man keine Rücksicht der Höflichkeit schuldig ist, als eine Dienerin, die man bezahlt und füttert, damit sie ihre Schuldigkeit leiste, die aber in sozialer oder rein menschlicher Beziehung der Herrschaft so wenig ebenbürtig ist wie etwa eine Kuhmagd. Doch darf man zur Erklärung nicht annehmen, als ob Bosheit etwa ein allgemeiner Zug im Charakter jener Völker wäre; die Behandlung der Gouvernante in Halb-Asien ist eben »ländlich sittlich«, oder richtiger »ländlich schändlich«. Was sollte auch die adeligen Herrschaften jener Länder dazu bestimmen, der Gouvernante in ihrem Hause menschenwürdige Behandlung zu gönnen? Daß dieses brave Mädchen sich durch Arbeit ihr Brot verdient, während sie in ererbtem Besitz prassen? Aber Arbeit ist ja in ihren Augen nichts Achtenswertes, jede Tätigkeit um des Erwerbes willen scheint ihnen erniedrigend. Daß die Fremde gebildeter ist als sie? Aber Respekt vor der Bildung hat nur entweder der Gebildete oder ein naives Gemüt, diese Adeligen gehören wahrlich in keine der beiden Kategorien. Daß sie die Erzieherin ihrer Kinder ist und keine Kuhmagd? Aber dafür wird sie ja bezahlt. Auch kann sie ja gehen, wenn es ihr nicht mehr gefällt. Wenn nur die Rückkehr nicht gar so schwer wäre! Und hier dürfte mir niemand mehr, wenigstens kein Europäer, mit der Einwendung ins Wort fallen, daß ich diese Klage nur im Namen besonders zimperlicher Frauenzimmer anstimmte.

Aber auch dies ist noch nicht das Schlimmste, sondern die furchtbare Tatsache ist's, daß unzählige dieser Geschöpfe, junge, makellose Mädchen, Opfer der brutalen Sinnenlust jener Halbbarbaren geworden sind und werden. Man wende nicht beschönigend ein, daß sich Ähnliches wohl auch in verderbten Aristokratenfamilien des Westens an schutzlosen Geschöpfen begibt. Der Fall liegt anders. Denn in Europa haben diese armen Mädchen, so schutzlos sie auch sonst sein mögen, doch mindestens einen Schutz, der das Schlimmste von ihnen abwehrt oder an dem Täter rächt, in Europa ist die Themis nicht, wie in jenen Ländern, eine freche Dirne, die dem reichen Einheimischen vertraulich zublinzelt und die verlassene Fremde höhnisch fortweist. Ferner kommt bei uns derlei nur eben vereinzelt vor; anders in Halb-Asien. Dort kann man – ich wiederhole diesen Ausdruck mit Absicht und kann ihn vertreten – unzählige Fälle dieser Art nachweisen; dort fügt sich auch die Schändlichkeit nicht zufällig, sondern sie ist zum Teil im vorhinein geplant. Ja, im vorhinein! Unter jenen drei- bis sechstausend Mädchen, die jährlich in den Osten ziehen, befinden sich auch jährlich vielleicht hundert, die man nur deshalb dorthin kommen läßt, um sie zugrunde zu richten. Und diese hundert sind nicht minder brav und rein als die übrigen und ziehen nicht minder ahnungslos dahin als die übrigen; auch sie sind berufen, ein ehrliches Brot und eine nützliche Tätigkeit zu finden, und man bereitet ihnen die Schande und den Tod! Alljährlich wird eine Anzahl Opfer nach Ungarn, Rußland und Rumänien verhandelt und bevölkert dort zuerst die Häuser reicher Wüstlinge und dann – die Glücklicheren unter ihnen die Friedhöfe, die Unglücklicheren die Freudenhäuser. Aber wen kümmert's? Sie gehen ja als »Gouvernanten« dahin! Und der Strom der Bildung flutet nun einmal von West nach Ost, und man muß dem edlen Bildungsstreben der Herren Russen und Rumänen, Polen und Magyaren hilfreich entgegenkommen …

»Das ist entsetzlich!« höre ich rufen, jedoch in demselben Atemzuge auch die Frage: »Ist es auch wahr?« Ja, und ich habe es bereits vor langen Jahren bewiesen. Als ich 1874 den Entschluß faßte, die Kulturzustände Halb-Asiens zu schildern, da sagte ich mir sofort, daß es mir eine der ersten Pflichten sein müsse, auf diesen »Gouvernantenhandel« hinzuweisen. Zwar wußte ich, daß kein einzelnes Menschenwort stark genug wäre, um eine so tief eingewurzelte Schändlichkeit zu beseitigen, und nun gar das Wort eines jungen Autors, dem kein größeres Blatt zu Gebote stand. Aber diese Erwägung konnte mich der Erfüllung meiner Pflicht nicht entheben. Ich schrieb einen Artikel für ein österreichisches Blatt, in dem ich das Unwesen im allgemeinen schilderte. Er erschien, und der praktische Erfolg, soweit ich ihn erkennen konnte, waren – drei Briefe aus dem Publikum. Zwei dieser Zuschriften machten sich über mich lustig, weil ich unter dem Deckmantel moralischer Entrüstung pikante Lektüre einschmuggelte, denn wahr könne die Sache nicht sein, weil man ja sonst auch anderweitig davon gehört haben müßte. Der dritte Brief kam von einer besorgten »Mutter in Graz«, worin sich diese erkundigte, ob einer der ehrenwertesten Kavaliere Galiziens »auch so ein Mensch« sei, denn ihre Tochter Nanni diene in seinem Hause, zwar nicht als Gouvernante, aber als »Küchengehilfin«. Das war alles. Ich dachte, daß Österreich zuwenig bei jenem Export beteiligt sei, ein Artikel in einem norddeutschen Blatte müsse bessere Wirkung tun. Ein Berliner Blatt brachte ihn, und diesmal kam nur ein Brief: »Lügen Sie andere an, wir Berliner sind zu gescheit dazu!« Ich schrieb einen dritten Artikel für ein deutsches Blatt der Schweiz in der Voraussetzung, dort müsse er doch die meiste Wirkung tun. Aber auch dieser dritte Versuch hatte ein sehr bescheidenes Resultat, die Redaktion druckte zwar meine Arbeit ab, schrieb mir jedoch, im allgemeinen sei man dort natürlich bereits über das Unwesen unterrichtet und mehr als Allgemeines biete ja auch mein Aufsatz nicht.

So geht es nicht, dachte ich, die einen glauben mir nicht, was ich sage, und die anderen wissen es bereits. Ich muß bewirken, daß die einen mir glauben und daß sich die anderen nicht bloß damit begnügen, um die Sache zu wissen, sondern auch dazu gedrängt werden, etwas dagegen zu tun. Ich will nicht mehr ins Blaue hinein klagen, sondern einzelne Fälle veröffentlichen. Diesem Zwecke dienten die Aufzeichnungen, die ich 1875 zunächst in einem vielgelesenen Wiener Blatte, dann in der ersten Auflage dieses Buches erscheinen ließ. Ich berichtete von jenen unglücklichen »Gouvernanten«, von deren Los ich zufällig während meines Jugendaufenthaltes, dann während meiner späteren Wanderungen im Osten genauere Kunde erhalten hatte, setzte nichts hinzu, aber ich beschönigte auch nichts. Da diese Darstellung auch heute noch nicht gegenstandslos geworden ist, so lasse ich sie hier folgen.

Es war im Jahre 1858, und ich damals ein zehnjähriger Bube. Aber ich erinnere mich noch genau an alles. Es war ein Frühlingstag; ich war mit meinem Vater, der Bezirksarzt zu Czortkow, einem Städtlein in Ostgalizien, war, über Land gefahren, nach dem Dorfe K. Mein Vater hatte im Dorfe zu tun, mich setzte er im Edelhof ab. Dort hauste Herr Ludwig v. T., der nächst seinem Bruder Henrik, der im benachbarten Dorfe Sz. wohnte, wohl der reichste Edelmann des Kreises war. Beide hatten früh geheiratet, beiden war aus der Ehe je ein Söhnchen entsprossen, das sie nach ihrem Namen nannten. Der kleine Ludwig in K. war schon früher mein Spielkamerad gewesen, und auch an jenem Frühlingstag tollten wir Buben laut und wild genug umher; es war noch ein dritter Knabe dabei, ein blasser, schüchterner Junge: der Cousin Ludwigs, der kleine Henrik v. T. aus Sz. Seine Mutter war früh gestorben, der Vater viel auswärts, gleichwohl kam der arme Junge nur selten zu seinen Verwandten; die beiden Brüder harmonierten wohl nicht sonderlich.

Aber diesmal war Henrik schon zwei Wochen auf des Onkels Gute. »Hier ist's lustig«, jauchzte er, als wir uns endlich müde gelaufen hatten und nun auf der Heide nächst der Landstraße eine Burg aus Feldsteinen bauten, »ich habe es mir gar nicht so schön gedacht und wollte nicht von zu Hause fort. Aber ich mußte, denn es ist gerade wieder eine neue Französin angekommen, die mich unterrichten soll.«

»Du dummer Henrik«, lachte sein Cousin, »darum hättest du ja gerade zu Hause bleiben müssen!«

Aber der blasse Junge schüttelte den Kopf. »Nein«, erwiderte er, »ich weiß, was ich sage: Eben darum mußte ich fort. Es war im vorigen Jahre nicht anders und vor zwei Jahren auch nicht; sooft ich eine neue Lehrerin bekomme, muß ich fort und darf erst nach einem Monat wiederkommen. Der Papa will es so. Als ich acht Jahre alt war, ist er aus Paris zurückgekommen, hat den Pater weggeschickt und gesagt: ›Morgen kommt deine Lehrerin.‹ Und am nächsten Tage ist sie gekommen, sie war schlank und blond und blaß. Und sehr ernst war sie, obwohl unsere alte Fruzia gesagt: ›Die ist ja selbst fast noch ein Kind, wie soll sie andere Kinder erziehen?‹, und immer hat sie schwarze Kleider getragen. Deshalb habe ich mich auch anfangs vor ihr gefürchtet. Aber sie war so gut wie ein Engel, und ich habe sie sehr liebgehabt, und der Papa auch, er hat immer sehr freundlich mit ihr gesprochen. Aber nach vierzehn Tagen ist er plötzlich furchtbar böse auf sie geworden. Das war an einem Abend, die Amelie hatte mich schon zu Bett gebracht, und ich war eingeschlafen, da wachte ich plötzlich auf, weil der Papa im Nebenzimmer die Amelie furchtbar auszankte und schrie. Sie aber hat nur still geschluchzt. Aber plötzlich reißt sie die Tür auf und kommt auf mein Bett gestürzt und reißt mich heraus. Und mein Papa hinter ihr her, und in der Tür steht sein Diener, der Janko. Da kauert sie in eine Ecke hin und preßt mich fest an sich und schreit meinem Papa etwas entgegen. Da wird er ganz blaß und sagt zum Janko: ›Reiß ihr das Kind weg.‹ Aber dann besinnt er sich und sagt heiser: ›Gute Nacht‹ und lacht und geht weg. Sie aber hat mich fest auf dem Schoß gehalten und sehr geweint, und dann bin ich eingeschlafen. Und seitdem habe ich die Amelie nicht wiedergesehen, denn am nächsten Morgen bin ich spät in meinem Bett aufgewacht, und die alte Fruzia hat mich angezogen, und der Janko hat mich auf den Wagen genommen und ins Kloster geführt, zum Onkel Prior. Dort bin ich einen Monat geblieben. Und wie ich zurückkomme, ist die Amelie nicht mehr da. ›Wo ist sie denn?‹ frage ich. Und da sagt die Fruzia: ›Dein Vater hat sie nach Wien zurückgeschickt, zu der Frau, wo er sie abgeholt hat. Er hat ihr Weinen nicht vertragen können. Ich fürchte aber, sie wird sich am Weg ein Leid antun, ich fürchte, dein Vater wird nicht vor Gott verantworten können, was er an der Amelie verbrochen hat. Dein Vater ist ein schlechter Mensch.‹ Das habe ich meinem Papa erzählt, und er hat die Fruzia dafür prügeln lassen.«

»Aber wahr ist es doch«, sagte der kleine Ludwig, »meine Mutter sagt das auch.« Henrik aber erzählte weiter, und was mir etwa von seinem Knabengeplauder entfallen sein mag, ist mir weit später durch Erzählungen aus anderem Munde wieder aufgefrischt worden: »Dann ist im Winter eine zweite Französin gekommen, die hat Josephine geheißen. Aber am Tage, wo sie kommen sollte, hat mich mein Papa durch den Janko wieder zum Onkel Prior führen lassen; ›ich will nicht wieder ähnliche Scherereien haben‹, hat er gesagt. Also war ich wieder einen Monat im Kloster, und wie ich zurück war, hat der Unterricht begonnen. Aber ich habe bei der Josephine wenig gelernt. Sie war ganz anders als die Amelie: recht launisch und klein und schwarz und ist immer herumgesprungen und hat immer gelacht. Aber die Fruzia hat mir erzählt, daß sie anfangs auch sehr geweint hat. Auch später noch hat sie geweint, wenn sie allein war; da habe ich sie oft stundenlang schluchzen gehört: ›O ma mere!‹ Aber das war nur, wenn Papa nicht zu Hause war; vor ihm ist sie immer ganz lustig herumgesprungen. Aber deshalb hat sie sich doch vor ihm gefürchtet, noch mehr als ich. Übrigens war er gut gegen sie, aber im Frühjahr ist er bös geworden und hat sie geschlagen, und sie hat sehr geweint. Und darauf hat sie der Janko nach Lemberg geführt. Und dann ist Papa ein Jahr auf Reisen gewesen, und bei mir war der Pater Ignatius als Hofmeister, ein sehr schlechter Kerl. Nun ist vor drei Wochen der Papa heimgekommen und hat den Pater weggeschickt, und zu mir hat er gesagt: ›Du bekommst wieder eine Französin. Die schaut auch ganz so aus wie die Amelie.‹ Da war ich schon ganz froh, denn die Amelie war ja so gut wie ein Engel. Aber an dem Tage, wo sie kommen sollte, habe ich hierher fort müssen. Nun, hier ist es ja auch sehr lustig ...«

Und wir bauten weiter an unserer Burg auf der blühenden Heide, bis wir hungrig wurden. Auch sank schon die Sonne. Aber just als wir heimlaufen wollten, kam ein Wagen die Straße entlanggesprengt. »Das sind unsere Rappen«, rief Henrik und lief auf den Wagen zu, »das ist der Janko. Der kommt gewiß um mich. Nicht wahr, Janko?« Aber der Bediente schüttelte den Kopf. »Wir fahren nach Czortkow, um den Doktor.« – »Mein Papa ist ja hier im Dorfe«, rief ich, und wir Buben kletterten jubelnd auf den Wagen. Am Tore des Edelhofs stand mein Vater im Gespräch mit Herrn Ludwig v. T. »Herr Doktor«, rief Janko, »Sie möchten augenblicklich nach Sz. kommen. Es ist ein Unglück geschehen!« – »Mein Bruder?« rief Herr v. T. erblassend. – »Nein«, erwiderte Janko, »die Französin hat sich vergiftet; ich fürchte, wir finden sie nicht mehr am Leben.«

Rasch sprang mein Vater in den Wagen, Herr Ludwig folgte ihm. »Erlauben Sie, daß ich Sie begleite«, sagte er. »Ihr Knabe kann ja hier bleiben.« Aber mein Vater hob mich hinein. »Der Bub kann im Wagen schlafen.« Und dann fuhren wir davon, und die beiden Männer sprachen kein Wort mehr. Nur Herr v. T., der sehr blaß war, sagte einmal dumpf: »Ich wußte, daß es so kommen würde.«

Dann brach die Nacht herein, ich schlief ein und erwachte erst, als wir im Schloßhof zu Sz. hielten. Das Gebäude lag dunkel, nur im ersten Stockwerk waren einige Fenster erleuchtet. Die beiden Männer eilten ins Schloß. Ich blinzelte nach den lichten Fenstern hin, dann hüllte ich mich in des Vaters Bunda und schlief abermals ein. Ich weiß nicht, wie lange ich so gelegen war, noch auch, wovon ich erwachte. Als ich die Augen aufschlug, war alles um mich wie früher. Aber die Pferde waren ausgespannt, ich war allein im dunklen Schloßhof. Da begann ich mich zu fürchten, kletterte vom Wagen und ging in das Schloß, meinen Vater zu suchen. Auf der Treppe und im Korridor des ersten Stockwerks war keine Menschenseele. Immer zaghafter schlich ich durch den matt erleuchteten Flur. Endlich sah ich eine halbgeöffnete Tür, da stahl ich mich hinein.

Es war ein großes, gleichfalls matt erleuchtetes Zimmer. In der Fensternische saß eine alte Dienerin und weinte bitterlich. Sie beachtete mich nicht. Ich schlich auf den Zehen an eine zweite offene Tür, aus der ein heller Lichtschein drang, steckte mich hinter den Türvorhang und guckte hinein. Es war ein Schlafgemach; auf einem Lager ruhte regungslos eine Frauengestalt. Ich sah wenig von dem Gesicht, ich konnte es kaum von den Kissen unterscheiden, so bleich war es. Aber um so deutlicher sah ich die Flut blonden Haares; es lag wie eine lichte Wolke um das Antlitz. Mein Vater stand an dem Lager; sein Antlitz sah ich deutlich und erschrak fast, so düster hatte ich es nie gesehen. Auch waren die beiden Brüder im Zimmer. Ludwig lehnte in einer Fensternische; Henrik, ein schöner, stattlicher Mann in den Dreißigern, saß in einem Fauteuil und schaute starr nach dem Lager hin. So blieb alles regungslos, nur wenige Sekunden lang. Ich glaube, wäre ich ein Maler geworden, ich könnte noch heute das Bild wiedergeben. Zug um Zug; so tief haften ungewöhnliche Eindrücke im Kindergemüt. Und ebenso weiß ich, was nun folgte. Mein Vater beugte sich noch einmal über das Lager. »Sie ist tot«, sagte er dann, »sie muß ein großes Quantum Arsenik eingenommen haben.« – »Also Arsenik!« knirschte Henrik und schnellte empor. »Nun weiß ich, woher sie das Gift bekam. Die Fruzia hält immer einen Vorrat davon gegen die Ratten. Oh, ich lasse die alte Vettel peitschen, bis ...« Aber Ludwig legte die Hand schwer auf die Schulter des Bruders, so schwer, daß dieser zusammenknickte. »Das wirst du nicht tun«, sagte er dumpf, »denn deshalb hat doch nicht das alte Weib das Mädchen ermordet, sondern – du.« Henrik schwieg. Da fiel der Blick meines Vaters auf den Türvorhang und entdeckte mich da. »Fort mit dir!« rief er heftig und schritt auf mich zu. »Ich habe dich suchen wollen«, stammelte ich. Da ergriff er meine Hand. »Ich kann gehen«, sagte er zu Herrn Henrik. »Es ist ja nichts mehr zu retten.« – »Ich danke Ihnen«, erwiderte der und kam verlegen, die Rechte weit vorgestreckt, auf meinen Vater zu. »Trauriger Zufall … hm! Bitte um Diskretion!« Aber meines Vaters Rechte ließ meine Hand nicht fahren. »Ich muß meine Pflicht tun«, sagte er. Wir gingen.

Hier endet meine persönliche Erinnerung an jenen Fall, die unauslöschlich in meinem Gedächtnis haftet. Ich füge nur noch hinzu: Mein Vater hat seine Pflicht getan und das Gericht von jenem Selbstmord in Kenntnis gesetzt. Darauf wurden er und ein Adjunkt nach Sz. entsendet und die Obduktion vorgenommen. Der Adjunkt stellte fest, daß Charlotte G. das Gift aus dem Vorrat der Haushälterin entwendet habe. Von den Gründen des Selbstmords behaupteten Henrik und seine Dienerschaft keine Ahnung zu haben. Nur die alte Fruzia erklärte kurz und bündig: Das Fräulein habe sich vergiftet, weil der Herr sie die Nacht vorher durch ein Schlafmittel betäubt und in diesem Zustand entehrt habe. Aber schon nach der zweiten Vernehmung der Alten mußte die Untersuchung eingestellt werden. Fruzia widerrief ihre erste Aussage; sie habe gelogen, um sich dafür zu rächen, weil der Herr sie oft habe prügeln lassen.

Wie viele Gouvernanten aus Genf Herr v. T. noch in der Folge für seinen Sohn bezogen hat, weiß ich nicht zu sagen. Ich weiß nur, daß er noch lange in tausend Freuden lebte und in seinen Kreisen sehr angesehen war.

Ich kam im Jahre 1872, mit Empfehlungsbriefen reich versehen, in eine Mittelstadt der Moldau. Einer dieser Briefe lautete an einen jungen deutschen Kaufmann, der sich erst vor wenigen Jahren dort etabliert hatte. Herr Friedrich K. empfing mich warm und herzlich und führte mich dann in seine Privatwohnung. Dort stellte er mich seiner Gattin vor, und hatte mich schon der Mann bezaubert, so tat es nun noch mehr seine Frau; eine Gretchenerscheinung, schlank, blauäugig und in jedem Zug, jeder Bewegung der Zauber keuscher Mädchenhaftigkeit. Kaum mochte man glauben, daß dies holde Wesen schon Gattin und Mutter, noch minder, daß es eine Französin sei. Und das war die Dame nach Erziehung und Abstammung von Vaters Seite; ihr »Mütterli« freilich war, wie sie mir in gebrochenem »Schwyzer-Dütsch« sagte, aus Bern gewesen. »Bübeli« nannte sie auch ihren prächtigen zweijährigen Krauskopf, der laut lachend in meine Hand patschte. Ich kann kaum sagen, welch günstigen Eindruck das kleine blühende Hauswesen auf mich machte, und ich wäre auch gerne gleich zum Mittagessen dageblieben, wie die lieben Leute wollten. Aber ich hatte ja noch ein Dutzend Besuche zu machen. Ich sagte also für den nächsten Tag zu und setzte seufzend meine Rundfahrt fort: zu Beamten und Bankiers. Und sie waren leider alle zu Hause.

So fand ich denn, als ich am späten Nachmittag im Stadtpark erschien – was man so in der Moldau einen Stadtpark nennt –, um die Weisen der Militärkapelle anzuhören – was man so in Rumänien eine Militärkapelle nennt –, sehr viele neue Bekannte. Aber ich suchte und suchte, bis ich Friedrich und seine Gattin fand. Zu denen setzte ich mich und plauderte, während ihr Büblein auf meinem Schoß mit meinem Schnurrbart ein grausames Spiel trieb. Dazu spielte die Musik ohrenzerreißend, und die stattlichen Honoratioren, denen ich meine ergebenste Aufwartung gemacht hatte, defilierten langsam vorbei. Natürlich grüßte ich respektvoll. Aber man – dankte mir nicht. Hie und da lüftete wohl ein Herr verlegen den Hut, die Damen aber blickten um sich, als wäre ich blaue Luft. Ich lachte anfangs darüber, dann ärgerte ich mich doch und meinte schließlich zu Friedrich: »Aber Ihre Mitbürger sind ja überaus – höflich.« Er wurde blaß, seine Frau errötete. »Die Unhöflichkeit gilt nicht Ihnen«, sagte er endlich gedrückt, »sondern uns. Ich bin ein Verfemter, nicht in geschäftlicher, aber in sozialer Beziehung.« Ich schwieg; nach dieser Eröffnung mußte er ja ein erklärendes Wort beifügen. Er tat es dennoch nicht, und seine Frau blickte, nun todbleich geworden, starr zu Boden. Ich begann darauf rasch von anderen Dingen zu sprechen. Aber das Ehepaar blieb gedrückt und einsilbig. Da wurde mir die Sache schließlich unheimlich, und ich verabschiedete mich. »Wir erwarten Sie morgen«, sagte Friedrich mit mühsamem Lächeln. »Und ich kann Ihnen kaum sagen, wie sehr es uns freuen wird, wenn Sie trotzdem kommen.«

Trotzdem?! Ich fuhr in seltsamer Stimmung in mein Hotel zurück. Warum lastete auf diesem lieben jungen Paar ein Bann, so furchtbar, daß es selbst nicht einmal davon zu sprechen wagte?! Aber wen fragen?! Da fand ich auf meinem Tisch eine Einladung für den Abend, von Herrn V. Zwar hatten Frau V. und die beiden schönen Fräulein V. mir heute nachmittag nicht die Gnade erwiesen, mich zu bemerken, aber ich wußte ja nicht, ob ich ihnen das übelnehmen durfte. Ich fuhr hin. Das Ehepaar empfing mich sehr freundlich. Madame begann gleich nach den ersten Worten von jener Begegnung im Stadtpark zu sprechen. Wie sehr es ihr leid getan habe und so weiter, wie man als Fremder solchen Unannehmlichkeiten ausgesetzt sei und so weiter, bis ich endlich fragte: »Ja, was ist's denn mit den Leuten?« Madame schlug verschämt die Augen zu Boden. Herr V. aber flüsterte mir zu: »Herr Friedrich K. ist ein reeller, braver junger Kaufmann. Aber seine Frau war früher eine Dirne. Und direkt aus dem Freudenhause hat er sie zum Traualtar geführt!« – »Unmöglich«, rief ich heftig, »diese Frau –«, da rauschten aber schon die beiden Fräulein V. in den Salon.

Ich glaube, ich habe der Familie V. entschieden nicht den Eindruck eines geistreichen Gesellschafters gemacht. Auch noch am nächsten Vormittag war ich sehr zerstreut. Meine Gedanken kehrten immer wieder zu dem jungen Paar zurück. Wie hatte der Mann, der die verkörperte Ehrbarkeit schien, sich zu solchem Schritt entschließen können?! Aber hatte dieses mädchenhafte Weib in der Tat eine solche Vergangenheit?! Zur Mittagszeit aber trat ich den Weg ins Haus des jungen Kaufmanns an. Denn, sagt' ich zu mir, erstens bist du kein Backfisch, zweitens ein Fremder, der sich um das Urteil dieser guten Stadt den Henker zu scheren braucht, drittens darfst du nicht eine dir zugedachte Freundlichkeit durch eine Grobheit vergelten. Und damit trat ich in Friedrich K.s Kontor. Er drückte mir die Hand, als hätte ich ihm durch mein Erscheinen den größten Dienst erwiesen. »Meine Frau wird sich sehr freuen«, sagte er. »Auch das Bübeli hat schon mehrere Male etwas vom deutschen Onkel gestammelt.« Wir gingen hinauf. Frau Marie sah heute womöglich noch lieblicher aus als gestern. Aber befangen war und blieb sie doch, auch während des Mahls. Als es zu Ende war, erhob sie sich rasch. Wir Herren traten ins Rauchzimmer.

»Ich bin Ihnen eine Erklärung schuldig«, begann Herr K., kaum daß wir Platz genommen hatten. »Ich hätte sie Ihnen schon gestern gerne gegeben, aber meine Frau war ja dabei. So mußte ich es darauf ankommen lassen, daß Ihnen aus fremdem Mund eine Aufklärung zukomme. Wahrscheinlich ist dies auch geschehen, von wem und in welcher Form, ist gleichgültig. Ich selbst sage Ihnen, daß ich das brave Mädchen, das mich heute als Weib glücklicher macht, als ich verdiene, allerdings erst aus dem Haus einer Kupplerin loskaufen mußte, ehe ich es heiraten konnte. Aber wie Marie in dieses Land und in dieses Haus gekommen ist, wird man Ihnen nicht erzählt haben. Hören Sie!

Hier« – er zog einen Papierbogen aus der Brusttasche und reichte ihn mir entfaltet hin – »haben Sie einen Dienstvertrag vom März achtzehnhunderteinundsiebzig, abgeschlossen durch die Vermittlung eines Wiener und eines Genfer Placierungsinstituts, zwischen Fräulein Marie Ch. einerseits und der Gutsbesitzerswitwe Frau Sophia K. anderseits. Marie Ch. verpflichtet sich darin, gegen freie Station und ein jährliches Gehalt von tausendachthundert Franken als Gesellschafterin bei Frau K. einzutreten. Insbesondere wird sie verpflichtet, der Dame vorzulesen und sie in Krankheitsfällen zu pflegen. Wie Sie sehen, ein streng juristisch stilisiertes, rechtsverbindliches Instrument und dennoch – die infamste Farce, die je in legalen Formen abgefaßt worden ist. Sophia K. ist allerdings Witwe, aber nicht die eines Gutsbesitzers, sondern eines Lakaien, sie ist sehr gesund, braucht keine Pflege, noch minder aber eine Vorleserin französischer Lektüre, da sie keine Silbe davon versteht. Sie ist die ehemalige Geliebte und gegenwärtige Wirtschafterin des Gutsbesitzers Doxaki P. in S. bei Roman. Der Mann ist vielleicht der infamste Wüstling, der sich in Rumänien findet, und das will etwas sagen. Der Edle lebte regelmäßig den Winter über in Paris und brachte den Sommer auf seinem Gute zu. Um sich auch während dieser Zeit entsprechend zu amüsieren und dabei im Französischen nicht außer Übung zu kommen, bezieht oder vielmehr bezog er bis vor drei Jahren – denn seitdem habe ich ihm das Handwerk gelegt – in jedem Frühling eine Gesellschafterin für seine Wirtschafterin. Er wandte sich dabei im Namen der Sophia K. immer an ganz reelle Vermittlungsinstitute, betonte als erstes Erfordernis die strenge Solidität der Bewerberin und war so sicher, in der Tat immer ein bisher unverdorbenes Opfer seiner Lüste zu erhalten. Dann brachte er im Herbst regelmäßig vor seiner Abreise nach Paris einen Teil seiner Kosten wieder herein. Da verhandelte er nämlich die unglückliche ›Gesellschafterin‹ an die Kupplerin Sara P. in hiesiger Stadt …

Sie fühlen sich«, fuhr der junge Kaufmann fort, »von der bloßen Erzählung grauenhaft berührt. Erwägen Sie nun, wie erst der armen Marie ihre Lage erscheinen mußte, als sie, eine elternlose Waise, aber bisher in der Obhut sorglicher Verwandter, sich nun plötzlich im wildfremden Lande, allein und hilflos, der Gewalt dieser Bestie preisgegeben sah. Denn der wackere Doxaki sorgte dafür, daß selbst sie, die Arglose, innerhalb sehr kurzer Zeit zum Bewußtsein ihrer Lage kam. In ihrer Verzweiflung, ihrer Todesangst verrammelte sie sich, da sie kein anderes Mittel fand, sich den Angriffen des Elenden zu entziehen, in ihrem Zimmer und beschloß, sich zu Tode zu hungern. Wie ich ihren Charakter später kennengelernt hatte, bin ich auch überzeugt, daß sie diesen Entschluß ausgeführt hätte. Da wußte sie Herr Doxaki durch eine List davon abzubringen. Er schrieb ihr einen langen, sentimentalen Brief, worin er sie versicherte, er sei von ihrem Heldenmut so gerührt, daß er jeden sträflichen Gedanken aufgebe, auch gerne bereit sei, ihr zur Heimkehr behilflich zu sein. Zu diesem Zwecke lege er ein Bankbillett von fünfhundert Franken bei; sein Wagen stehe dem Fräulein jederzeit zur Verfügung, um es zur nächsten Bahnstation zu bringen. Die Arglose ging in die Falle und ließ Doxaki sogar ihren gerührten Dank sagen. In der nächsten Stunde stand denn auch der Wagen vor der Tür, die Koffer wurden aufgepackt, das Mädchen schritt die Treppe hinab. Da trat ihr Doxaki entgegen und bat nun auch mündlich um ihre Vergebung. Er dankte ihr, daß sie ihm einen Glauben wiedergegeben habe, der ihm in den Stürmen des Lebens längst verlorengegangen sei, den Glauben an Frauenehre. Und zum Schluß erbat er als Zeichen der Versöhnung, daß Marie doch nicht so – halbverhungert aus seinem Hause gehe. Wer hätte solchem reuigen Flehen widerstehen können, besonders da die Tafel schon bereit stand und das arme Kind wirklich entsetzlich hungrig war. Marie aß und trank, und – der Elende hatte seinen Zweck erreicht. In die Speisen war in großer Menge ein Mittel gemischt, das die Sinne des Mädchens betäubte und es zum Opfer des Wüstlings werden ließ …

Als das Mädchen wieder zur Besinnung kam, da war die Wucht seines Jammers zu groß, als daß ihm diese erschütterten Nerven hätten widerstehen können. Marie verfiel in ein hitziges Fieber und schwebte zwischen Leben und Sterben. Das paßte aber Herrn Doxaki schlecht in den Kram; starb das Mädchen, so hatte er doch vielleicht einige Unannehmlichkeiten zu befürchten. Darum machte er seiner würdigen

Freundin Sara P. den Vorschlag, das Mädchen, so wie es jetzt sei, gratis in ihr Haus zu liefern. Frau Sara ging das riskante Geschäft ein; die Kranke wurde hierhergebracht; Herr Dr. R., ein Deutscher, behandelte sie. Durch ihn erfuhr ich von dem Fall. Er interessierte mich sehr, aus Gründen, die Ihnen gleichgültig sein können ...« Ein Schatten überflog das Antlitz des Erzählers, dann setzte er doch hinzu: »Ich hatte eine Cousine, die vor langen Jahren gleichfalls in der Fremde verkam. Und diese Cousine hatte ich sehr … genau gekannt … Nun, ich lernte also die Genesende kennen und achten. Ich bemitleidete und liebte sie. Und darum machte ich sie zu meinem Weib und bin sehr, sehr glücklich durch sie geworden. Ich bin mir deshalb doch bewußt, ein Mann von Ehre zu sein.«

Vor langen Jahren war's und zu Lipkany, einem schmutzigen Nest in Bessarabien. Im besten Wirtshaus des Ortes, einer niederträchtigen Spelunke, hielt ich am Abend einige Stunden Rast. Ich war am Morgen von Mohilew ausgefahren und von der langen Tagereise in dem elenden Mietwagen sehr ermüdet. Gleichwohl wollte ich noch in der Nacht weiter, um am nächsten Tage rechtzeitig die österreichische Grenze bei Nowosielica zu gewinnen. Da trat, nachdem ich die Zeche berichtigt hatte, die alte jüdische Wirtin noch einmal an meinen Tisch heran. Sie habe eine Bitte, begann sie verlegen, aber nicht für sich. Das heißt: eigentlich auch für sich, denn das arme Mädchen liege nun da, und hinauswerfen könne man es nicht, und an Bezahlung sei auch nicht zu denken. Das Mädchen wolle nach Hause, aber das sei sehr weit. Ob ich es nicht wenigstens über die Grenze mitnehmen wolle?

»Was ist's denn für ein Mädchen?« fragte ich.

So eine Art Lehrerin, war die Antwort. Deutsch spreche sie nicht, aber etwas Russisch, und Französisch »wie Wasser«. Der Armen sei ein furchtbares Unrecht geschehen, aber das solle sie mir selbst erzählen. Damit schob sich das gutmütige Weib zur Tür hinaus und kam bald mit ihrem Schützling wieder.

Ich bin auf meinen Fahrten in aller Herren Ländern vielem Elend begegnet. Aber ich habe nie einen Menschen gesehen, dessen Anblick erschütternder zum Herzen sprach als der jenes siechen Geschöpfs, das nun zögernd, wankend auf mich zugeschlichen kam. Es war ein sehr dürftig gekleidetes Mädchen von vielleicht siebzehn Jahren. Schön war dieses Gesicht sicherlich nie gewesen, aber nun war es entstellt durch die Spuren unsäglichen Grams. Etwas wie Todesangst lag darauf festgebannt; die Augen waren entzündet von tagelangem Weinen, und unaufhaltsam quollen die Tränen über die Wangen. Um den Jammer voll zu machen, stand das arme Ding offenbar dicht vor dem Zeitpunkt, wo es Mutter werden sollte.

Meine Augen wurden feucht, als ich in dies Antlitz blickte. Ich sprach zu ihr und beteuerte, daß ich ihr hilfreich sein wolle. Die Arme war nicht ganz bei Besinnung; »nach Genf«, stammelte sie nur und hielt die Hände gefaltet. Ich ließ ihr im Wagen ein Lager bereiten und setzte mich zum Kutscher. Wir fuhren die Nacht über. Durch das Rasseln des Wagens hindurch hörte ich unablässig das Wimmern der Kranken.

Gegen Mittag kamen wir in den russischen Grenzort Nowosielica. Da zwang ich sie durch vieles Zureden, eine Suppe zu nehmen. Dann fragte ich sie, ob sie einen Paß hätte. Sie brauchte ihn, den russischen Grenzkordon zu überschreiten. »Bei der Generalin«, stammelte sie, »mit den anderen Sachen.« Dann begann sie wieder heftig zu weinen und berichtete mir zwischendurch, stammelnd, schluchzend, wirr, den ungeheuren Frevel, den man an ihr verübt hatte.

Das Mädchen war die Tochter eines Genfer Schusters. Sie hatte keine Erziehung genossen, konnte daher nie hoffen, Gouvernante zu werden. Da kam zum Herbstaufenthalt eine russische Generalin nach Vevey, die für ihr fünfjähriges Töchterchen eine Bonne suchte. Die Schusterstochter bekam den Posten und war ganz glücklich darüber; sie wurde gut behandelt, gewann das Kind lieb und ging darum gerne mit der Generalin auch nach Sizilien und dann auf das Gut bei Lipkany. Dann reiste die Generalin nach Baden-Baden; die Bonne blieb mit dem Kind allein auf dem Gut zurück. Da bekam sie im Spätherbst unerwartet glänzende Gesellschaft. Der Sohn der Generalin, ein junger Gardeoffizier, fand es für anzeigt, den Winter über Petersburg zu meiden; wahrscheinlich hatte er seine guten Gründe. Da er sich auf dem öden Edelhof langweilte, so verführte er, die Zeit totzuschlagen, die arme Bonne. Im Frühling durfte er nach Petersburg zurückkehren; einen Monat darauf kam die Generalin heim. Das französische Mädchen hatte kein rechtes Bewußtsein seines Zustands, bis das Gesinde zu sticheln begann. Die Generalin erhielt davon Kunde und ließ das Mädchen rufen. Sie gestand unter Tränen alles. Da geriet die Russin in Raserei, nannte das arme Ding eine Metze und übte Justiz an ihr. Sie ließ sie im Hof entkleiden und mit Ruten streichen. Dem armen Opfer verging vor Scham und Schmerz die Besinnung. Als es wieder zum Bewußtsein kam, fand es sich auf der Landstraße liegen. Barmherzige Tschumaken (kleinrussische Salzfuhrleute) erbarmten sich der Unglücklichen und brachten sie nach Lipkany.

Ich war im tiefsten Herzen erschüttert, aber helfen konnte ich junger Bursche dem Mädchen wenig. Ich schmuggelte es mit Hilfe einiger polnischer Gulden, die beim russischen Naczalnik den fehlenden Paß ersetzten, durch den Kordon nach Österreich. Dann nahm sich ein Engländer in Czernowitz werktätig der Unglücklichen an und schaffte ihr Freikarten und Reisekosten nach Wien. Von da wollte sie mit Hilfe ihrer Landsleute nach Genf heimkehren. Ob sie ihre Heimat erreicht hat, weiß ich nicht.

Ich lebte im Winter von 1872 auf 1873 in Pest und verkehrte dort viel mit einem jungen Arzt, der sich trotz seiner Jugend bereits einer ansehnlichen Praxis erfreute. Als ich an einem Märztag um vier Uhr, wo seine Sprechstunde zu Ende ging, die Treppe seiner Wohnung emporstieg, um ihn zu einem Spaziergang abzuholen, kam ich an einer schwarzgekleideten Dame vorüber, die regungslos, die Hand auf das Geländer gestützt, auf dem Treppenabsatz stand. Ich blickte sie an, während ich vorüberging, und erschrak heftig. Dieses Antlitz war jung und von edlem Schnitt, aber entsetzlich blaß, selbst die Lippen farblos, und verzerrt von dem Ausdruck höchster Verzweiflung, der darauf wie festgebannt lag. Die Mundwinkel herabgezogen, die Lippen halb geöffnet, als wäre ihnen eben ein Schrei des Entsetzens entflohen, die Augenbrauen hoch emporgezogen und die Augen starr, glanzlos und weit aus ihren Höhlen gequollen, als hätten sie eben das Furchtbarste geschaut. Das Weib durchlitt offenbar einen ungeheuren körperlichen oder seelischen Schmerz. Mich faßte Mitleid und Grauen. »Sie sind unwohl?« Ich wollte es nicht fragen, meine Lippen fragten es selbst. Die Dame zuckte beim Klange meiner Stimme zusammen, griff sich an die Stirn und schüttelte leise den Kopf. Dann wankte sie die Treppe hinab.

»War das eine Patientin?« fragte ich oben den jungen Arzt und beschrieb ihm die Dame. – »Ja!« sagte er. »Ein überaus unglückliches Geschöpf. Sie ist Erzieherin und stammt aus Belgien, wie sie behauptet aus sehr ehrenwerter Familie. Sie kam im vorigen Herbst in das Haus eines hiesigen ältlichen, verwitweten Magnaten als Erzieherin seiner beiden kleinen Mädchen. Der Mann verführte sie, und zwar, wie sie schwört, unter der Vorspiegelung, sie zu heiraten. Natürlich droht er ihr nun bei der bloßen Erwähnung dieses Versprechens mit Entlassung. Aber damit nicht genug, er hat sie auch mit einer abscheulichen Krankheit behaftet. Das Mädchen hatte keine Ahnung von dem Charakter dieser Krankheit und hat erst heute, nach langen Monaten, ärztlichen Rat gesucht. Natürlich mußte ich ihr die ganze Wahrheit sagen und auch eröffnen, daß nur sehr wenig Hoffnung auf gänzliche Herstellung sei. Armes Ding!«

Damit schloß er die Tür seiner Wohnung, und wir gingen hinab und den menschengefüllten Donaukai auf und nieder, bis die Abendnebel aus dem Fluß aufstiegen. Da schieden wir. Der junge Arzt ahnte nicht, daß sich zur selben Stunde am gegenüberliegenden Ufer seine unglückliche Patientin in den Fluß gestürzt hatte. Sie ertrank, weil der Nebel die Rettung verhinderte.

Und das sei die letzte Geschichte – zwar nicht die letzte, die zu meiner Kenntnis gelangt ist, aber die letzte, die ich erzählen will.

Nur von den »Gespielen« erübrigt mir noch zu reden, von jenen Knaben, die nach dem Osten gebracht werden, angeblich, um dort in den Häusern der Reichen als lebendige Grammatiken zu dienen; in Wahrheit aber – mindestens zum nicht geringen Teil – um in eigenen Häusern als Gegenstand unnatürlicher Lüste mißbraucht zu werden. In Kiew und Odessa, Bukarest und Galatz, Konstantinopel und Athen bestehen solche Häuser. Mehr darüber zu sagen, ist an dieser Stelle unmöglich und wohl auch überflüssig.

Mögen diese Zeilen ihren Zweck erfüllen, aufmerksam zu machen und zu warnen. –

So weit meine Darstellung von 1876. Aufmerksam zu machen, zu warnen, war tatsächlich mein einziger Zweck. Daß mit der Erweckung moralischer Entrüstung wenig getan sei, war mir klar – in der Tat ist es ein schöner Wahn, zu glauben, daß je ein Schurke vor ihr die Waffen gestreckt hätte. Und wäre die Sprache dieser Tatsachen, sagte ich mir, laut genug, jeden gesitteten Europäer mit tiefstem Abscheu zu erfüllen, deshalb werden die Herren Bojaren in Halb-Asien doch fortfahren, zu tun, was ihnen beliebt. Aber jenen Mädchen, welche die Reise nach dem Osten wagen, ihren Eltern und Vormündern wollte ich die Augen öffnen, damit sie auf der Hut seien. »*Exempla trahunt*«,

heißt es sonst, vielleicht dachte ich, erreiche ich hier im entgegengesetzten Sinne meine Absicht: »*Vestigia terrent.*«

In der Tat erreichte ich diesen Zweck, und zwar – nur allzusehr!
Ich konnte dies aus dem Hagel von Zeitungsartikeln und Briefen
schließen, der auf meinen Schreibtisch niederging. Daß ich da in allen
Zungen des Ostens zu lesen bekam, ich sei ein Verleumder meiner
Heimat und was der Höflichkeiten mehr waren, wunderte und kränkte
mich nicht; auch der Vorwurf, daß ich ein »Kulturfeind« sei, der den
Osten der fremden Bildungselemente berauben wolle, ließ mich
gleichgültig; nachdenklich aber machte mich der Vorwurf, daß ich
durch derlei Dinge den armen Mädchen das Herz schwer machte, denn
daran war wirklich etwas; auch die Briefe, die mir zukamen, bestätigten
es. Es war viel Törichtes darunter, aber aus vielen Briefen klang die
erschütternde Klage: »Gut, nun sind wir gewarnt, aber was soll uns
dies fruchten?! Wir müssen nach dem Osten gehen, unser Brot zu
verdienen, weil wir es in der Heimat nicht finden können. Wir wollen
die Gewähr haben, daß wir in ein anständiges Haus kommen, aber
wer kann uns diese Gewähr geben?«

Die Frage war berechtigt, aber wo die Antwort finden? Anscheinend
war sie ja leicht gegeben: »Die Gewähr hat euch jene Agentur zu geben,
durch deren Vermittlung ihr engagiert werdet. Vermeidet also die
schlechten und bedient euch der gewissenhaften Agenturen.« Aber
auch damit ist wenig getan. Es gab und gibt keine Agentur, der sich
irgendwie nachweisen ließe, daß sie sich berufsmäßig mit der Vermittlung solcher Schändlichkeiten befasse. Wenn eine Gouvernante, der
sie eine Stelle vermittelt, dadurch in schlechte Hände gerät, so trifft
den Agenten in Genf, Brüssel, Berlin oder Wien höchstens der Vorwurf
des Leichtsinns, aber auch dieser nicht immer. Bestünden solche
Agenturen in Europa und bedürfte ihrer das Schandwesen zu seiner
Existenz, so wäre es bald vernichtet. Aber es bedarf ihrer nicht, ja noch
mehr, es bedarf nicht einmal der Mithilfe der Agentur im eigenen
Lande. Bestünden solche Agenturen in Rumänien, Rußland und so
weiter, so wären sie gleichfalls bald entlarvt, und man könnte sie durch
öffentliche Brandmarkung unschädlich machen. Aber der Fall liegt
zumeist ähnlich wie der folgende: Der Gutsbesitzer, Herr L. v. P. in
Wolhynien, Witwer und Vater zweier kleiner Mädchen, hat für diese
eine Gouvernante bezogen. Er hat von vornherein keine schlimme
Absicht; er will in der Tat nur eine Erzieherin für seine Kinder. Aber

der Zufall bringt ihm ein junges, reizendes Mädchen ins Haus, und dieser Versuchung vermag seine Brutalität nicht zu widerstehen. Dann schickt er die Ärmste fort: Er weiß, daß sich in seinem Gouvernement kein Ohr ihrer Klage oder Anklage öffnen wird. Diese Erfahrung ermuntert ihn zu weiteren Versuchen; er bestellt bei der Agentur in Warschau abermals eine Gouvernante; Jugend und »freundliches Äußere« macht er vorsichtshalber diesmal bereits zur Bedingung. Aber diese Anforderung wird so oft und von so ehrenwerten Leuten gestellt, daß der Agent daraus wahrlich noch nicht Verdacht schöpfen kann. Woraus sonst? Weitläufige Erkundigungen einzuziehen fällt ihm nicht bei. Er schreibt also an seinen Brüsseler oder Berliner Geschäftsfreund, und dieser wieder ist vollends außerstande, eine Nachforschung zu pflegen, selbst wenn er's wollte. Er schließt mit einer Dame, die den gestellten Bedingungen entspricht, einen Vorvertrag ab, sie erhält einen Reisevorschuß und geht nach Wolhynien. Das weitere – siehe oben! Und was hindert Herrn L. v. P., die Schandtat beliebig oft zu wiederholen? Aber so schauerlich schon dieses Beispiel ist, der Leser weiß bereits, daß es noch schlimmere Fälle gibt; ich erinnere an die Geschichte der Marie Ch. Sowohl das Wiener wie das Genfer Placierungsinstitut, die bei Schließung dieses Vertrages mitwirkten, waren achtbare Firmen. Der Agent kann sich nicht immer erkundigen, und angenommen, daß er es könnte – durch welche Mittel wäre ihm die Verpflichtung dazu so bindend aufzuerlegen, daß er ihr nachkommen *müßte*?

Wo die Kraft der einzelnen nicht hinreicht, ein gemeinschädliches Übel auszurotten, da darf man mit Recht die Macht des Staates anrufen, auch wenn man im übrigen noch so entschieden der Ansicht sein mag, daß der »Racker von Staat« heutzutage nur allzuviel bemüht wird. Von den Staaten Halb-Asiens war freilich keine Abhilfe zu erwarten, wohl aber von denen Europas. Und so gab ich meinen Vorschlägen endlich die praktische Spitze: Es ist die Pflicht des Staates, seine Angehörigen auch in der Ferne vor Unbill zu schützen. Natürlich können die Schweiz oder das Deutsche Reich nicht jeder Genfer oder Berliner Bonne einen Wächter ihrer Ehre beigeben noch ihren Gesandten auftragen, jede einzelne im Auge zu behalten und sich um ihr Wohlergehen zu kümmern. Was sie aber leicht vermögen, ist, ihnen die Sicherheit zu bieten, daß sie nicht in verruchte Hände fallen. Mit anderen Worten: Den Konsulaten ist zur Pflicht zu machen, auf derartige Anfragen von Amts wegen sofort und mit aller Gewissenhaftigkeit Auskunft zu erteilen.

Dann sind wenigstens die grellsten Fälle, wie jener der Marie Ch., vermieden.

Es ist mir eine hohe Freude, berichten zu dürfen, daß diese Anregung nicht fruchtlos blieb. Im Gegenteil, die praktische Wirkung war größer, als ich sie je zu erhoffen wagte. Ich darf dies betonen, weil das Resultat nicht mir zu danken ist, sondern der Wucht der Tatsachen, weil ich nichts getan habe als meine Pflicht.

Die Schweiz steht in jener Skala obenan, und sie war es auch, die zuerst die Frage praktisch löste. Die Bundesregierung in Bern legte, wie mir der Gesandte der Schweiz, Herr Dr. v. Tschudi in Wien, seinerzeit mitteilte, meine Aufsätze einer Enquete vor. Diese schlug eine höchst zweckdienliche Maßregel vor, die auch sofort durchgeführt wurde. Unter dem Patronat der Regierung entstand nämlich eine Gesellschaft, die sich den Schutz der jungen Schweizer Bürgerinnen im Osten zur Aufgabe macht. Dies wird dadurch erreicht, daß die Gesellschaft nicht bloß die Schweizer Konsulate des Ostens zu Hilfe nimmt, sondern auch private auswärtige Mitglieder in jenen Ländern ernennt und die Auswanderer an sie empfiehlt. Noch größeres Gewicht wird aber darauf gelegt, die Schutzlosen von vornherein nicht in schlechte Hände kommen zu lassen. Will zum Beispiel ein junges Mädchen in Lausanne als Gouvernante in ein rumänisches Haus treten, so erhält sie ihren Schweizer Paß nicht eher ausgefolgt, als bis sie in einer Filiale der Gesellschaft den Namen ihrer künftigen Herrschaft angegeben und die Erkundigung, die dann sofort auf telegraphischem Wege eingeholt wird, ein befriedigendes Resultat über den guten Ruf jener Familie ergeben hat. Ich halte dies für den einzig richtigen Weg. So ist für die Schweizerin in Halb-Asien das Schlimmste verhütet.

Wer aber schützt die Deutsche?

Es ist nicht Zweck dieser Zeilen, selbstgefällig das eine Resultat zu vermelden, sondern diese Frage zu stellen an alle, die es angeht. Der Export von deutschen Gouvernanten, Bonnen und Gesellschafterinnen nach jenen Ländern wächst von Jahr zu Jahr. Hält es der deutsche Bundesrat nicht für seine Pflicht, für die deutschen Mädchen denselben Schutz aufzurichten, dessen sich die Schweizerinnen bereits erfreuen?

Jancu, der Richter

Das folgende ist streng den Tatsachen nacherzählt. Wer es liest, dem wird diese Versicherung fast überflüssig scheinen. Denn diese Geschichte trägt den Stempel ihres Autors, des Schicksals. Nur dieser unbarmherzigste und sorgloseste Poet wagt so gräßliche und dabei so einfache Effekte. Ihm solches nachzudichten, wäre für einen Novellisten vielleicht eine lohnende, aber sicherlich eine traurige Arbeit. Der Schilderer fremder Sitte aber steht auf anderem Standpunkt. Ihm muß die Wahrheit die höchste Göttin sein.

Vor einer *rumänischen* Jury sitzt auf dem Schemel des Angeklagten der Bauer Jancu. Sein brauner Serdak (Gürtelrock) ist zerrissen, und durch dessen wie des Hemdes Ritzen sieht man die bronzefarbene Haut schimmern. Das Haar fällt ihm in langen, wirren, mißfarbigen Strähnen ins fahle Antlitz, das Haupt ist auf die Brust gesenkt, das stumpfe Auge stier auf den Boden gerichtet. Kein Blick trifft das Publikum, die Geschworenen, die Richter.

Der Gerichtschreiber ruft die Sache auf, der Anklageakt wird vorgetragen. Der Bauer Jancu, Besitzer einer großen Wirtschaft, griechischrechtgläubig, 29 Jahre alt, bisher unbescholten und Richter in seinem Dorfe, ist geständig, sein Weib Xenia, 21 Jahre alt, seinen Knecht Alexa, 43 Jahre alt, und die Zigeunerin Mariula, unbekannten Alters, jedenfalls weit über die Fünfzig, in einer und derselben Nacht, Fastnachtsonntag auf Montag, ermordet zu haben. Der Akt schildert die drei Verbrechen nach der Aussage des Angeklagten; Tatzeugen sind nicht vorhanden. Doch ist das Geständnis Jancus, der unmittelbar nach der Tat seine Verhaftung selbst veranlaßt hat, sehr umfassend und durch die Ergebnisse der Leichenschau bestätigt. Jancu hat sein Weib durch eine Kugel ins Herz getötet, den Knecht durch eine Ladung von drei Rehposten gegen den Kopf, die Zigeunerin hat er mit den Händen erwürgt. Über die Gründe, bemerkt der Akt, verweigere er jegliche Auskunft; auch den Zeugen sei die Tat unerklärlich.

Das Verhör beginnt. »Jancu«, fragt der Präsident, »gestehet Ihr auch heute Eure Schuld?«

Der Angeklagte erhebt sich, aber sein Antlitz bleibt unbewegt, und die Augen haften am Boden. »Ja«, erwidert er dumpf, »es ist alles wahr.« Darauf sinkt er sogleich wieder auf den Schemel zurück.

»Ihr müßt stehen bleiben, Jancu«, belehrt ihn der Präsident. »Ihr müßt uns nun alles erzählen, was Ihr getan und gedacht habt an jenem Sonntag und in der Nacht darauf.«

Jancu schüttelt den Kopf und läßt ihn noch tiefer auf die Brust sinken. Dann erhebt er sich doch, unwillig, zögernd. Aber seine Stimme klingt dumpf und ohne Erregung, wie früher: »Nein, mein gnädigster Herr, das werde ich nicht tun. Denn wie ich's getan, wißt Ihr schon, und es ist unnötig, daß ich's noch einmal sage. Und warum ich's getan habe, werde ich Euch nicht sagen und keinem Menschen.«

»Aber das Gesetz will es so«, sagt der Präsident. »Die Geschworenen müssen das Geständnis aus Eurem Munde hören. Und wenn Ihr die Tat so reumütig bekennt, warum nicht auch die Gründe? Das kann ja nur zu Eurem Vorteil sein, Jancu! Alle Leute in Eurem Dorfe sagen, daß Ihr der bravste, wackerste Mensch gewesen seid. Darum seid Ihr ja in so jungen Jahren Richter in Eurem Dorfe geworden. Auch der Fürst St., bei dem Ihr einst drei Jahre gedient habt, ist selbst zum Untersuchungsrichter gekommen und hat gesagt, er halte sich in seinem Gewissen verpflichtet, für Euch zu bezeugen, daß Ihr, Jancu, der ehrlichste, verständigste, treueste Mensch gewesen seid, den er je um seine Person gehabt hat. Wenn also ein Mensch wie Ihr plötzlich so gräßliche Verbrechen begeht, so ist er entweder wahnsinnig, und das seid Ihr nicht, oder er ist durch irgendein Erlebnis in die fürchterlichste Aufregung versetzt worden. Was war nun dies Erlebnis? Gestehet es doch! Das wird Euer Gewissen erleichtern und Eure Strafe vielleicht milder machen!«

Aber wieder schüttelt Jancu den Kopf, und wieder fallen die Worte langsam, ruhig, tonlos von seinen Lippen. »Mein gnädigster Herr, ich danke Euch und meinem guten Fürsten und den Nachbarsleuten, aber das paßt mir alles nicht! Mein Geständnis war nicht reumütig; ich habe nur alles gesagt, was der Richter wissen mußte, damit man mich bestrafen kann, und ich habe es ganz nach der Wahrheit gesagt, weil ich noch niemals gelogen habe und auch in diesem letzten nicht lügen wollte. Aber nicht aus Reue habe ich es getan, denn ich bereue meine Tat nicht. Und wenn ich bis jetzt gewesen wäre, was ich einst war, ein glücklicher, friedlicher Mensch, und wenn ich jetzt erkennen würde, was ich damals erkannt habe, ich würde die drei Menschen in der nächsten Stunde töten, wie ich's in jener Nacht getan habe. Darum brauche ich auch mein Gewissen nicht zu erleichtern, denn es ist leicht. Und was die mildere Strafe betrifft, was soll mir Milde?! Das liebste wäre es mir, wenn diese Herren« – er deutet auf die Geschworenen – »sagen würden: Man soll ihn henken! Das kann aber leider nicht geschehen, weil bei uns das Henken aufgehört hat, und man wird mich nur auf Lebenszeit in die Salzwerke nach Okna stecken. Soll ich wünschen, wieder herauszukommen, wozu?! Nein, das wäre nichts für mich! Ich werde dort bleiben, und die Arbeit, die Hundekost und die Schläge werden mich nach einigen Jahren töten. Und so wird es gut sein. Denn ich sterbe gern, mein gnädigster Herr, sehr gern sterbe ich!«

Vielleicht empfängt der Leser von diesen Worten keinen tieferen Eindruck. Dem Zuhörer aber werden sie unvergeßlich sein. Man fühlte es heraus, daß auf der Seele dieses Menschen in der Tat ein Druck lastete, der ihm den Tod als eine Wohltat erscheinen ließ; nicht die Reue, nicht das Schuldbewußtsein, aber ein übermächtiges Etwas, unter dessen Einfluß er gehandelt hatte, das ihn noch heute zu Boden drückte.

Das Zeugenverhör begann. Der erste Zeuge war der greise Bauer Thodika, der vor Jancu Dorfrichter gewesen und jetzt wieder das Amt bekleidete, »bis sich ein anderer jüngerer Hausvater findet, der so brav wäre wie der Jancu da«. Der kleine, geschwätzige Alte, mit dem fahlen Gesicht, aus dem die Nase rot hervorglühte wie ein Rubin, leistete den Eid und erzählte dann, wie folgt:

»Nun, es war also am Fastnachtsonntag. Das ist ein besonders heiliger Tag, ich bin früh in der Kirche gewesen, dann in der Schenke gegessen, und am Abend bin ich heimgegangen. Weil ich aber einen Eid geschworen habe, so will ich die Wahrheit sagen: nämlich, daß ich nicht gegangen bin, sondern mein Weib und meine Söhne haben mich getragen, weil ich sehr betrunken war. Also gut, da legen sie mich hin, und ich schlafe mich aus. Gegen die dritte Morgenstunde erhebt sich ein furchtbarer Sturmwind, ich höre nichts davon, aber mein Weib sagt zu meiner Tochter Anitza, die bei mir im Hause war, weil ihr Mann sie zu Tode prügeln wollte – aber jetzt sind sie wieder versöhnt – also: ›Anitza‹, sagte sie, ›da hat sich jemand aufgehängt, oder es ist ein großes Verbrechen geschehen, der Wind weht gar zu stark.‹ Und da klopft es auch schon heftig an die Tür. Die Weiber erschrecken. ›Ich bin's, Jancu der Richter, öffnet!‹ Aber wie sie die Kienfackel anzünden und er hereintritt, da erschrecken sie noch mehr; das ist der Jancu und ist's wieder nicht, um zwanzig Jahre älter ist der Mensch plötzlich geworden. ›Was willst du?‹ stammelt mein Weib. Er aber tritt auf mich zu und rüttelt mich auf: ›Thodika, du mußt aufstehen!‹ Anfangs hör' ich nichts, weil ich wirklich ein bißchen zuviel getrunken hatte, dann fahre ich doch empor: ›He, Jancu, was gibt's?‹ Aber wie ich ihn ansehe, bin ich schon vor Schreck halb nüchtern, und ganz nüchtern werde ich, wie er mir sagt: ›Du warst vor mir Richter und bist Ältester im Ausschuß. In deine Hände lege ich mein Amt. Und nun verhafte mich, wie es jetzt deine Pflicht ist, und liefere mich sogleich in die Stadt. Denn ich bin ein Mörder, ich habe mein Weib, meinen Knecht und die alte Hexe getötet.‹ Da springe ich auf: ›Jancu, du bist wahnsinnig!‹ Und dann fällt mir ein, daß ihm den Tag vorher sein einziges Kind gestorben ist, ein liebes kleines Mädchen, die Aniula, und ganz plötzlich, an Krämpfen. Da denke ich mir: er hat ja das Kind so ungemein liebgehabt; sein Sterben wird ihm das Hirn verbrannt haben, und ich sage mitleidig: ›Jancu, dir träumt etwas Furchtbares. Vielleicht wegen deines armen Kindes. Tröste dich, es war Gottes Wille so!‹ – ›Nein‹, ruft er wild, ›es war ja nicht Gottes Wille, aber gleichviel, es ist gerächt! Ich habe im Namen Gottes Gerechtigkeit geübt, nun mögen die Menschen mit mir tun, was sie wollen; führe mich zur Stadt!‹ Und da erkannte ich, daß es wahr war, und mein Herz ist stillgestanden. Es war, um verrückt zu werden, aber es war doch so: unser Richter Jancu war ein Mörder! Nun, da habe ich ihn am Morgen in die Stadt geführt.«

»Und hat er Euch nicht gesagt«, fragt der Präsident, »warum er die Tat verübt hat?«

Thodika blickt zu Boden und dann verlegen auf Jancu hin. Mit diesem geht eine sonderbare Veränderung vor; sein Haupt hebt sich, seine Züge beleben sich, und sein glühender Blick haftet halb drohend, halb flehend auf dem Antlitz des Zeugen.

»Hohe Herren«, stammelt dieser verlegen, »es ist ihm so ein Wort entfahren, wider Willen, als wir zur Stadt fuhren. Aber ich habe ihm heilig versprochen, es niemandem zu sagen. Und nun habe ich hier den Eid geschworen, die ganze Wahrheit zu gestehen. Ich weiß mir gar nicht zu helfen! Jancu, wenn du mir erlauben wolltest ...«

»Du wirst schweigen«, fährt dieser wild empor.

»Jancu«, sagt der Präsident streng, »noch ein Wort, und ich lasse Euch wegführen.«

»Mein Eid«, sagt Thodika weinerlich, »mein lieber Jancu, ich kann dir nicht helfen. Also ...«

»Schweig!« ruft der Angeklagte noch einmal wild, gebieterisch. Der Präsident winkt den Polizisten. Aber Jancu fährt fort: »Wenn schon meine ganze Schande offenkundig werden soll unter den Menschen, so soll es doch mindestens keiner aussprechen als ich selbst. Lasset dies schwatzhafte alte Weib zurücktreten. Ich selbst will sagen, wie alles kam ...«

Es ist totenstill geworden im weiten Saal. Und Jancu berichtet seine Geschichte, nicht dumpf und stumpf wie früher, sondern wild, leidenschaftlich, fast schluchzend. Kein Herz bleibt unbewegt, kein Auge trocken, als der arme, unselige Mensch erzählt:

»Ich will es selbst sagen, so schwer es mir fällt. Aber ich ertrüge es nicht, wenn es ein anderer sagen würde. Ich habe nicht gedacht, daß ich so enden würde, und niemand hat es gedacht. Denn ich bin einmal ein glücklicher Mensch gewesen und ein braver Mensch; ich darf das jetzt sagen, ich spreche ja nicht von mir selbst, sondern wie von einem Toten. Es ist mir anfangs nicht gut im Leben gegangen, ich war der zweite Sohn, der ältere Bruder sollte alles erben, ich mußte als Knecht dienen. Zwar in meines Vaters Hause, aber bei den eigenen Leuten dient sich's oft schwerer als bei fremden, das könnt ihr mir glauben. Nach dem Tode des Vaters bin ich als Diener in die Stadt gegangen; ich war fleißig, treu, alle werden es mir bezeugen. Auch gelernt habe ich, Lesen und Schreiben, und weil ich gesehen habe, wie der Branntwein den Menschen zum Vieh macht, so habe ich niemals einen Tropfen Branntwein getrunken. Dann bin ich zum Fürsten gekommen und bin mit ihm in Deutschland gewesen und in Frankreich. Dort ist ein anderes Land, sogar der Bauer ist dort ein Mensch. Nun, der Fürst war mit mir zufrieden, er hat sich ja selbst jetzt meiner erinnert in meiner großen Not. Ich habe mir damals gedacht: Jetzt bleibst du noch einige Zeit in der Stadt und sparst dir deinen Lohn zusammen, und dann gehst du in dein Dorf und kaufst dir einige Äcker. Aber es kam anders. Wie ich heimkomme von den Reisen, ist mein älterer Bruder tot, und an mich fällt das ganze große Bauerngut. Da setze ich mich nun hin und beginne zu wirtschaften. Aber die Leute sagen, daß mir noch etwas fehlt, und ich spüre es selbst. So habe ich denn angefangen, nach einem Weib auszulugen, und die Xenia habe ich mir genommen. Nicht bloß deshalb, weil sie sehr schön war und mir sehr gefallen hat, sondern auch so halb aus Mitleid. Sie war sehr arm und mußte bei ihrer älteren Schwester Magddienste tun, das hat mich an meine eigene Jugendzeit erinnert. Daß ich sie übrigens aus Edelmut geheiratet habe, will ich nicht sagen; ich war auch sehr in sie verliebt. Die Xenia war ein stilles Mädchen, dem niemand im Dorf etwas nachsagen konnte, und schön, freilich in einer anderen Art, als unsere Mädchen sonst sind. Sie war zart, blond, und hatte stille blaue Augen. Vielleicht hat mir gerade das gefallen. Kurz, in vier Wochen waren wir Mann und Weib.

Es war – das Wort will mir nach dem, was nun kommt, schwer über die Zunge, aber ich muß es sagen, weil es die Wahrheit ist –, es war eine recht glückliche Ehe. Mein Weib hat selten gelacht und war nie besonders zärtlich, aber ich habe mir gedacht: ›Das ist nun einmal ihre Art.‹ Als Wirtin war sie brav und ist mir treu zur Seite gestanden in meinem schweren Werk. Denn ich hatte meine Kraft daran gesetzt, eine Musterwirtschaft zu führen und alles Gute nachzuahmen, das ich anderwärts gesehen hatte. Das war schwer mit unseren Knechten, die zu drei Vierteilen Schweine sind und nur zu einem Vierteil Menschen, aber was menschenmöglich war, habe ich getan, und vieles ist mir gelungen, das darf ich sagen. Mein Besitztum wuchs, und weil ich hilfreich war, wo ich konnte, so wuchs auch meine Beliebtheit. Nur eins fehlte mir zu meinem Glück: Ich hatte keine Kinder. Da gebar mir mein Weib vor zwei Jahren ein Kind, ein holdseliges Mädchen, blond und blauäugig, so ein schönes, liebes Kind! O meine Aniula! ...«

Dem Mann versagt die Stimme. Er starrt vor sich hin und schüttelt den Kopf. Dann fährt er fort:

»Alles hat sich mir gut gefügt; Richter bin ich geworden in so jungen Jahren! Wenn mich am Samstag mittag vor jenem Schreckenstag jemand gefragt hätte: ›Richter Jancu, wer ist der glücklichste Mensch auf der Welt?‹, es ist wohl möglich, daß ich gesagt hätte: ›Fast will mir scheinen, daß ich es bin.‹ Und etwas mehr als einen Tag darauf war ich der unglücklichste; so elend ist noch niemals jemand gewesen, niemals!

Ich will kurz erzählen, wie das kam. Denn wenn ich daran denke, wirbelt mir das Hirn, und meine Kraft will mich verlassen. Also

Samstag mittag war's. Ich komme heim vom Teich, wo ich Eis ausheben lasse für die Bukarester Bierwirte, und setze mich zum Essen hin. Mein Weib trägt mir Fleisch auf und dann einen süßen Reisbrei. Von dem mag ich aber nichts mehr essen, die Aniula jedoch, die auf meinem Schoß sitzt, greift begierig danach. Ich lasse das Kind bei der Speise und reite wieder rasch hinaus zu den Arbeitern. Etwa zwei Stunden bin ich dort, da kommt eine Magd gelaufen, schreckensbleich, das Kind liege im Sterben. Ich reite wie der Wind, aber wie ich komme, ist mein Töchterchen tot. Mein Weib hält es im Schoß und ist selbst tränenlos, starr und blaß wie eine Tote. Die Mariula, die alte Zigeunerin, steht daneben und sagt: ›Es waren Krämpfe, wie sie bei Kindern oft vorkommen!‹ Mir bricht fast das Herz, aber ich fasse mich, wie ein Mann soll. Ich ordne alles bezüglich der Aufbahrung an und gehe zum Popen. Dann komme ich heim, das Weib schicke ich schlafen, ich selbst aber setzte mich neben die Leiche hin und bleibe so die ganze Nacht. Nur die Kerzen knistern, und zuweilen höre ich, wie mein Weib seufzt; so vergeht die Nacht. Am Morgen ordne ich alles in der Wirtschaft, dann halte ich Gerichtstag in der Gemeindestube, wie meine Pflicht ist, und komme darauf heim. Da hockt mein Weib am Boden und starrt auf die Leiche, mit trockenen Augen, es ist etwas, wie der Wahnsinn darin. Ich will sie aufheben und trösten, da schreit sie aber wild: ›Rühr mich nicht an!‹ und stürzt hinaus. Ich schaue ihr verwundert nach, dann denke ich mir aber: ›Sie war immer so eigen und still, der Schmerz zeigt sich bei ihr auch in eigener Art.‹ Dann setze ich mich wieder hin, und da löst sich mein Schmerz, und ich habe lange geweint ... Tränen sind eine große Wohltat, seitdem habe ich nicht mehr weinen können ...«

Wieder starrt der Mann vor sich hin. Dann seufzt er tief auf und fährt fort:

»Im Zwielicht mache ich mich auf und gehe zum Popen, das letzte wegen der morgigen Bestattung zu besprechen. Ich gehe aber den Seitenpfad über die Äcker. Da höre ich hinter einer Hecke ein Wimmern. ›Wer ist da?‹ rufe ich. – ›Ich bin's, Mariula‹, erwidert die Hexe. ›Dich führt Gott her, Jancu, oder der Teufel. Aber gleichviel, wenn ich auch selbst an den Galgen muß, er und sie sollen mit. Hier liege ich, halbtot hat er mich geschlagen, der Alexa, weil ich mein ehrliches Geld von ihm gefordert habe, das Geld für das Gift, das ich der Xenia gegeben habe. Ist's denn meine Schuld, daß das Kind gestorben ist und nicht du? Mein Gift war ja doch gut!‹ – ›Hexe‹, schreie ich auf, ›was redest du da?‹ – ›O du Kluger!‹ höhnt sie. ›Ahnst du denn nichts? Weißt du denn nicht, daß dich dein Weib haßt, daß sie dich nur deiner Wirtschaft wegen genommen hat? Jeder andere ist ihr lieber als du, mit dem alten häßlichen Alexa hält sie's jetzt; sie haben dich vergiften wollen, ich habe ihnen das Gift verschafft.‹ Mir steht das Haar zu Berge. ›Du lügst!‹ schreie ich endlich. Sie lacht höhnisch. ›Überzeuge dich doch! Gehe heim und sage deinem Weib, daß du wegen deines Amtes in die Stadt mußt und erst morgen wiederkommst. Du aber komm dann in drei Stunden wieder, und ich wette, du findest die beiden beisammen.‹ ... Wie mir zumute war, das läßt sich nicht sagen. Ich gehe heim, lade meine Pistolen, lasse den zweiten Knecht einspannen und sage meinem Weib: ›Ich komme erst zur Bestattung wieder.‹ Aber beim nächsten Feldwirtshaus lasse ich halten und gehe dann heim durch die Sturmnacht. Das Fenster der Schlafkammer ist matt erleuchtet, ich trete heran, es ist nur der Lichtschein, der vom Katafalk durch die offene Tür fällt. Und« – der Erzähler stockt, dann schreit er mit entsetzlich heiserer Stimme auf – »fünf Schritte vor der Leiche sind die beiden beisammen gewesen! ... Ich seh's, drücke die Scheibe ein, ziele und schieße, erst sie, dann er, blitzschnell. Beide verröcheln in ihrem Blut. Dann gehe ich hinein und zerre seine Leiche fort, damit niemand den ungeheuren Frevel dieser beiden gewahre. Und dann stehe ich lange, lange und starre auf die Leichen. Da kichert's neben mir: ›Brav, Jancu, brav!‹ Die Mariula hatte sich hereingeschlichen. Da habe ich sie erwürgt, weil auch sie schuldig war. Dann bin ich zum Thodika gegangen ... Und nun bitte ich, wäre es nicht möglich, daß mir aus Gnade die Todesstrafe wird?«

Es war nicht möglich. Jancu wurde zu lebenslänglicher Zwangsarbeit in Okna verurteilt. Die Geschworenen hatten nach neunstündiger Beratung mit acht gegen vier Stimmen ihr Schuldig gesprochen. Es fehlte also nur eine Stimme zur Freisprechung.

Biographie

1848 *25. Oktober:* Karl Emil Franzos wird in Czortków (Galizien) als Sohn des jüdischen Arztes Heinrich Franzos und seiner Ehefrau Karoline, geb. Klarfeld, geboren.

1854 Nach dem Tod seines ersten Lehrers Heinrich Wild besucht Franzos die Klosterschule der Dominikaner in Czortków.

1858 Tod des Vaters.

1859 Umzug der Familie nach Czernowitz, der Hauptstadt der Bukowina.

Besuch des Gymnasiums in Czernowitz (bis 1867).

1867 Abitur in Czernowitz.

Franzos hat den Wunsch, Altphilologie zu studieren und hofft angesichts seiner schlechten finanziellen Lage auf ein Stipendium vom Staat. Dieses wird jedoch Juden nicht erteilt.

Studium der Rechtwissenschaft, Philosophie und Geschichte in Wien und Graz (bis 1871).

1871 Als Sprecher der progressiven Burschenschaften zieht sich Franzos einen Gesinnungsprozeß zu.

Aus politischen Gründen und wegen seiner jüdischen Konfession erhält Franzos trotz eines guten Studienabschlusses keine Anstellung im Staatsdienst.

Franzos verzichtet auf die Eröffnung einer Anwaltspraxis. Er wird freier Schriftsteller und Journalist.

Mitarbeiter der Zeitschrift »Über Land und Meer«.

1872 Feuilletonredakteur der Tageszeitung »Ungarischer Lloyd« (bis 1873).

Veröffentlichung erster Erzählungen und Skizzen in Zeitschriften.

Als Journalist unternimmt Franzos in den folgenden Jahren ausgedehnte Reisen durch England, Frankreich, Italien, die Schweiz, Deutschland, Ungarn, Rußland, die Türkei, Kleinasien und Ägypten (bis 1877).

1876 Franzos lebt in Wien (bis 1886).

Reporter und Redakteur der »Neuen Freien Presse« in Wien.

»Aus Halb-Asien. Kulturbilder aus Galizien, der Bukowina, Südrußland und Rumänien« (Skizzen, 2 Bände).

1877	Eheschließung mit der Schriftstellerin Ottilie Benedikt, die unter dem Pseudonym Franzos Ottmer publiziert.
	Die Novellensammlung »Die Juden von Barnow« erscheint. Sie wird zu seinen Lebzeiten in sechzehn Sprachen übersetzt.
1878	»Vom Don zur Donau« (Skizzen, 2 Bände).
1879	Franzos gibt Georg Büchners »Sämtliche Werke« zusammen mit dem handschriftlichen Nachlaß heraus, darunter erstmals den »Wozzek« (in einer verstümmelten Fassung).
	»Junge Liebe« (Erzählungen).
1880	»Moschko von Parma« (Roman).
1882	»Ein Kampf ums Recht« (Roman).
1883	»Das Ghetto des Ostens« (Schilderungen).
1884	Franzos wird Herausgeber und Chefredakteur der »Wiener Illustrierten Zeitung« (bis 1886).
1886	Herausgeber und Chefredakteur der in Stuttgart erscheinenden literarischen Halbmonatsschrift »Deutsche Dichtung« (bis zu seinem Tod 1904), in der er u.a. Novellen von Theodor Storm und Ferdinand von Saar erstveröffentlicht und zugleich einen heftigen Kampf gegen den Naturalismus führt.
	»Tragische Novellen«.
1887	Übersiedlung nach Berlin.
	Fortsetzung der journalistischen Tätigkeit.
1888	»Aus der großen Ebene« (Skizzen, 2 Bände).
1891	»Judith Trachtenberg« (Roman).
	Franzos tritt in Berlin dem »Zentralkomitee für die russischen Juden« bei, das Geld für die verfolgten Juden in Rußland sammelt.
1893	»Der Wahrheitssucher« (Roman, 2 Bände).
	Aus Enttäuschung über die gesellschaftliche Situation, in der sein Wunschtraum einer deutsch-jüdischen Kultursymbiose nicht zu verwirklichen ist, veröffentlicht Franzos seinen fertiggestellten autobiographischen Roman »Der Pojaz« nicht. Er erscheint erst nach seinem Tod (1905).
1897	Franzos gibt die Sammlung »Briefe und Aufzeichnungen aus dem 19. Jahrhundert« heraus (4 Bände, bis 1900).
1903	»Deutsche Fahrten« (Reise- und Kulturbilder, 2 Bände).
1904	»Neue Novellen«.
	28. Januar: Karl Emil Franzos stirbt in Berlin.